王家明——著

冬天的四季

北方文艺出版社

图书在版编目（CIP）数据

冬天的四季 / 王家明美著. -- 哈尔滨 ：北方文艺出版社, 2024. 10. -- ISBN 978-7-5317-6392-5

Ⅰ. I247.5

中国国家版本馆CIP数据核字第2024HA7710号

冬天的四季
DONGTIAN DE SIJI

作　　者/王家明美
责任编辑/王　爽　　　　　　　特约编辑/陈长明
装帧设计/汲文天下

出版发行/北方文艺出版社　　　　邮　　编/150008
发行电话/（0451）86825533　　　经　　销/新华书店
地　　址/哈尔滨市南岗区宣庆小区1号楼　　网　　址/www.bfwy.com

印　　刷/河北盛世彩捷印刷有限公司　　开　　本/880×1230　1/32
字　　数/198千字　　　　　　　　印　　张/8.5
版　　次/2024年10月第1版　　　　印　　次/2024年10月第1次印刷

书　　号/ISBN978-7-5317-6392-5　　定　　价/68.00元

序

  写小说，总要先定个主角，思索这本书的大纲时，我脑中闪过许多张鲜活的脸。于是我突然发现，在生活中并没有绝对主角，主角只是拥有第一人称的视角。谁都是主角，谁又都不是主角，于是生活成了群像。

  成书过程很长，这本书几乎是在工作间隙中写完的，中间由于各种人生事件，无数次暂停、再续。最感谢的是我的母亲，从我诞生时起，我的一举一动、一言一行都有她的烙印，是她的果，也偶尔是她的因。因此，书中的每个"她"都有她的痕迹，每个心理活动也向她致敬。还有我的父亲，他话不多，父爱的确无声，但我对这个世界另一性别的认知都起源于他，也完善于他。父爱也的确如山。我从小写作，某日他开始了与我的竞赛，每天写一两千字的小散文，借以示范"坚持力"。我压力大，但也由此给了自己动力，因此不再以时间不够用为借口来犯懒，终能完篇。也向从小教我写作的徐浩川老师，给我引领方向的朱建平叔叔，我们作协的楼海霞会长，我的好朋友谢添，以及每个支持鼓励过我的亲人、朋友，致以最真挚的谢意。

  本书中我弱化了对男性的描写，一方面是我不能完全地感同

冬天的四季

身受，一方面是想将话筒交给"她们"。都说女性是表达欲更强的，文学作品却往往以男性视角铺陈，从《红楼梦》到《白鹿原》，都是极好的群像作品。我们见证了太多男性的讲述，作品中的女性却往往千人一面，以单薄的形象作为剧情的助推剂，或以胴体作为调味剂。女性的情感的确更细腻，但绝不仅限于情爱，她们像黏合剂，穿起家庭，缝补世界。看惯了她们在角落缝补世界，那么这一次，就把镜头拉到她们的世界吧。

总有人说，如今很难产生伟大的作品。条件不再艰苦，思想也不再深刻，人们都浮于表面，一地繁花，无墨，所以一纸空谈。我时常思考，能带给人长远影响的作品，是否都需要立足于悲惨世界，悲剧方能出彩？我给自己的答案是，现代社会信息量爆炸式增长，人们的选择多了，关注散了，时间少了，一条大路可以狂奔，多条交叉路就容易让人踟蹰不前。世界正快速发生诸多变革，你我的喜怒哀乐，怎么好意思诉说呢？于是宁愿做"小丑"，玩笑式自嘲，用许多网络"热梗"来抒怀。有趣的是，"90后"还小时，面对"垮掉的一代"的称呼，我们奋力解释；长大后，"话筒"真的交接给我们后，我们又沉默不语，或自嘲"我就是垮啊，我是下水道老鼠"。这世界的道理，本就是讲不通的，科学解释不通的，成了哲学；哲学涵盖不了的，成了神学。我们一代又一代，奋力地解析这个世界，想总结出所谓"不变性"，以应对多变的未来，却像是驴子追面前吊着的萝卜。倘若不能总结这个时代，那是否也可以选择咱们最讨厌的一条路——放弃？知不可为，索性不为之。

因此，写这部小说，我没有任何雄心壮志，并不希望能给人带来多大的启迪，能展现多少现实，只希望将我作为女性感受到的一切情感，以及我观察到的身边女性的情感，尽量客观地呈现出来。有一种观点认为情感误事，女性情感太多，效率就低。但我一直不明白，为什么效率成了这个世界唯一的度量衡？我们追求效率，是为了解决怎样的问题？若是为了更快地解析这个世界，那由 AI 去完成就可以了。人与物最大的区别就是情，就让我在写作过程中尽情地挥洒、感受情感吧。情绪牵人不自由，人无情绪不存在。欢迎你和我一道，打开情绪的扉页。

2024 年 2 月 27 日

目　录

第一章　王佳佳 001

一、严冬梅：雪娃娃是不会哭的 002

二、严夏叶：冬天不是夏天的对立 014

三、严秋菊：累足硕果，就能挨过一整个严冬 029

四、严春花：冬天已经来了，春天还会远吗 044

五、陈小珍：冬天是四季的结语，也是开启 058

六、雪纷纷，掩重门，不由人不断魂 070

七、夏虫不可语冰 080

八、隆冬到来时，百花即已绝 092

九、经过无数冬天，白了头，就会对寒霜厌烦 106

十、在冬日沉睡，心冻成冰霜，灵魂却灼热 115

十一、每一朵墓前的花，都讲述了整个春天 123

十二、春季不播种，后面三季何以堪 131

十三、怕冷的鸟儿都飞走了，来年它们还会相识吗 141

冬天的四季

第二章　严冬梅 145

一、雪似梅花，梅花似雪，似和不似都奇绝 146

二、冬日里长大的孩子，总向往春天的暖、夏天的艳 155

三、寒冷中雪松挺立，才能看出园丁本事 165

四、花团锦簇成景，雪花汇聚成冰 174

五、地面结冰了，头顶还下着雪 184

六、坚硬的冰也会化，那坚持的心会吗 196

七、老天也会妥协 207

八、冬天夺去的，春天会交还给你 218

九、一起飘落，一起白头，却难以一起消融 228

十、怀揣希望就能品出美来 237

十一、偏我来时春不在，偏我去时春满园 245

十二、花儿谢了，可我们还是走过了这个冬天 255

第三章　陈小珍 259

后记 261

第一章

王佳佳

一、严冬梅：雪娃娃是不会哭的

（一）

今年冬天特别磨叽，先是不疾不徐地降了一周雨，又断断续续下了三天雪。城市的车辆先是哀号了一阵，司机们在雨声中抱怨着，然而大雨不语，只无差别地打在每辆车的挡风玻璃上。连着七个雨天后，大雪温柔地来了，世界霎时间被调至静音模式。大片大片雪花落下来，人类的路怒症也在一片白茫茫中不治而愈。

我坐在驾驶室里，周遭太安静了，只有雨刮器的唰唰声，右转灯坚定的啪嗒声，以及指关节微微的咔嗒声。我在安静到凝滞的空气里数自己的心跳，恍惚间仿佛听到巴赫的咏叹调。我向前望去，原来是前车司机摇下窗点了一支烟。巴赫的调子缓缓地从他的窗口流出来，刺骨的寒风赶着趟儿地涌进去，那小小的倔强的烟头粲然一笑，冒出一缕轻烟。

"背了点儿！"他咒骂道。

这句熟悉的口头禅一出来，他的后脑勺也登时变得眼熟了。

"点儿！"我惊喜地按了一下喇叭。他正憋着一股气，撇下烟，转头给了一个白眼，骂骂咧咧的，没拿正眼瞧我。我正要再喊他，绿灯亮了，他仿佛看到欲探头的我，着急忙慌地一脚油门拐了弯。于是，我一面笑着，一面飞速地翻着通讯录，给他打了个微信电话。

"点儿,猜猜我是谁?"

"哇,王大小姐,吹的什么风?先说好了,不买保险,人不在国内,钱都在股票里。"

"哈哈哈,什么跟什么啊,我就是刚在路上看见你了,你是不是等红灯抽烟来着?我就在你后面。"

"哇,真的假的,这么巧?我刚好现在去酒吧,要不一起啊,给你介绍个……"

通话突然被中断,屏幕显示"严夏叶女士"来电。我扯了扯嘴角,深吸了一口气,清了清嗓子,才按了接听键,她的大嗓门在耳边炸开,嘴里的热气仿佛喷在我的脸上。

"哎,佳佳啊,你小姨开车追尾了,我现在在你外婆这儿呢,赶不过去,你赶快去看看。我把地址发给你啊。"说完就挂了,果然没给我接话的机会。

我给点儿回了个短信:"家里突然有点儿事儿,我去看看。地址发给我,我这边要是结束得早,就过去。"几秒钟后,我同时收到了两条短信。我看着上面相同的地址,不由得苦笑了一下。

我的小姨,闺名严冬梅,芳龄三十六,保养得当,酒量惊人,整日混迹于各大酒吧、夜店,开香槟色跑车,喜欢五月天乐队。外婆生育了四个女儿,分别叫春花、夏叶、秋菊和冬梅,我妈排行老二,而冬梅小姨比几个姐姐小了一轮多,算是家里最受宠爱的人。处理这四个女人日常惹出的大小麻烦,成了我的责任。我时常觉得我到今天还没结婚,绝对有她们四个的功劳。

我给小姨打了个电话,铃声是五月天的《爱情万岁》,响了一句半,小姨带着哭腔的声音便传了出来:"佳佳啊,我要怎么办啊?"

冬天的四季

"小姨,我在过来的路上了,你先别激动,听我说。你现在打两个电话,报警,还有保险公司。先别着急定是谁的责任,也别和人家吵。"

"嗯……嗯……"

"你喝酒了吗?"

小姨用沉默代替了回答,我深深叹了一口气,踩了一脚油门。

等我赶到的时候,我远远地看到人声鼎沸的酒吧外面的年轻男女们。小姨穿着亮闪闪的香槟色连衣裙,披了一件难辨真伪的同色皮草,头发乱乱的,看起来像个失恋的小公主。她低着头靠着车门,不知在思考些什么。

"小姨。"我朝她挥了挥手。但她充耳不闻,还在自己的脑海里游泳。

"严冬梅!"我在她耳边大喊。这招百试百灵,她当下就冲过来捂我的嘴。

"哎呀,你干吗!"她慌张地看了看四周,"不是说好不许叫我的本名吗?"

我被她手掌里护手霜和酒精混合的味道熏得有点儿头晕。

"好好好。"我把她的纤纤玉指从我脸上摘下来,轻轻按了按,"对方的车在哪?"

小姨朝路边努了努嘴,我顺着她的方向看过去,那辆熟悉的黑色保时捷用它漂亮的尾翼甩给我一个不屑一顾的喷嚏,扼住了我的鼻息。这哪儿是追尾啊,这就是蓄意啊。

"严冬梅。"我从牙缝里挤出一个微笑,"你已经三十六岁了,不是十六岁。"

小姨垂着头,像个做错事的小朋友,长长的指甲深深嵌进虎口里。

我叹了口气,朝保时捷走去,颇有大义凛然的味道。我敲了敲驾驶座的车窗,在它摇下来那刻换上一个尴尬又标准的笑容。

"好久不见啊,杜加。"

杜加是小姨的前男友,一个标准的颓废式富二代,在穿着上就体现得淋漓尽致。他长了一张被世界宠坏却不识好歹的脸,身材瘦削。薄得近乎锋利的唇瓣,透着薄情。

杜加朝我扬了扬下巴,表示回应,依旧戴着那副半永久墨镜。我正打算开口,就发现副驾驶座位上坐了一个浓妆艳抹的大波浪,稚气与妖艳在她身上疯狂拉锯。她挺了挺胸脯,无声地宣示着主权。

"你把她带走吧。她喝多了。"杜加的语气让人听不出他的情绪,他握住了大波浪的手表示抚慰,"我们还有点儿事,就先走了啊。"着重强调的"们"字在大波浪脸上荡出一个微笑,她把身子倾过来,像藤蔓一样缠在杜加的手臂上。

"麻烦你了啊。"我抱歉地笑笑,"我看车屁股掉了点儿漆,到时候我把修理费用转给你。"

"不用,没多少钱。麻烦你跟她说一句,希望这是我们最后一次见面。"杜加把脚放到了油门上,然后一骑绝尘。我在尾气中皱起眉,把呛到嘴里的尾气假惺惺地唾到地上,回头对上了小姨的目光。

"佳佳,你说,我是不是老了?"小姨幽幽地说道。

"小姐,麻烦你照照镜子好不好,数得出一条皱纹,我跟你姓。"我打开手机自拍功能凑到她眼前。

"那个女孩子,看起来才二十出头吧?"她落寞地仿佛自言自语。

这样下去不妙,我在心里说。今天我可没空儿陪她演悲情剧,

冬天 的四季

对待这个女人，还是得以毒攻毒。

"杜加也才二十六啊，比我还小四岁。"

"诶，你承认自己三十了，是不是？"小姨突然从阴郁中绽开了笑容，满脸得意地指着我。

"二十九，二十九，我都被你搞晕了，你还好意思笑？"我计谋得逞，用力捏了捏她的脸。她跳开，还不忘责怪我："别别别，妆花了，妆花了！"看着再次活泼起来的她，我无奈地耸耸肩。或许老天看她太过可爱，就把我的青春期也打包送给她了。

电话铃声响了，看到点儿的名字，小姨极速换上一副八卦的嘴脸，贴到听筒旁边光明正大地窃听，这回浑然不觉妆被蹭花了。

"王大小姐，忙完了没有？"点儿在嘈杂的背景音乐里对我嘶吼。

"忙完了！她现在有空儿！"小姨朝着听筒喊回去，不忘朝我抛了个媚眼，用嘴唇勾出几个字：铁树开花。

我连忙把手机救回来补了一句："我和我小……我和我朋友就在门口呢，我得先把她送回去……"在严冬梅充满威胁意味的眼神中，我不得不改了口。

"那让你朋友一起来呗。哎，你啥时候有朋友了啊，不容易啊，我得见见。"

"见我没问题啊，你出来接我们呗。"小姨忙不迭地接话。

我无奈地看着小姨。她撂下电话，给我来了个楚楚可怜的表情："佳佳啊，你忍心让我一个人寂寞流泪吗……"末了还吸了吸鼻子，作势擦泪。

在我僵硬地点头后，她鳄鱼的眼泪还没挤出来就收了回去，然后不停地嘱咐我："记得叫我的英文名 ivy 啊，不许说我是你小姨。你看我的妆花了吗，要不我回车里补个妆？"

"点儿！这儿呢！"我朝天降的救命恩人挥舞手臂。点儿朝我不正经地敬了个礼，小步跑了过来。严冬梅就在这几秒内用眼睛把他全身扫视了一遍，然后钻进车里开始补妆。我苦笑，这演的是哪出琼瑶戏。

"王大小姐，介绍一下？"点儿的小眼睛透过车窗瞟了瞟，伏到我耳边压低嗓音。

"啊……这是我朋友，叫 Ivy。"我扯出一个假笑。

"嚯，那么洋气。"点儿挠了挠头。

车门一开，扑鼻而来的是浓郁的百合香水味，ivy 优雅地探出纤细的脚踝，细跟在柏油路上轻盈地一撞，车头大灯默契地化身为红毯上的闪光灯，把她的眼皮和红唇都衬得亮闪闪。风把她的金属耳环吹得叮当作响，与皮草合奏了一支名为"珠光宝气"的出场曲。如果不是飞速驶过的跑车让她的卷发反水赏了自己一个巴掌，一切都非常完美。

"你好，我是 Ivy。"她向点儿伸出手，嘴角勾出完美的弧度。

"你好你好，艾小姐，我叫李京伟，大家都叫我点儿。"点儿黝黑的脸竟然破天荒地泛红了。

"咱们进去吧，你不是要给我介绍人吗？我等不及了。"我连忙说。

"哦，对。"点儿回过神来，朝我神秘地眨眨眼，"一会儿你可得好好感谢我啊。"

（二）

严冬梅像一条做作的美人鱼。点儿跟在后面毕恭毕敬，像公主的骑士，偶尔用手掌帮她把人推开，清出一条道来。我则像是

冬天 的四季

误入异类世界的怪物，被两位主角押送着向前冲。

我们终于到达卡座，我的第六感雷达突然鸣叫起来。坐在中心的那个身影给了我躲闪不及的一记直拳，正中我眉心："佳佳，好久不见。"

点儿已经知道了我的内心活动，于是带着严冬梅跑到卡座另一边去了，临走前还拍了拍我的肩，以示鼓励。

我被周遭人推搡着在他身边坐下，弹动着手指，尽力让自己看起来不那么像一座雕塑。我扫视了一圈在场的人，几张熟面孔应该是我和点儿的大学同学，剩下的不关我的事。严冬梅很快就和大家打成了一片，熟练地推杯换盏。

"最近过得如何？"那人敬了我一杯酒，杯口比我的低一些。

"就那样呗，能活。"我把杯子向下挪了挪。

"我们几年没见了？"他也不甘示弱，坚持要把杯口往下降。

"好几年吧。"我降了一个杯位。

"你还在生我的气啊？"他索性蹲下来，抬起头看着我，铁了心要赢这个比谁更低的游戏。

"你再低，我就只能洒地上了，不太吉利吧。"我微笑着看着他。

"好好好，我说不过你。我干了。"他坐回座位上，一饮而尽，我看着他上下翻滚的喉结，也跟着一口气干了。这酒，真挺烈。

他叫林燃，是我的前男友。他出生的时候，他爸妈算了一卦，说他命里缺火，但林字又不能被摘掉，就取了这么一个危及消防安全的名字。这是他在大学新生破冰活动上的自我介绍，我问他怎么不叫林焱呢，好多火。他说不行，不能让卦灵验。后面我发现，他就是这样一个自相矛盾的人，不信卦却从卦，不信爱却从爱，就像他的名字一样，木火相依相生。

"这酒挺烈的，你少喝点儿。"他给自己拿了一杯满的，递给我一杯残的。

"你看不起谁呢？"我把他那杯拿过来，一口见底。

"你说话还是那么呛。"他笑了笑，赶上了我的进度。

"主要看对谁，枪口不对内。"我挑了挑眉。

"那我就直说了。"他也不恼，好像这些年确实成熟了不少，"我要结婚了。今天这算是我的单身之夜。"

"恭喜啊，早生贵子。"我敬了他一杯，心里却满是懊恼。在这种情境下，不论我摆出什么样的表情，都注定是败方。他挥舞着婚姻的大旗站在终点线，就可以居高临下地认为我的一切反应都是出于不甘和羡慕。我这时不管表现得多超然，在他眼里都是心乱如麻，蓄了一水库的泪。点儿真是该死。

林燃盯着我，眼神中果然露出了一丝怜悯，想拼命从我的表情中解读出什么。而我恪守着敌不动我不动的原则，此时无声胜有声。

"她是咱们的小师妹，你记得吧？之前也是我们辩论社的。处了几年，双方都觉得挺合适的。"他果然压抑不住，开始炫耀起来，可我的假笑份额已经用尽了，我只能面无表情。他俩早在大学的时候就越过我，觉得彼此挺合适了。

我当然知道他说的是谁，金银莺，人如其名，有小黄莺一样的甜美嗓子和美丽的羽翼。点儿来看我们辩论的时候，眼睛也曾经长在她身上。

"婚礼就在下个月，和点儿一起来啊。"林燃又喝了一杯。

我在心里默默骂道，想什么来什么，他今儿是讨礼金来的吗？那么多年没见了，合着刚才那些假惺惺的铺垫都是为了从我兜里掏点儿钱，榨干我最后的剩余价值呗。得不到的永远在骚动，得

冬天的四季

不到我，至少这操作能骚扰到我。

"我不要你的礼金，就想让你来见证一下，挺多同学都来，大家都挺久没见你了，都挺想你的。"他开始解释了，连用了三个"都"和三个"挺"字。这是明显的此地无银三百两啊，我要真是两手空空进去吃白食，那还不得在老同学圈里社会性死亡啊，虽然在他们心里，我在和林燃分手的那一刻起就变成了一个断情绝爱的人。我也不屑去解释，久而久之，也就淡出了同学圈，活成了他们茶余饭后话题里的人物。

现在气氛实在太尴尬了，我僵在原地。当身体停止动作的时候，头脑就会分外活跃。看着他明明很虚伪却显得那么真诚的双眼，我不由自主地想起了我们的大学时光。那时候我和林燃算是全校皆知的金童玉女，只不过我是那个金童。大学时的我作为辩论社社长，剪了很利落的短发，加上不肯饶人的性子，江湖人称"王辣子"。不明真相的学弟学妹初听这个名号，不禁心生畏惧。林燃长得白白净净，似乎对紫外线免疫，鲜红的嘴唇像是投胎前在伊甸园偷吃了满树的樱桃。这张人畜无害的脸让他的一切行为都显得非常合理。

我像无数个小女生一样，问过他究竟喜欢我什么。他望着远处抽烟的路人，说："你呀，就像这烟，不会吸烟的人吸一口绝对被呛着，但只要学会了，每天早上不来一口，心里就躁得慌。"

"去去去！别的男人说情话，都把女孩子比作花啊、钻石啊、珍珠什么的，你倒好，把我比作烟。"

"那些东西多俗啊。"他温柔地看着我。

我挽过他的臂膀，面对眼前的美好，心中却升腾起一股害怕这美好转瞬即逝的担忧："森林里可是禁烟的啊，小心我把你燃了。"

"啊，在见到你的那一刻。我的林就已经燃了。"他很浮夸地表演了诗朗诵，轻易地化解了我的小忧郁。于是，我们拥抱在一起，在夜色中共同点燃一颗又一颗星。

回忆就像一只寄生虫，一旦在你脑海里生根，就会恬不知耻地繁衍。越来越多回忆涌进我的大脑，把这只可恶的虫子喂得肥头大耳。

我平时酒量很好，可今日不知怎的，方才下肚的几杯酒涌到脑子里跳起舞来，不一会儿就把心脏也拉上来一起摇摆，一扯一扯，拽得人生疼，眼眶不由得发酸。

这时候严冬梅走过来，递给林燃一个骰盅："你就是准新郎吧，庆祝庆祝，来玩几把'吹牛'？在座的各位，一看你就最能吹。"

(三)

等我反应过来的时候，只见严冬梅朝我露出了胜利者的微笑："佳佳，搞定。"

我的心里升腾起感动，那么多年来都是我在替她出头，这是第一次她为我鸣不平。或许在她孩子气、任性又自我的外表下，也藏着那么一方细腻、充满柔情的天地。我把不胜酒力的她架到门口的便利店里，买了一瓶牛奶。便利店的员工也是一位世外高人，不用抬眼也不用我开口，就能为酒鬼热好牛奶。

我的小姨啊，就让她永远当个孩子吧，不谙世事。我自如地切换回了大家长模式，轻轻拍着她的背，看牛奶的热气在她纤长的睫毛上挂一幕水帘。有时候我真羡慕她，敢爱敢恨，永远不必长大。也只有被宠着的人，才留得住青春吧。

在便利店里，点儿想挨着我坐，被我肃杀的眼神吓了回去。

冬天的四季

于是，他乖乖坐到严冬梅旁边，帮着拍了拍她的背，还不忘偷偷瞄我两眼。

"他，被送回去了？"我知道他自认欠我的，于是头一抬，像高高在上的太后。

"啊，他老婆，不是，那个，被人接回去了。"点儿抓了抓鬓角，又瞄了我一眼。

"挺好。"我惜字如金，他果然慌了。

"不是，今天这事儿吧，我这不是想着你们可以来个了断吗？毕竟人家要走进人生新阶段了，你还……"他突然停下来，讨好地看了我一眼，"哎呀，都怪我！您大人有大量，有什么气都冲小的撒！"

"我还什么？"我脸色有些阴沉。

"你说都那么多年了，你怎么不再找个对象呢？"点儿的声音有点儿沙哑，突然望着窗外装起了深沉，还挺像那么回事儿。

"你怎么不找？"

"咱俩能一样吗？我是没人要，你是不想要。"

"你也知道我家这情况，我拖娘带姨的，怎么找啊？"我也做出深沉状。

"跟我都开始拿借口搪塞了？"点儿的失落装得恰如其分，我都快自责了。

"我……"我正要解释，怀里的严冬梅突然对着手机喊了个"喂"。好了，这一波未平，巨浪滔天。

"你想干吗？"杜加无奈的声音从对面传过来。我想伸手夺过手机，她却不知哪里来的神力，像溺水者抱着浮木一般扒住了她贴满水钻的手机。

"她哪点比我好？"她的声音像是被牛奶泡软了，没有力气。

我尴尬地听着。

"没什么事，我就挂了。"话筒那边的人说。

"有事。"严冬梅突然坐起来，眼睛都倏地亮起来，"不是还没正式说分手吗？我就跟你说一声，我也有新男友了。来，打个招呼。"她不由分说地把手机塞进瞪圆了眼睛的点儿的手里，点儿张着嘴，有些不知所措。严冬梅把傻愣愣的他拍醒，他便顺着话茬接道："啊，是。你以后别来烦她了，我们很幸福。"

严冬梅拿过手机飞快地挂断了，像是要把杜加封印进月光宝盒里。她的力气和信号一齐被抽离了，她把手机捧到胸前拥着，然后垂下头，任头发吃掉自己的脸，肩膀一耸一耸，也不知道那么多颗水钻会不会硌疼她。我和点儿对视了一下，悬在空中想安慰的手也不知该不该降落，又该在何处降落。

过了会儿，严冬梅突然抬起头笑起来："我们很幸福？哈哈哈，你在说什么玩意儿啊，叔叔。"她几乎要笑出眼泪来，朝点儿的胸口送了一拳。点儿装作很痛的样子"哎哟"了两声，两人便一起笑起来，并指责对方的笑声太好笑了。这就是酒精的魔力吗，我面无表情地看着这两个人。

等他们总算是笑累了，严冬梅凑到点儿的耳边说了句什么，点儿的脸登时红到了耳边。这真是怪事儿，点儿向来是脸皮最厚的那个，今天竟然连着脸红了两回。面前这个看似是点儿的家伙竟然害羞地点了点头，说了声"好。"

正当我犹豫着该用什么办法让面前的仿冒者现出原形的时候，严冬梅挽起了点儿的手，跟我笑着说："这是我新男朋友，点儿。"

我觉得便利店的空气太稀薄了，雪已经停了很久，周遭静悄悄的。

冬天的四季

二、严夏叶：冬天不是夏天的对立

（一）

　　从小区门口到我家楼下，有十二盏路灯。第四盏接触不良，总是忽闪忽闪的。第十盏在某次小区熊孩子的打闹中成了牺牲品。但物业就像圣诞老人，只会在每年收物业费的时候出现，因此，这些路灯得以保存了它们的故事性。小区的车位永远供不应求，枯草的优先权都高于业主，因此我只能每天把车停在路边，然后和我的十二位老朋友逐个挥手。如果每一盏路灯都代表了一个月份，那我们家所在的单元楼就是十二月寒冬，是被阳光遗弃的孩子。十二幢是建筑工程进行到一半时临时加入的插班生，矮小又突兀，好在只需要缴一半的学费。但人们可以不要阳光，衣服却不行，于是原本就过于狭窄的楼间搭满了晒衣服、被子的架子。人穿梭其间，就像路过了一座染坊。

　　楼道总是潮潮的，天花板的漆也斑斑驳驳，偶尔会掉落下来，给南方人下一场梦寐以求的雪。我摸出钥匙打开门，朝鱼缸打了个招呼，然后脱了鞋，把自己摔进家里的沙发，闭着眼数到三。

　　不出所料，我睁眼时严夏叶已然闪现到我眼前。她穿着粉色的波点加绒睡衣，像只毛茸茸的熊。粉熊揉揉疲惫的眼睛，朝我打了个巨大的哈欠。

"你还知道回家啊，这都几点了，再等下去，你老娘就猝死了。"吊灯为她勾勒出巨大的投影，她的左脸颊上有明显的睡痕。

"妈，你挡着我看鱼了。"我挪了挪身子，鱼缸重新出现在我的视野。鱼儿们在我圈定的渺小世界里自由地遨游，不时吐个泡泡，永远瞪着双眼，不知是梦是醒。它们是我从小到大唯一能养活的动物，因此我将它们分别取名为"命硬""命大""命好"和"命强"。

"看鱼？你还能看出花来啊？你咋就和你爹一样，年纪轻轻就孤老头子脾气。"她一屁股在我旁边坐下，没好气地说，"差点儿被你绕进去了。你小姨咋样，没事吧？"

"她好得很，今天还枯木逢春了呢。"

"什么丰唇啊？她又去折腾了啊？"严夏叶的声音提高了八度。

"不是，她谈恋爱了。"我连忙解释，为了我的耳膜，也为了邻居的福祉。

"嗯？"严夏叶挑了挑眉，"又是那个浪荡子？"

"不是，是点儿。"我看着命硬游上前蹭了蹭命好，命好却不屑一顾，可怜的命硬。

"啊？就你大学同学，那个点儿？"严夏叶夸张地张大嘴，啧啧了两声，"我记得你俩当时不是关系挺好吗？他咋就没看上你，看上你小姨了？"她上下打量着我，一副怒其不争的样子。

"妈，打住打住。缘分这个东西，不可强求。你看啊，就像命硬喜欢命好，命好却喜欢命强，这命强呢，偏偏又看上了命大……"看着严夏叶一脸"你简直不可救药"的表情，我悻悻地闭了嘴。

"所以你喜欢点儿？"她仔细琢磨了琢磨，试探着问。

冬天的四季

"我喜欢你。"我翻了个白眼。

"不是我说你啊,你妈我年轻的时候,那追我的男孩子可是排到巷子口了,要不是你爸拿把菜刀把他们都吓唬走了,我能跟他吗?你再看看你,都三十了,男朋友还没个影。别人家生了女儿,门槛都被踏破了,我家呢,有个长得不错的快递员上门,我都要两眼放光了。"

"哎呀,缘分未到,缘分未到。还有,你闺女今年芳龄二十九,亲妈。"

"你的红线被月老打了死结吧?"严夏叶又摇了摇头,"你外婆马上就要办七十五大寿了,你要是领不回一个对象,就是对她不孝顺。"

"有七十五大寿这东西吗?"

"这不是今年日子好吗,刚好四女祝寿。你甭管那么多。"严夏叶摆了摆手,"反正话是搁这儿了,你要想气死你老娘,也气死你老娘的娘,就不用急。"

啊,她最拿手的情感绑架又来了。

"对了,你爸今年就到退休年龄了。你要想把我们三人都送走,那也行。"

真是越说越过分了。

"老话说得好,一个伟大的母亲,她的女儿必定会拥有幸福的婚姻。"见我不言语,她开始施展怀柔政策,像是下一秒就要推销产品。"严夏叶女士定律"第一条,只要是她说的话,都是老话。

"那你不老说你和爸不幸福吗?"我试图反抗。

"那是因为你外婆就没管我,她是个把孩子放养的母亲。我不一样啊,你是我一手拉扯大的,你的人生大事也是我的人生大事。"

"就是因为你最爱我,所以没人能比你更爱我了。我还是当妈妈的宝吧。"我笑嘻嘻地搂住她。

"我就不该让你去学辩论,啥好的都没学,就学会顶嘴了。"她没好气地剜了我一眼。

"对了,林燃要结婚了,和辩论社的一个学妹。"我的本意是想反驳辩论有害,看到严夏叶的表情时,我自知失言。她看着我的眼神,半带关心,半带心疼,她又把我拉回到今晚那种尴尬的气氛中去了,我恨不得赏自己一个巴掌。当人们默许你是一个可怜人时,你的一举一动都能被过分解读。

"他……和你说的?"严夏叶很少有这种小心翼翼的时候,这让我颇不习惯,如坐针毡。

"啊,还邀请我去他的婚礼来着。"我拿起桌上的一个梨,开始削皮。

"去个屁,结婚还缺观众啊?"严夏叶夺过我手里的梨,替我完成了削皮工作,"跟你说了多少次,你这么削,会把肉也削没的。大晚上吃什么梨,唉,要不随礼就随箱梨,祝他们早点儿离。"

我有点儿哭笑不得,严夏叶女士的想象力真是无穷。我从她手里接过那个大小几乎没有变化的梨,她把连成一片的皮在我面前晃了晃:"你看,梨皮都知道从一而终,现在你们这些年轻人却不懂。"或许老一辈的时间确实流动得更慢,他们也拥有更多时间和耐心去好好剥开一个梨,而我们出生时就拥有前人栽下的梨树,上面硕果累累,选择多了,珍惜便贵了。

"本来我想着和点儿一起去,就当花钱吃顿饭。不过现在点儿应该会带小姨。"梨多汁,汁水从我的指缝里漏出来,滴到裤子上,晕成一个湿漉漉的斑,再次引起严女士的不满。

冬天 的四季

"几岁的人了,吃个东西,嘴巴和手都是漏的。"她把我的手拽过去,边抱怨边拿纸巾擦拭,然后研究起了我的指缝,"都说指缝不严的人漏财,我看你把爱情也漏走了,还挺大方,给了你小姨,肥水不流外人田啊。"

"当年我念大学的时候,你可是嫌弃点儿眼睛太小,贼眉鼠眼的,一看就不是什么好人。"

"当年是当年,现在我巴不得男人们都小眼睛呢,最好不长眼睛,那样就能看上你了。"

得了,今晚就是我的批斗大会。我被抨击得哑口无言,只得朝命硬吐了吐舌头。它没有指缝,连指头都没有,如果这理论是真的,它的爱情就不会漏走了。

"时间不早了,女儿先告退了。"我飞快地把梨啃得只剩一个核,然后飞也似的溜回房间,把严女士的嘴和房门一起关上。

(二)

周末的早晨是由厨房的香气开启的,我仔细辨别着究竟是严女士最拿手的鸡蛋饼,还是我最爱的海鲜煎饼。今日阳光特别慷慨,从窗口洒进来一点儿,刚好够到我的被角。于是,我把脚伸出来,探到阳光下,脚被太阳挠得痒痒、暖暖的,我满足地在床上摊成了肉饼。咕咕大叫的肚子催促我,别想太多,该服侍它了。我不情愿地爬起来,穿上床头严女士准备的厚得离谱的棉外套,登时,整个人都被束缚住了。

当我推开门的时候,老王已经用餐完毕了,餐具和食物的残骸摆在面前等着被收拾。他一面抖着脚,一面读一份报纸,抬头看到我的时候清了清嗓子,停止了抖动的动作。父爱如山,我理解，但像我爸这样几十年如一日在我面前坐如山的，属实罕见。

"怎么缩着脖子，还没我有精气神啊？"他下了批判书。

"这外套太厚了，我伸不开啊。"我辩解道。

"为什么要穿那么多，身体还没我好。"判书第二轮。

我吐了吐舌头，自知说不过他。毕竟投胎的时候他领先了我一圈，这辈子便都长我一辈，而且他大概是跑得太快，就把字典里有关夸奖的那一页全搞丢了。从小到大，我都鲜少从我爸嘴里听到夸奖和赞许，顶多就是"嗯，这回没搞砸"这样伪装得极好的认可。

我爸和我妈，一个姓严，一个姓王，组成了一对阎王，也让我的童年成了修罗场。做得好是我应该的，做不好就是我十恶不赦。老王是个工作狂，一年有三百六十天都待在单位，不抽烟、不喝酒、不烫头，活得像个苦行僧。因此，他对我提出要求时，总是以自己作为标榜，再加上无法反驳的辈分碾压，我毫无胜算。严女士自从生了我，我就成为她宇宙的中心。她对我提出要求时，压上她整一辈子的重量，让我喘不过气。

但随着我的成长，我发现人类真的会随着年纪的增大而变得温柔起来。或许是经历得多了，变得波澜不惊；或许是当我蹿高的时候，他们的背脊由于无法对抗重力，佝偻起来，无法居高临下，就不再理直气壮。

严夏叶女士从厨房里走出来，脸红彤彤的，捧了一盘热气腾腾的煎饼。她把煎饼放到我面前，又顺手收走了老王的餐具："你们这俩爹啊，真是把我当保姆了。这是饭店啊？饭都得端到面前？"

我狼吞虎咽着这份海鲜饼，向老妈竖起大拇指："这里如果是饭店，你就是厨神。"她剜了我一眼，又给我拆了一瓶牛奶。

冬天的四季

老王则是充耳不闻，多年来他早已习得了武林中的最高绝学：以不变应万变。任你东西南北风，老子失聪。神奇的是，这招对严女士相当管用，大抵她的机关枪只是需要一个安静的靶子罢了，子弹永远不会反弹，就是对射击者的最大宽慰。

老王今年就要退休了，他待在家里的时间变得多起来，我能感受到他的不自如，譬如此时他已经盯着报纸的同一个版面半小时了。他这一辈子都在和工作打交道，以至于他几乎是个生活上的白痴，他会走进通讯营业厅说，您好，给我来一个手机。如果没有严女士的介入，他大概永远无法拥有一双配对的袜子。对他来说，放假反而是一种折磨，因为这不是他擅长的事情。家里没有他可以下达命令的人，我长大之后，他就只能对着命硬、命好、命大、命强指指点点，看起来更像一个怪老头了。

"佳佳……最近情感生活有何进展？"报纸背后传来他不太自在的声音。得了，看来是严女士昨晚下达任务了。

"报告领导，一切正常。"我打趣道。若是小时候，我断然不敢在他面前开玩笑。

"事业是人生大事，婚姻也是人生大事，不可厚此薄彼啊。"报纸抖了抖。

"您还说我呢。"我胆子真是越来越肥了。

报纸沉默了一会："就是因为我找了你妈，我才能专注于工作。所以说，一个优秀的伴侣是非常好的助力剂，是成功路上的基石。"领导说话就是一套一套的。

"那我妈呢，找了您，成了家庭妇女。"我蹬鼻子上脸了，一定是海鲜饼太齁了。

"分工不同。我的任务是养家，你妈的任务是照顾你。这就是平衡。"报纸换了个版面。

"我可不想当家庭妇女啊,要不我找个上门女婿,还能照顾你俩,陪你们说说话?"我眨眨眼。

"这样的男人有什么用。"报纸终于落到了桌上,"你都多大的人了,爱情观还这么不成熟。"

"那您说说,什么是爱情呢?"

老王一瞬间有些语塞,严女士从厨房里走出来,手里拿着一碗昨日的剩饭,这便是她每日的早点。她笑盈盈地说道:"爱情就是你爸把追我的人都吓走呗。"

老王似乎有些脸红,清了清嗓子:"年轻时的激情,时间久了,就会变成亲情。"

"既然总会变成亲情,那我就活在亲情里多好。"我真是个辩论天才。

"唉,等你遇到对的人,你就懂了。"万能语句还是来了。此语一出,根本无法反驳,因为这话的语境是过来人在断言你的未来,你既不是过来人,也看不到未来。

"你俩遇到对的人了吗?"我垂死挣扎。

"他也没给我机会遇见别人啊。"严女士笑了笑,扒拉了一口米饭,我仿佛在粗茶淡饭里看到了爱情。

"存在即合理。"老王清了清嗓子,又端详起那份报纸。

"对了,咱妈要过七十五大寿了,你今年刚好退休,就跟我一起去跑跑,买买东西。"

报纸不动声色地颤抖了几下,我知道这是在给我打莫尔斯电码——SOS。

"妈,外婆明明生了四个女儿,为啥什么事都是你在跑?"

报纸点了点头。

"你大姨自己家的事情已经够她操心了,你三姨公司又忙,

冬天的四季

你小姨你知道的，自己都管不好。"

"她们都忙自己的事，你就活该忙她们该忙的事儿呗？"

"你这孩子怎么越大还越冷血了？你几个姨没少疼你吧，你外婆对你比对我可好多了。我从小就得自己洗衣服，你外婆就知道教书，不知道育人。我十八岁时你冬梅姨出生，我和你春花大姨就开始当妈了，你冬梅姨的饭都是我们喂的，衣服也是我们洗的。你再看看你，到现在，饭还得我给你端来……"

严女士诉起苦来总是如一江水滔滔不绝，我承认她的确是遭受了许多不公，也正是这些经历塑造了她这万事都要操心的性子。世界绑了她做苦力，她却为世界数钱，这是我们这代人缺失的高尚品格。但这也有代价，便是自我价值的缺失。她的成就感需要立足于他人的认可之上，我深谙其道，因此总是给予她最多夸赞，即便有些浮夸。

"妈，你辛苦了。你才是咱们严家、王家的大家长。"我搂住了她，果不其然，被她面带嫌弃地甩开，但她也不再抱怨了。

"你妈确实辛苦，你该分担点儿。我看外婆的生日，你就跟着你妈一起操办吧。"老王义正词严。

我震惊了。

陷阱，赤裸裸的陷阱。姜还是老的辣啊。

（三）

我载着严女士去了市内最大的酒楼。今天刚一放晴，人们纷纷从家里涌出来，抢占阳光份额，仿佛急需把渗进骨子里的寒气晒出来。明明期盼着、祈祷着下雪的是我们，雪如愿降了几日就怀念太阳的也是我们。在大自然看来，人类大概就是又脆弱又矫情吧。

严夏叶的右手紧紧扒着车顶的扶手,对我的驾驶技术指指点点。

"路面雪还没清呢,你开慢点儿。哎,前面有人,有个人,人!"

"妈,我长眼睛了。"我无奈地说。虽然我已经拿到驾照十多年了,但她十年如一日地觉得我是个新手司机。只要我提出异议,她就会搬出她的理论:"在妈妈眼里,小孩永远都是小孩。"但如果我胆敢把车钥匙扔给她,叫她来开,她就会换一套说辞:"你已经长大了,我还不能享享福啊?"或许在每个妈妈眼里,孩子都是金箍棒吧,变大变小,变丑变漂亮,都按需求来。

"咱们去的这家,贵吗?"

"不便宜。但外婆不是七十五大寿吗,今年不是日子好吗,千载难逢。"

"那也不能铺张浪费啊,要勤俭节约。"

"要不就在家里办呗,还温馨。"我看着一路的红灯,打起了退堂鼓。

"那不行。所有亲戚都得来呢,在家里办太不像样了。而且那么多人,你想累死你妈啊?"

"这生日是办给外婆的,还是办给七大姑八大姨的啊?"

"我小时候,那群亲戚特看不上我们,觉得生了四个女儿就没有出路。结果呢,他们的儿子一个个都混成什么样子?瞧吧,女儿才是宝贝,是千金。就得让他们看看,咱们家过得有多好,酸去吧。"严夏叶的眼睛里发出光来。

外婆生了四个女儿,生小姨的时候已是高龄产妇,明眼人都能看出来,她是想添个儿子。外婆也是个有文化的人民教师,只不过身处那个时代,很难突破其局限性。其实外婆是个不太称职

冬天的四季

的母亲，她将一腔热血都留给了一届又一届学生，生育对她来说更像是一个任务。面对外人的非议，四姐妹里大姐严春花生性懦弱，不敢上前争辩；三妹严秋菊思想独立，不屑与之为伍；小妹严冬梅根本懒得搭理他们。在整个大家庭里，真正被外人的言论刺伤的是我母亲。但她没有生出厌恶，也没有生出抱怨，只是用自己的方法全力去照顾、守护这个家庭。"你们看不上女儿，是吧，我偏偏要给你们看看女人的力量。"

我出生之后，她时常对我说："女儿好，女儿亲，女儿就是比儿子强。"我知道她实际上是在说给自己听，重复多次便可坚信。在她的固执要强下面，我时常偷看到被深埋的自卑，或许真正自信的人是不怕输的。

"他们看不上咱们，咱们还请他们吃饭啊？"我打趣道。

"你说，请柬要怎么设计？你们编辑不是学过那个什么修图吗，你设计一个好了。"她不搭我的话茬，还意图使用免费劳动力。

"至于吗？外婆又不是结婚，怎么还要请柬？"我按了按喇叭，把前面那辆快睡着的爬行车吵醒。

"哎哟，市区禁止鸣笛啊。"严夏叶捂住心口，"做事情总要做全套的，精致。你忘了，你小时候生日会，我也给你做请柬，还是手工一张张写的，我这个老花眼的功勋章，绝对有你的一半。"还没等我开口，她便接着说，"哎呀，反正你那么聪明，弄起来很快的，到时候人家一看，怎么请柬那么洋气，我就可以说，喏，是我女儿设计的。"

看来这绝非一场寿宴，而是一场大型表演秀。

"那你要怎么设计啊？"我有点儿头疼。

"我到时候把名单发给你，就搞得时尚一点儿，喜庆一点儿。"见我松了口，严女士变得非常快乐，拿出手机给我看了几张早就找好的模版，不得不说，它们绝对早在八百年前就和时尚分了家。然后，她又从包里拿出一张纸和一支笔，在纸上列的"设计请柬"一项上打了一个大大的勾。

这女人果然早有预谋，我觉得路途突然变得漫长而凶险。马路太滑了，谁来扫扫屋前雪啊，哦，不会又是我吧。

在接下来的时间里，我又"自愿"接下了"送请柬""订蛋糕"等一系列活计。等到达酒楼门口的时候，我脑门上沁出的一层细汗让我觉得这分明就是夏天。

红彤彤的牌匾上印了金灿灿的三个大字：鸿兴楼。一看就是过年新换的，亮得让人不敢在下面久留，总觉得要往下淌油漆。鸿兴楼，听起来就特别澎湃。据说是老板花了一大笔钱找风水先生起的名字。而老板的名字就叫金红星。

接待我们的是一位实习经理，她挂着标准的近乎僵硬的微笑，说迎宾词还有点儿磕磕巴巴的。鸿兴楼的主业就是承办各种大型酒席、聚会，最低的公关职位就是实习经理，大概这样可以让客人感受到充分的重视。

"两位贵宾好，我姓林，你们可以叫我小林。请问，是订什么类型的宴席呢？"她鞠了一躬。

"家里老人的大寿。"严春叶女士抢着发话，"你们这里有热水吗，我有点儿渴。"

"不好意思啊，我这就给您倒。绿茶可以吗？"小林朝四周望了望，想抓一个服务生，却发现实习经理遍地走，服务生供不应求。她抱歉地让我们先坐，自己跑过去泡了两杯茶端过来："不好意思，久等了，可能有点儿烫。"她站在那里，想坐又觉得不该坐下，有点儿无措。

"你坐吧。"我说。

冬天的四季

"谢谢。"她朝我笑笑,放松了一些,"您二位刚才说,是老人的大寿,大概有多少宾客呢?"

"二十位左右吧。"严夏叶女士端庄地喝了一口茶,明显被烫到了,但她做好了表情管理。

"那就是大包了,我们的大包数量比较少……大概什么时候办呢?"小林又紧张起来。

"正月二十六。"严夏叶把茶放到桌子上,还推远了一点儿。

"那就是阳历的……二月十四日,啊,情人节啊……"小林显得很为难,"这种节日提前几个月都被预订满了,真的很火爆。"她顿了顿,"不过也会有人取消的,我帮您盯着,一有空位就通知您,您看行吗?"

"那价格呢?"

"情人节那天我们大包是八千八百八十八,包含了六道凉菜、十五道热菜、四道汤品和六道点心,酒水是两瓶红酒,还会额外赠送酒楼的特色甜品。"

我知道,听到八千八百八十八这个数字后,严女士就不会继续往下听了。在听到红酒的时候,她又"活"了过来,试探着问:"老人不能喝酒,如果去掉酒水的话,是多少钱?"

小林显得更为难了:"都是套餐里包含的,酒不喝的话,可以存着,下次来喝。"

"如果不是情人节,也是这个价格吗?"

"平常是六千八百八十八,但是菜式会少……"

"你说一个破洋节怎么就能贵两千呢?"严女士朝我抱怨道,气愤地喝了一口茶。

"这不是好日子吗,一年一次。"我模仿着她的口气,换来了一个白眼。

"好的,我们商量一下啊。有空位,你给我打电话。"

小林记下电话后哈了哈腰,走开了,背影显得如释重负。

"哎,我有个主意。"严女士凑了过来,"你秋菊姨是不是上回说要帮你办三十岁生日来着?"

"你要干吗?"

"你和你外婆生日也没差多久,干脆一起办得了。这叫什么,双喜临门。"

"哪有凑一起过的?"

"你不是也跟你明黎哥哥一起过过生日吗?"严明黎是我大姨严春花的儿子,比我大四岁。我清楚地记得那个生日,与其说是生日会,不如说是我俩的表演大会。在家长们"来一个、来一个"的欢呼声中,我们表演了一个又一个节目。也就是那年之后,我决定把生日这玩意儿戒了。

"我和严明黎是同辈,和外婆差了辈。外婆过的是大寿,我过的是青春的尾巴。这像话吗?"

"妈妈都多少年没给你过过生日了,就让我弥补你吧。"严女士使出了罕见的母爱如水战术。

"那你自己去和秋菊姨说。"我忍住不笑。

"那不行!"她果然急了,"她是我妹妹,我哪能跟她开口啊,显得我是为了让她摊你外婆寿宴的钱似的。"哦?难道不是吗,我心里说。

"你外婆是我亲娘,你是我亲囡,我想让你俩都过个特别有面儿的、特别隆重的生日。再说,那么多年了,都是我给你们过生日,我自己连生日蛋糕的味道都快忘了。我就想让你们都能开开心心的,我容易吗?"这回她动了真情,泪水扑簌簌地落下来。我连忙拍拍她,把找秋菊姨这事儿应下来,然后把我那杯茶和纸

冬天的四季

巾一起递给她。她一面胡乱地擦着,一面把脸别过去,不想让我看到。我就配合地低下头刷手机,顺便打开备忘录,把她分配给我的任务温习一遍。

得了,这回小王的任务栏上又添一项。都说女儿是妈妈的宝,我可能是严女士的御用法宝吧。

三、严秋菊：累足硕果，就能挨过一整个严冬

（一）

我的秋菊姨是一位名副其实的女强人，人狠话不多。都说人如其名，她看起来的确是人淡如菊，但一开口就是老江湖，喉咙里蹦出来的不是文字，是寒冰之箭，是肃杀之气。她惜字如金，却又字字珠玑，标志性动作就是皱起眉，侧过头，摆摆手，像是要退朝："行了，就到这儿。"这时她的属下就会把像是憋了一辈子的气从胸腔里放出来，然后如释重负地从办公室退出去。

当我看到她发来的短信"我刚好在办公室，你过来说"，我的胸腔也不可抑制地做起了大张大合的运动。秋菊姨的气场不只对外人有效，对亲人也绝不徇私。每年过年，秋菊姨进门都像来省亲的，整个屋子的音量键都攥在她手上了。连老王都要收一收翘起来的脚，外婆接过她手里那些闪着金光的礼品的时候也要眯起眼睛，略显局促地说："又带那么多啊。"仿佛在不符合父母身份的感谢和不敢出口的责怪间寻求到了平衡。

"过年嘛。"秋菊姨交接完礼物，就会走到我旁边坐下，问问我的近况。我就像是被皇上一眼看中的秀女，在一万双神色复杂的眼睛中感受不属于冬天的炙热。就算每年如此，我依旧惶恐，空气依旧炙热。

冬天的四季

都说一鼓作气，再而衰，三而竭，外婆生完秋菊姨，就属于竭了。其实每个母亲都会有自己的偏爱，外婆那原本就贫乏的母爱，轮到秋菊姨的时候就基本不剩什么了。一般的小孩都会拼命争夺这份聊胜于无的爱，但秋菊姨不，她就像一个严丝合缝的精密仪器，该从外界汲取什么，不该渗透什么，她都非常清楚。

秋菊姨能变成如今这样，其实没有什么征兆，因为她是第三个女儿。在一个大家庭里，一般第三个女儿就形同透明人。老大被寄予了极速懂事，赶紧顾家的厚望；老二最好能优秀又独当一面；老三当个小棉袄，不让人操心就行。但秋菊姨显然不是暖那一路的，也就拥有了相对的自由。当春花姨在帮妹妹们洗衣服的时候，我妈在和欺负她的男同学打架，秋菊姨则是雷打不动地看她的书。这并不是一个读书改变命运的老套故事，因为秋菊姨的成绩非常普通，但胜在非常稳定，坚决地待在班级的中游不动。但高考一结束，她志愿都没填就跑去广州倒腾起了服装生意，其实也就是在档口里拿货，去大街上摆摊。但她愣是靠着那股韧劲，一步步做大，开起了门店，到生意鼎盛的时候又把店卖掉，转身去倒腾家具了，后来又如法炮制，转行做了房产。秋菊姨看准风口就下手，赚够了即刻抽身，从不红眼，绝不留恋。

驱车前往秋菊姨公司的路上，我把她精彩的一生又回顾了一遍，小时候我妈就总拿她的故事激励我，尽管末了总要补一句："但时代不同了，现在你必须好好学习。"其实秋菊姨对我的偏爱也让我时常有些惶恐。在我眼里，我们是完全不同的人，她丝毫没有被家庭影响，而我的日常就充斥了家族的大小事务，即便嘴上千万个不情愿。照理说，她对我该是鄙夷或恨铁不成钢的，可恰恰相反，我得到了她最多的喜爱，甚至有些时候，我觉得她爱我胜过爱她那个被前夫带走的儿子。

说到秋菊姨的婚姻，又是一个充分展现她的洒脱的故事。她在做服装生意的时候认识了她的前夫，两个人简单地扯了个证，在仓库里喝完交杯酒就继续工作了。人类也真是奇怪，共苦的时候总能同心，到同甘的时候反而异梦。可能苦难的世界更小，心才不会飘远吧。男人有了几个钱就迷失了，沉醉进了他所谓的温柔乡。秋菊姨立即让他带着一半的货滚蛋了，也让出了儿子的抚养权。后来男人果然扎进"乡"里坐吃山空，儿子的学费、生活费都是秋菊姨出的。女主角如此洒脱的故事，也能成为我妈催婚的素材，大意就是：你秋菊姨这样的女强人都英年早婚，你怎么就不行？我也不能反驳，说秋菊姨离完就单到现在，总觉得这是以下犯上了。

秋菊姨公司的大楼在一众办公楼里特别醒目，窗明几净，像是对尘埃免疫。秋菊姨的严苛就是会渗透到每个角落。这只是她在本市的分公司，她自己也很少来，算起来这也是我这几年来第一次造访。我刚把车停好，穿戴整齐的警卫就给我来了个十分标准的敬礼，询问我是否有预约。

"我来找严总，预约过了。"我看着他比雪还白的手套，属实有点晃眼。

"您稍等，我确认一下。"他后退了几步，拿出对讲机讲了几句，然后又上前一个敬礼，告诉我可以上去了。

秋菊姨的办公室在顶楼，我走进电梯，看着显示屏上的数字跳跃变化。人在等待的时候就会抓住身边一切可以阅读的东西，这可能才是学习的最佳时刻吧，我甚至心算起了电梯的运行速度。

顶层就像是空气稀薄的山顶，静悄悄又冷飕飕的。秋菊姨从不给自己雇秘书，因此原本的秘书室堆满了文件，像是一个个小山峦。走近总裁办公室，我才发现几名员工正在秋菊姨桌前汇报

冬天 的四季

工作。我本想在门口等，奈何办公室是全透明的，在外面杵着，反倒更尴尬，于是我只得硬着头皮推开门。

"秋菊姨……"我像只蚊子。

"严总，那我们先走了。"见我来了，他们像是抓住了救命稻草，连忙撤了出去，给我抛来的眼神让我觉得我不是来要钱的，而是来拯救苍生的。

"没打扰你们吧？"我目送他们离开，挠了挠头。

"坐，喝咖啡吗？"这其实不是一个问句，因为她已经给我倒了一杯。

"谢谢。"我接过咖啡，浓得有点儿过分。

"你知道他们背后叫我什么吗？"秋菊姨突然笑了起来。

"叫什么？"

"黑寡妇。"她笑着摇了摇头。秋菊姨有个非常漂亮的酒窝，笑起来的时候像是揉皱了一池秋水。我不禁一愣，真美啊。但其实秋菊姨不黑也不寡，她只是妇，还是强得过分的妇，在世人眼里就不正常了，被妖魔化了。

"做老板有时候和做老师一样，底下偷偷摸摸的小动作，你都一清二楚，但你就是不会去拆穿，其实很有意思。"

我竟然在秋菊姨眼底看到了一丝慈爱，在我还没有回过神来的时候，她又恢复了原来的神色："你快过生日了，对吧，我记得。"

"啊……是。"我有点儿不知道从何开口，喝了口咖啡，果然浓得很过分。

"要三十岁了，得庆祝，顺便完成任务。"她眨眨眼。我看了眼手里的咖啡，怀疑这究竟是咖啡还是一杯占卜茶。

"其实……今年刚好外婆也过大寿……"

"那一起办呗。"她直接接过我的话茬，我张了张嘴，一时间不知道说什么。这个任务完成得太快了,超出意料。

"到时候把需要我做的都发给我。"她接着说,"重点是,三十岁了,你有什么心愿吗?"

心愿?从十岁起,我就没有许过生日愿望了,更别说心愿了。但眼下的场景太像一场面试了,于是我几乎是应激反应,在心里迅速形成了几个备选答案:希望家人身体健康,少惹点儿麻烦;希望工作顺遂,少几个折磨人的甲方;希望世界和平,贫富差距缩小。

"别思考,随便说,快!"她拍了拍我面前的桌子。

"我想大闹前男友的婚礼。"我在脱口而出的那刻就后悔了,这是什么莫名其妙的答案,是正常人该说的吗?这就像阿拉丁神灯说,我能满足你一个愿望,结果我说我想钻进灯里看看一样。我在心里给了自己一个大嘴巴子,不安地秋菊姨看了一眼。

秋菊姨哈哈大笑起来:"有骨气!我三十岁也想这么做。"她竟然赞许了我,"差一点儿,我就要去扯了那个女人的头纱。"

这是我第一次听到秋菊姨提起那段往事。

(二)

没等我反应过来,我手中的咖啡就被换成了红酒,秋菊姨的脸上也借了那抹红,她眉飞色舞地讲起了过往。

那个女孩子叫梅梅,是她开的第一家门店的营业员。她来应聘的时候扎了两条粗粗的麻花辫,操一口不标准的普通话,大声说话的时候脸会红到脖子根,怎么看怎么像饭店里上菜的翠花,与服装店格格不入。秋菊姨的前夫扯着她的衣袖说这个姑娘不太行,可秋菊姨就是看中了她眼中那股犟劲,执意把她留下来了。

冬天的四季

梅梅不负厚望，成长得很快，普通话不好就天天跟着广播练，衣品不佳就照着杂志比画，顺带着把仓库的货都试穿、梳理一遍。秋菊姨没有看错，她在想要的东西面前就会像一只蚂蟥，死死盯着不放。她与每个顾客认真交心，末了再拿出自己的旧照自嘲："人靠衣装，您看看我之前多土，我自己都不好意思看。您底子那么好，好好打扮打扮还不成明星啊！"顾客一看，这真是判若两人。于是，梅梅每次都能成功把空手而进的对方哄得满载而归。业绩上去了，自信也就上去了，对比就更大了，形成了一种良性循环。秋菊姨偷偷跟前夫说："我跟你说了吧，她一进来，我就知道，脑袋上那俩玩意儿哪里是麻花辫，是招财猫的两只手。"

可惜秋菊姨看人太准，等梅梅蚂蟥似的盯上她的前夫的时候，一切都晚了。

"好一出南郭先生与狼啊。"我感慨道。

"当时我也气，但后来想想，其实不是那么非黑即白的。"秋菊姨摇摇头，"她就是靠这股力量长起来的，什么都没有的时候，就想把身边的东西转化成自己的，这其实是一种求生的本事。"

"这不是忘恩负义吗？"我显得比秋菊姨气愤多了。

"如果从平衡的角度来说，她给我带来了不菲的收益，拿走了我的东西，这也算达到了一种平衡。而且，男人如果没这个心，她就算是狐狸精投胎，也不管用。"

乍一听觉得很有道理，再想觉得理有点儿歪，深思就觉得秋菊姨这话是说给我听的。

"秋菊姨，我真佩服你，一直都那么理智，在自己的事上也一样。"我敬了她一杯。

"你知道我为什么喜欢你吗？"她突然认真地看着我。

我摇摇头。

"你本质上和我很像,都是情感上很淡薄的人。我们这样的人其实很难有太大的情绪波动,换句话说,就是冷血吧。我选择了做自己,但你选择了和世界妥协,选择照顾所有人的情绪。所以,你比我勇敢,我很佩服你。"她扬起了酒杯。

佩服我?秋菊姨佩服我?我脑子里嗡嗡作响,都忘了要和她碰杯。

"你有没有想过,如果你是个男人,人生会有什么不同?"她帮我把酒杯塞进手里。

我点点头。

大概每个女孩都会有这样的想法,在经历不公的时候会在心里无力地呐喊,在感受到优待的时候又会惶恐不安。世界总教育女孩子们要谦逊,但谦逊过了头,就成了自卑。女人像水,这种自卑便也像水,无孔不入。因为这样的想法总在脑袋里打架,大学时我选修了社会性别理论,读了波伏娃的《第二性》。

"我已经学聪明了,做媒体这行,聊到两性问题就得三缄其口,不然我就会被打上田园女权的标签。"我无奈地笑笑,又是妥协。女人的一生大概就是在不断地妥协,为孩子,为爱情,为家人……

"确实,感同身受就是个伪命题,争几千年也没个结果。我就是觉得吧,本来为自己活就活不明白了,还得为别人活,挺累的。"

"那你不也是为了公司活着吗?"

"哈哈哈,在理。"她又敬了我一杯,"但人要活着,总得有个寄托,不然就迷茫了。"她侧过头思考了一会,"你看啊,大道理这东西,正说反说都是对的,就像你们辩论似的。所以,哲学家容易疯啊。"

冬天 的四季

秋菊姨总是能恰到好处地在任何情绪浪潮触岸前抑制住它们，因此，在外人看来，她是深不见底的海，或是一潭死水。

"梅梅那边呢，也是感同身受吗？"酒精让我变得有点儿大胆。

"大家都很不容易，我就告诉自己，别去计较这些了。"

"那怎么当时还想着扯她的头纱呢？"我杀疯了。

"他们俩那婚礼办了三天，又去度了蜜月，直接把刚盘下来的店关了。这一关，你看，果真就关门大吉了。我挺想不通的，那么聪明，知道自己想要什么的一个女孩子，怎么就昏了头了？我想把头纱扯下来，看看她究竟在想什么。"

看来是我肤浅了，我幻想的扯婚纱是红着眼互骂。大概是看着《还珠格格》长大，又深受《回家的诱惑》熏陶，我便把那些女人间的争斗烙印在脑子里了。事实上，也实在奇怪，明明生活中女孩们大多相处和谐，反而是男生们热衷于肢体搏斗，但编剧和观众就是更爱看两个女人的互殴。

"后来呢？他们就没再开店吗？"我像个追剧的观众。

"说到这个就更可惜了，她竟然就死心塌地跟着个老头子过到了现在。当时的野心都在蜜月旅行的时候被狗吃了，她变成温顺的小狗了，还给他养小狗崽。"

秋菊姨说得像不是自己的事儿似的，还把亲儿子比喻成小狗，丝毫不管按辈分来说，自己会变成什么。我赶紧喝了口红酒。

"把时间轴拉远了看，仿佛她这辈子的目的就是遇到这个男人，前面都是铺垫。可能这就是真爱吧，跟下蛊似的，但我们外人也不好评判。"她果然是把自己放在外人的位置了啊。

"那还挺可惜的，本来她能变成下一个你的。"

"为什么要变成我？"秋菊姨突然正色道，"你小时候也说过这句话,你记得吗?每个人都是不同的,我不希望任何人变成我,也没有人能变成我。而且我们都还在时间轴里,谁知道谁的结局就一定是好的呢?佳佳,不要变成我。"

"变成你,就不会老了嘛。"其实我想说的是,变成你,或许就能找到爱上自己的方法吧。

"人总会老的啊,老又不可怕,可怕的是还没死,心就入土了。"

"社会不想让女人老啊。"我叹了口气。

"我就老给他们看,我命长,黑寡妇,我熬死他们。"

今天的秋菊姨话特别多,也特别活泼,双颊红红的,像个少女,淡淡的几道皱纹汇在一起,仿佛在额前绘出了一个"王"字,又漂亮又霸道。

"其实,今天是我的农历生日。一眨眼,我也五十了。"秋菊姨顿了顿,突然又笑了。

我手中的红酒瞬间变得炙热起来,连带着我的脸颊。那么多年享受着她的偏爱,我却连她的生日都未曾记住。更甚的是,今日来找她的初衷,是给我和外婆的生日拉赞助。我想说些什么祝福的话,却觉得在她面前显得虚伪。想送些什么,却深知我有的一切,她都不缺。秋菊姨这些年就是以一个无坚不摧的形象存在着,仿佛所有人也默认了她不会脆弱,也没有过生日这种普通人的习俗。

"祝我们都生日快乐!"我举起酒杯,"我不会变成你的,秋菊姨。所以,我要去扯了她的头纱。"

冬天 的四季

(三)

秋菊姨又断断续续地跟我说了一些她年少时的往事，我们一点点喝掉那瓶红酒，看太阳一点点落下去，在高脚杯上折出角度不同的光线。就算我们有着血缘关系，她又是看着我长大的，我都觉得我们今天才正式认识，更何况别人呢，我轻轻叹了口气。

我的手机突然连续振动起来，打开一看，严夏叶女士给我发来一串咧嘴大笑的表情。我无奈地回复："秋菊姨这边搞定了。"然后又是一阵振动，这回是一串捂嘴大笑的表情。

"你妈吧？"秋菊姨眯起眼睛笑了。这女人真厉害，既会读心，又会透视。

"啊，对。"我老实交代。

"其实你妈挺不容易的。我妈该做却没做的事情，都是你妈做的。虽然我们就差五岁，但她也算我的半个妈了。"这一连串"妈"字让我有点儿眩晕。

"我妈就是个操心命，闲不下来。"

"就是在乎，才会操心啊，不然蚂蚁打架，她也去劝一劝吗？你妈啊，就是太在乎了。"

"那春花姨呢？"

"她从小就被告诉该做什么，不该做什么，所以她没机会，也没时间去思考到底在乎什么，就在乎她认为该在乎的。"

"那小姨呢？"

"她能在乎的东西太多了，选不好，就迷茫了呗。用年轻人的话来说，选择困难症。"

"那外婆呢？"我简直像来算命的。

"她其实不在乎，但责任告诉她得在乎。就自己和自己打架呗，关键她是个好老师，却不是个好演员。"

"那你呢？"我终于问到了我最想问的。

"我啊，就在乎平衡地活着。空着手来，空着手走，中间能体验多少人间，就靠自己了。"

虽然秋菊姨这话说得很有哲理，但我联想到了空着手来的自己，不禁还是有些脸红。

"那你呢？"她反问我。

"我……"新一轮面试题摆到眼前了，这回更难了。我眼前浮现出家族里每个女人的脸，也闪过了男人们的脸，最后我只能老老实实地说："我说不好。"

"我看你挺在乎那个林燃啊。"秋菊姨竟然打趣我。

"也不是在乎吧，就是觉得自己挺傻的，挺不值得。"

"佳佳啊，不要因为害怕失去就不敢去在乎。有时候你就看看自己的第一反应，不用想太多。"

秋菊姨总是一针见血。我和她最大的区别就在于，她能控制好自己情感的分寸，勇往直前，但我怕自己控制不好，因此干脆把自己囚起来，当一个旁观者。

"我其实挺矛盾的，一方面觉得为什么家里女人的大小事务都得我来操心，一方面又觉得挺踏实的，如果生活里少了这些事，反而没什么方向了。"

"因为有血缘这层纽带在，你觉得她们不会离开你，你就甘愿去在乎和付出了。但佳佳啊，有时候你是不是离自己远了点儿呢？"

秋菊姨总是字字戳心，我手里的红酒也苦涩了起来。

"说到自己，这我可要跟您唠唠了啊。这个我，得分本我、

冬天的四季

自我和真我，自我实现和自我认知也是一个难解的古老命题啊。"

"我就说你跟我挺像的吧。我是擅长抽身，你是擅长插科打诨。"她又用一句话轻松凝住了我刚荡漾起来的夸张笑容。

"秋菊姨，今天咋给我上人生哲理课了呢，不如教教我，被老板教育，要怎么抽身？"我调皮地眨眨眼。

她又哈哈大笑起来："把杯中酒干了，我带你去外面转转。"

我想过她或许会带我去高档餐厅见见世面，或许会带我去江边看看风景，但我真的没想到，她会带我去孤儿院。我不禁脑补了一出"其实我的私生子就在这里"的大戏，我甩甩脑袋，把这糟糕的惯性思维甩掉。

孤儿院院长一眼认出了她的车牌，非常热情地跑过来帮她开门，把司机的活儿抢了。司机刚伸到门把边的白手套又缩了回去，神色不变。

"阿秋，这个月来得很勤啊。"她笑眯眯的。阿秋？我不禁被这爱称感染，在寒风中打了个喷嚏。

"这回带外甥女来看看。佳佳，这是我的老同学，李小媛李院长。小媛，这是我外甥女严佳佳。"

"佳佳，你好，总听阿秋提起你。"她笑眯眯地向我伸出手。

"李院长好。"我客气地跟她握了握手。

孤儿院的外观和普通幼儿园很像，只是院子里空无一人。我也没有感觉奇怪，大概是到饭点儿了，小朋友们都去吃晚饭了吧。我们跟着李院长上了楼梯，发现楼层是按孩子的年龄划分的，每一层都有一扇看起来很结实的防盗门，即便被刷成了各种鲜艳的颜色，也显得有点儿刺目。

"这门……是用来防贼的吗？"我轻轻地碰了碰秋菊姨。

"小媛，给她解释下这门的作用。"秋菊姨把我的疑问大声说了出来，我有点儿尴尬。

李院长倒是不慌不忙，大概是回答多了这类问题。

"咱们孤儿院里的孩子大多数是先天残疾或有智力缺陷的。院里老师、阿姨人手不足，一个人看不过来几十个孩子。这门一是保护孩子们，二是方便我们管理。"

听着她的话我皱起了眉头。

"你是不是觉得我和你想象里的院长不太一样？"李院长笑了，"孤儿院院长是份工作，太感性的人是做不好的。我刚来这里的时候可是个玻璃心，感觉每个孩子都是我亲生的，心疼得不行，但久了就会发现，这是做不到的。是照顾一两个人，还是顾全大局，作为院长，要有取舍。"

她带我们走进了一个教室，空间不大，里面有三十几个孩子和两个阿姨。一个阿姨在清理地上的食物残渣，另一个在收拾玩具角。

见到有生人来了，一个男孩一瘸一拐地走过来。

"阿姨，你是来领养小朋友的吗？"他的眼神里充满了期待。

我虽然极为不忍心，但也只能摇摇头。

"好吧。"他显得有点儿失落，看了看手里脏兮兮的毛绒玩具，然后递给我玩，露出一个天真烂漫的笑容。我有点儿心酸，这应该是他最好的东西了吧，他也愿意和我这样一个陌生人分享。我被孩子的善意融化了，也为自己的无能为力感到内疚，于是只能回报以大大的笑容，夸他的娃娃真好看。可下一秒，他的话就打破了我的幻想。

"阿姨，这娃娃都这么破了，你能给我买个奥特曼吗？"

我一时间不知道怎么接话，他瞬间变了脸，一把夺过娃娃，又一瘸一拐地走回去了，对着其他孩子宣布："又是一个没爱心

冬天的四季

还没钱的，散了吧。"他熟稔地背着手，像个小小的黑帮老大。

我有些目瞪口呆，转头却发现秋菊姨和李院长笑眯眯地看着我，仿佛一切都合乎常理，她们司空见惯。

"童言无忌，别放在心上。"秋菊姨笑着安慰我。但我觉得这句话用在这里，显得有点儿讽刺。

"他们也有自己的小社会。"她接着说，"失去的太多了，与其等待被拯救，不如自我保护。其实很多人过来，都是出于一时的爱心泛滥。"

"行了，就到这儿吧。"秋菊姨又及时打断了我的思绪，说出了她的口头禅，然后从包里拿出厚厚一沓钱递给李院长，"以佳佳的名义给孩子们买点儿尿布吧，二楼的防盗门漆也快掉完了。如果符合院里规定的话，也买个奥特曼。"她笑着看了我一眼。我心里五味杂陈，都忘记了怎么眨眼。

在回去的路上，我们先是沉默了许久，然后我率先开了口。

"秋菊姨，你经常来这里吗？"

"对，支持支持老同学。其实小媛小时候就是那种路边蚂蚁打架也要去劝架的人。"

"现在习惯了，就不在乎了吗？"

"不是不在乎，是放过自己了。"

"那谁去放过那些孩子呢？"

秋菊姨给了我一拳。

"你看，他们才是什么都没有，没有亲情的纽带，有的孩子甚至连健全的身体都没有。难道他们就没资格在乎了吗？有四季的人会知道在秋天储藏粮食，但一辈子都活在寒冬里的人呢？"

得了，老板这是换了个地方给我上课，还是社会实践课。

我这才稍稍从方才的阴霾里走出来，可即刻又陷入了一种自责中。孩子们的不幸竟只在我心里停留了那么一瞬,转眼我就会投入自己的生活,有吃有喝有家人,这竟成了我的一次特殊体验。

"学着放过自己吧,谁也不是救世主,我们都是普通人。"

"这个冬天真冷啊。"我裹紧了自己。

四、严春花：冬天已经来了，春天还会远吗

（一）

我回到家的时候，是春花大姨给我开的门。

"佳佳回来了啊，稍微等下，下午有太阳，我就把拖鞋拿到阳台上晾了，现在给你拿过来。"

大姨现在是一名家政阿姨，在几户人家里做保洁，给人家做饭，偶尔也接孩子、遛狗。我妈总觉得她辛苦，可直接给她钱，她又不肯收，就叫她也来家里搞搞卫生。可我妈已经把家收拾得十分干净了，每次大姨来之前，她又会把家里仔细擦一遍，导致大姨来了之后总找不到活儿，我妈就拉着她边剥豆角边话家常，或者拉着她跳刚学的广场舞。

大姨蹲下来把拖鞋摆好，我清楚地看到她头顶呈扩散趋势的一丛白发。大姨一辈子都在养家，小时候帮着养妹妹，长大了要支撑自己的小家。至于大姨父和哥哥，都是扶不上墙的烂泥。

"大姨，我自己来就行了，您歇着吧。"

"今天给你做了你最爱吃的卤鸭，刚出锅，在调汁呢，你就来了。"她站起来扶着腰，一笑就挤出深深的鱼尾纹。

"她是狗鼻子，而且嘴巴长眼睛。"严夏叶女士边把鸭子端出来边数落我。

其实我不爱吃鸭肉,但这是大姨的拿手好菜,我第一次尝的时候又连着夸了几句,她便隔三岔五地给我做,据说还特意去学了各种酱汁的调制方法。

我乖乖坐到桌前,开始撕扯鸭腿。看着大姨在旁边期待地搓着她布满老茧的手,我撕扯的动作不禁加快了,一面把肉拼命塞到口中,一面喊着好吃,大姨的眼睛就弯成了月牙儿。

"哎呀,慢点儿吃,慢点儿吃,当心烫嘴!"大姨慈祥地看着我大快朵颐。

"你说说你这副样子,饿死鬼投胎来的。"严夏叶女士拍了拍我的头,突然提高音量,"哎,你洗手没啊?"

"大过年的,严女士怎么一口一个死呢?"我吞下一块大肉。

"呸呸呸!"严夏叶女士连忙唾了唾,"还不是你没个吃相吗?我差点儿被你打岔了,你洗手没啊?没洗手就上手啊?外面多脏!"

"来来来,佳佳,洗了手再吃啊,不耽误。"我正和老妈斗嘴呢,大姨就端来了一盆清水,还冒着热气。

我登时有点儿噎着了,连忙站起来:"大姨,您给我端来干吗啊,到洗手间就两步路,我过去就行。"这盆沉甸甸的水压在我心上,让我不知所措。大姨无穷尽的关怀和爱,让人应接不暇,手忙脚乱。

"大姐,你就是太宠着她了。"严夏叶女士显然也被这份关怀打乱了步伐,于是把枪口对准我,"你好意思让长辈给你洗手啊?几岁的人了?"

我连忙接过大姨手中的水盆,三步并作两步溜到洗手间去了。大姨脸上露出了歉疚的表情,这让我愈发无所适从了。因此,我在洗手间把洗手操复习了一遍,不放过手部的任何角落。

冬天的四季

　　我出来的时候,笑嘻嘻地把双手放在严夏叶女士眼皮下晃了晃:"请领导检验。"

　　"我们佳佳的一双手长得真好看,白白嫩嫩的。"大姨捏了捏我的手心,我能感受到她手指上厚厚的一层茧子,痒痒的。可能是我下意识缩了缩手,大姨连忙放开我,又露出一副抱歉的样子。

　　"可不是呗,十指不沾阳春水。"严夏叶女士不放过任何数落我的机会。

　　"我要去边看剧边吃人间美味了。这双不沾阳春水的手要去沾口水了,馋不馋?"我端起卤鸭在她眼皮下晃了一圈,收获了嫌弃的白眼。我趁机躲回了房间,一屁股坐到椅子上,看着面前自己吃过无数次,其实并不爱吃的鸭子。鸭子也死不瞑目地看着我,我不禁叹了一口气。

　　我不是不喜欢和大姨待在一起,只是她的爱总会给人压力。你知道这是不求回报的,但也正是因为如此,你无以为报,反而慌乱。但大姨的儿子、我哥严明黎显然不是这样想的,他从出生起就被这份爱包围了,在他的世界里,这便是常态。如这份母爱稍微松懈了一点,他就会怪这缕缝隙,让他中了世界的一箭。

　　大姨夫严明也不是这样想的。他和大姨谈婚论嫁的时候,外公是个受人崇敬的律师,外婆是同样被人尊敬的人民教师,而大姨父严明虽然算得上一表人才,但只是个机修厂的学徒。外公外婆欣赏他是个勤劳踏实的孩子,他却从他们的夸赞中听出居高临下的鄙夷来,认为二老觉得他实在没什么好夸的,只剩踏实二字。也不知是哪位工友打趣的话被他听来当真了,婚后不久他就开始酗酒,酒后就指着大姨大骂:"你爸妈还不是看中我也姓严,外孙就能当孙子养。"大姨也不说话,只是默默收拾他面前的花生壳。他再嗑,大姨就再收拾。大姨父一拳打在软棉花上,反而更来气了。在他眼里,大姨对他的爱就像一种施舍,他要抱着自己尖锐的自尊心跳起来戳破这个虚伪的泡泡。

哥哥出生后,大姨父坚持儿子要跟着他叫严明黎。他喝了三两白酒,红着脸梗着脖子说,那群活该被撕烂嘴的三八,如果还敢说儿子随母姓,说他是个没用的倒插门女婿,他就带着小明去揍死她们。严明黎的小名就叫小明,大姨父不许人们叫他小黎,说小明才好听。他的愿望成真了,小明和严明就像一个模子刻出来的,一样的身材长相,一样对大姨颐指气使。

严夏叶女士看不过去时,就批评严明黎对妈妈没有礼貌。严明黎昂起头像个小大人似的顶嘴:"这是我妈妈,不是你妈妈。而且我妈妈说了,我只要学习好就行了。"严夏叶女士气得不行,大姨就来拉她,说孩子还小,现在成绩也还不错,等长大了就好了。

"等……就好了"是大姨的口头禅,大姨父酗酒打骂她,是一时糊涂,等他想明白了就好了。严明黎脾气差,对她呼来喝去,是年幼不懂事,等长大了就好了。现在生活苦,没有人尊重她,是命里写好的,等老了享福了就好了。就连小时候吃西瓜,她都要从边上粉白瓤的地方开始吃,等吃完边上的那些,最中间那块就甜了。可惜每次没等到吃中间那块,不是她已经吃撑了,就是中间的那块被跑过来的妹妹一勺剜走了。

记得我小时候和严明黎一起办生日宴那次,他背了一首课本里的诗,是雪莱的《西风颂》。"冬天已经来了,春天还会远吗?"大姨把手掌拍得震天响,流下两行热泪,人们只当她是太欣慰了,严明黎更是骄傲地把下巴递到天上去了。

"没个女孩子样。"我妈此时还在客厅数落我,"哪个男孩子会喜欢她啊?"

冬天 的四季

"佳佳还小啊,等结婚了就好了。"大姨说。

(二)

严夏叶女士鬼鬼祟祟地从门缝里挤进来,对我挤眉弄眼的,像是有事儿要说。我打趣她:"怎么?挤着脸了?"她没搭茬儿,反手将门掩上了。

"怎么着,秘密谈话啊?报告领导,秋菊姨说了,全部开销由她来出。她顺便打了个电话把鸿兴楼包厢也定了。不过我真没想到,秋菊姨神通广大,连鸿兴楼老板金红星都认识。早知道,咱们也不用巴巴地跑那一趟了。"我半开玩笑地汇报今日战况,

严夏叶女士却罕见地安静下来,眸子里渐渐凝起一层雾来。她眨了下眼睛:"挺好的。不过你有没有发现你春花姨今天有什么不一样?"

"报告,属下还真有所发现,今天春花姨很不一样……"

她把头凑了过来。

"今天的鸭肉不同以往地好吃。"

"嘿,小兔崽子,吃鸭皮补皮实了?"她作势要来掐我。我很爱看她一扬眉毛的样子,仿佛能窥见她青春洋溢的少女时代。她原本是驰骋疆场的马驹,却被"家"字缚住。

"我能不能问你件事儿?"她又垂下眼睛,"你现在手头有钱吗?"

严夏叶女士是种很神奇的生物,别人有求于人时常常会变得谄媚起来,而她恰恰相反,越有所求,越变得无比客气,仿佛是用冰霜筑了一张长条谈判桌,把两人生硬地分隔两边。她平生最恨向人伸手要东西,要孙子除外。

"孝敬您是应该的,说个数。"我毕恭毕敬地打开付款界面。

"……二十万。"

我被惊出一个嗝。

"您这是……涉赌了?"

"不是我。"严夏叶女士咬了一下嘴唇,"是你春花姨。"

"春花姨?不可能。"我斩钉截铁地说道。这案子根本无须提审,嫌疑人历史太清白了。

"今天她几次三番往厕所跑,刚才你一进门,她又去了。我以为她身体不舒服,走到门口就听见人家打电话催债,口气特别凶,像是高利贷。"

"会不会是大姨父欠的?或者严明黎?"我问道。

"不会,我凑门上听来着,对方说得清清楚楚,严春花,赌是你要赌的,钱也是你要借的。现在要是还不还钱,后果就由不得你说了算了。"严夏叶女士模仿得惟妙惟肖,我有些出汗。

"我去和她聊聊。"我提出建议。

"别啊,我刚才还特意关门了。"她连忙拦住我,"她要是想让我们帮忙,也不会躲到厕所去了。"

"那怎么办?事情都还没搞清楚。再说了,大姨如果真欠钱了,靠她自己这点儿打扫费,什么时候能还完?"

"这样,我刚跟你大姨说了,你想学学她的厨艺。这两天你就跟着她学,看看能不能观察出点儿什么。"

严夏叶女士一直诟病我下不得厨房,在婚恋市场无法立足。这是一箭双雕啊。

我在心里长叹一口气,却还是应承下来。

于是,我自告奋勇送春花姨回家,说既然拜了这个师傅,就得遵循礼制。春花姨一脸为难的样子,说自己骑来的电瓶车没法

冬天的四季

放进后备厢里。她的五官都皱到一块儿去了,仿佛是她给我带来了天大的麻烦。最后我们约定,第二天一早,我去她家里,从去菜市场买菜开始学习。

躺到床上设好闹钟,我打开了严明黎的微信对话框。"最近干啥呢?"还附加了个可爱的表情,然后点开他的朋友圈。

严明黎的朋友圈很干净,大多是分享公司的公众号推文,还有嫂子大着肚子的美照。嫂子何迎彩是个典型的江南女子,娇娇小小的,笑起来很甜。他们是在大学时代认识的,严明黎从小成绩优异,在校内大放异彩,何迎彩是他的众多"迷妹"中的一个。其实他当时看不上这个害羞的女孩子,或者说他从来就看不上任何人。然而,年轻的女孩子就喜欢这种有些自负的男生,觉得有种不可亵渎的高冷感。毕业后的严明黎四处碰壁,怪罪原生家庭无法给自己人脉上的支持,以至于他曾经的那些手下败将都翻身做地主了,而他还过着996的打工仔生活。对他来说,与何迎彩的婚姻就是对世界规则的一种妥协。

"什么事?"严明黎忽略了我的寒暄,直接发问。

"你记得我们小时候办的那场生日宴吗?"我继续施行怀柔政策。

"嗯。"他这是丝毫不给人机会啊。

"外婆要办生日宴了,这次……我和她跨辈分一起办。"我加了个大汗的表情。

"需要我帮什么?"

"就跟你说说。"我在心里翻了个白眼,你当我是来跟你许愿的吗?

"哦。"

其实我和严明黎也有过和谐的兄妹情,只不过记忆太过遥远,以至于开启这份尘封的档案时我的嘴里、眼里都容易落灰。

在我念小学的时候,每天傍晚他来接我回家,都会陪着我买薯条解馋。当我美滋滋地一把撕开番茄酱的时候,严明黎开始对着玻璃全神贯注。当我意犹未尽地舔手指的时候,严明黎一动不动。当我百无聊赖地研究起小腹前有袋子的侍应生是不是穿便装的哆啦A梦的时候,严明黎固若金汤。继我瘪嘴撒娇撒泼均宣告无效后,我采用了眼泪攻势。不久,身边围起了一群热心大妈,严明黎才回过神来,慌慌张张帮我抹眼泪。他洗清了自己是人贩子的嫌疑后,神秘兮兮地在我耳边说:"哥哥在练'吸魂大法',佳佳要是再吵,哥哥可是会走火入魔的。"

我充耳不闻。

"王佳佳,不许哭了!"

我变本加厉。

"如果那样的话,就没有人给佳佳买薯条了。"

从此,窗边吧台成了我们的专座。

两个脊背笔直的孩子像两根恪尽职守的重垂线。服务员总是不惮其烦地问什么时候点餐,位置已经不够用了。我总会恰到好处地翻给他半个白眼,因为哥说了,打扰我们练功的人,我们是不屑于赏赐一整个白眼的。

当然,他是骗我的。后来,我长大了一些,要上初中的时候,他笑嘻嘻地告诉我,当时只是在做一个平面镜成像的实验。结局就是他为他的一时口快给我买了一大袋薯条赔罪。但是,对着窗户发呆的习惯已经根深蒂固了。我开车时总容易面对挡风玻璃走神,多半也是拜他所赐。

后来我才知道,他透过玻璃窗才不是在做什么实验,只因为那儿可以看到大姨父的办公室——由于外公的介绍,他换了份更

冬天的四季

清闲的活儿。当然，还有那个妩媚的女人。每次大姨父疲累时，她都会送上一杯香醇可口的咖啡，同时送上来的还有她饱满的唇。

也不知从什么时候起，严明黎开始变得沉默寡言、惜字如金，然后将人生的车头偏向大姨父的那一头，猛踩一脚油门。等我反应过来的时候，只剩一嘴的尾气了。

而此刻，别说我想套些关于春花姨的情报了，连客套都无法进行下去了。于是，我关掉了手机，催促自己进入梦乡。春花姨会去赌博，这件事依然带着奇幻色彩。她是个做芹菜都不舍得摘掉菜叶的人啊，究竟是遇到了什么事呢……而当年的严明黎，又是为什么才性格大变？我们又是从什么时候起渐行渐远的呢……人类也真是奇怪，下定决心要入睡时，身体便与你作对，大脑开始遨游了，身体反倒疲累了。我很快见到了周公，只不过不是与他下棋，而是看春花姨一反常态地与周公赌起了大小。但奇怪的是，她的脸上再也没有那股与生俱来的歉意，而是带着笑，虽然红了眼，满脸却写着两个字：自由。

（三）

和春花姨约定八点在菜市场门口碰面，但我在七点五十分到达南市场的时候，却看到春花姨已然双手满载地等着我了。

"春花姨，怎么不等我来啊？"我抱歉地挠了挠头。

"没事没事，买菜这种小事，其实不用学。我也刚到，顺手买了。"她依旧挂着抱歉的表情，仿佛她才是做错了事的小辈。

我环顾四周，有些摊贩已开始收拾东西，或是面前已经卖空了，又将筐里的菜摆出来。我才了然，原来春花姨就没打算让我跟着她买菜，不过是应了我妈的要求，又不想让我起个大早。我叹了口气。与春花姨和秋菊姨相处的相似点就在于，胸腔总是要不停地大规模运动，一个是不断向外排放，一个是拼命吸取求生。

在讨论该怎么回去的时候，我们照旧推脱了一番，春花姨说我开车，她骑小电驴就行。我颇费口舌地讲解了一番我的后备厢载物能力。最终，我还是坐到了她的后座上，她把头盔、手套、围布通通套到我身上，像是载了一床花被子。我无法把头盔戴回她的脑袋上，只好把菜篮子抢到怀里，各个摊位附送的小葱被她用头绳扎成一小捆，一颠一颠地挠我的鼻孔。

"春花姨，您没戴头盔，慢点儿开啊！"

"啊？"

"您慢着点儿，注意安全！"

"啊，哦！是不是颠到你了？对不起啊！我慢点儿！"

我顿感压力。

"春花姨，今天做什么菜啊？"

"哦，对，我只顾着自己买菜了，没问你想学什么。要不再回去买点儿？"

我的压力又增加了。

"不用了，不用了，学什么都行！您最近工作有什么新鲜事吗？"我的声音又被风吞没了。

"新鲜，菜都很新鲜。我挑过了，你放心，都是好菜。"

胸腔压力和耳旁的风让我无法再发声。

此时，春花姨的手机铃声突然响起来，她的后背也随之僵了僵。

"春花姨，电话。"

"啊，嗯。"她的后背顿了顿。

"我帮您接了啊？"我作势要去掏她的口袋。

冬天的四季

"别！到家再接吧，没什么事。"车头有些偏。

"万一是客户呢，不是耽误工作了？我帮您接吧！"我伸手握住了手机，试探她的反应。

春花姨突然停下车来，掰开我的手指，把手机拿了回去，脸涨得红红的。

"佳佳，我的事情，你别管了。"她轻轻地说，言语间的气恼渐渐变成了恳求。

"春花姨，我昨天都听到了。您出什么事了？"我看了眼手机屏幕，上面的备注被她设定为了"贷，二十日"。

我没想到的是，春花姨会像个孩子一样，蹲在路边嘤嘤地哭起来。我轻轻拍着她的背，把压抑的哭声慢慢拍成了号啕，我的心被压得很沉重。

路过我们的人悄悄加快了步伐，仿佛成年人间有着心照不宣的法则，再苦再累也不该宣泄于公众场合，卸下武装比卸下衣裳更令人尴尬。又仿佛春花姨的崩溃是一味药引子，会勾出人们压抑已久的心病来。

在春花姨断断续续的描述中，我渐渐勾勒出了故事的轮廓。

春花姨一生都在奉献和妥协，并且在无怨无悔的付出中等待属于自己的福报。但随着年纪的增长，她不仅没有见到福报露面的迹象，反而将等待活成了一种习惯，而身边的所有人也习惯于自己的习惯。当你偶有善举，人们感激，像是久旱逢甘霖。当你无止境地付出，人们就认为你是一眼泉水，就该是源源不断的。若是哪天没有从你这里汲取到水分，反倒会想是不是泉眼出了毛病，要拿铲子来挖一挖、修一修，直到它恢复正常。可人又不是泉眼，泉眼尚且有枯竭之日，何况人呢？

某日，春花姨在一个大客户家里搞卫生，客户嗜赌如命，在家也十分手痒，就拿了两个骰盅问她："你想要押什么？大还是小？"春花姨瞬间怔住了。在她的一生里，极少有人问过她，她想要什么。人们只会不停地索取，不论她有没有。她只会不断地付出，不论别人是否需要。

在客户的坚持下，她便玩了几把，运气很好，连续几把都押中了。客户笑着说她这双福手不该握扫把，付给她当日双倍的工资，继而看着她亮闪闪的眼睛调笑道："可别上瘾了啊。"可他哪知道，点亮春花姨眼眸的并不是人民币，而是这种自己主宰命运的感觉。后来春花姨就时常握着每日的工资出入一些小赌场，她的运气确实很好，应了"好人有好报"这句话。她有时都怀疑，难道她所等待的福报并不会从儿子身上得到，而是来自这几个黑黢黢的骰盅？

然而赌场有自己的规则，让你小赢几把可以，等你赌大了，它必然会连本带利收回去。在春花姨一把输完几个月的工资的时候，身边一直观察的男人看不下去了，握着她的手说："大姐，我也是打工的，我知道这都是你的血汗钱，咱们不能把血汗钱都赔进去了。我这儿还有点儿钱，下一把咱们一定赢回来。"

春花姨从来不善于拒绝，自由的羽翼与"天使"的善意一拍即合，她越陷越深。可惜"天使"挥舞的不一定是纯白的翅膀，也可能是纯白的雪球。后来，雪球越滚越大，男人也露出了本来的面目，他并不是什么善良的同道中人，而是高利贷的托儿。

"佳佳，我老了，老糊涂了。"春花姨哭得有些虚弱，跟缺水的小葱一样变得蔫蔫儿的，她突然想到了什么，紧紧抓住我的手，"你别告诉你妈，也别告诉明黎。我能想到办法，我能想到办法！"

"好。"我回握住她的手，"但您要答应我，不要再去赌了。

冬天 的四季

我帮您一起想办法。"

手机铃声再次响起，春花姨不自觉地一哆嗦。

"春花姨，是我的，我的。"我安慰道。

"你在干吗？"严冬梅的声音像是要划破屏幕，顺带着给天空也来上一剑。我连忙把音量调小了些。

"我跟春花姨在菜市场呢。"我压低了声音，希望她也能有样学样。

"什么情况？"

"啊，春花姨一切都好。"我连忙捂了捂话筒，对春花姨说，"小姨问您好呢，还说改天来看您！"

"好，好。让冬梅来的时候提前跟我说啊，我给她杀只鸡补补。"春花姨嗓子还哑哑的，但语调明显上扬。

"王佳佳，你是不是找死？"严冬梅女士咬牙切齿。

"小姨说就这周四！"

"王！佳！佳！"

"让您在家等着呢！"

"改天再收拾你，先说正事，我怀疑我妈被诈骗团伙盯上了。"

"你说什么？"

"电话里一句两句说不清，你在菜市场，是吧，我这就过来。"

一波未平，一波又起。

我只能和春花姨说今天就先不学做菜了，小姨遇到渣男了，我要去美人救美。春花姨表示理解，给我报了几个菜名，让我跟老妈交差。我坚持自己打车，真的不用她再把我载回菜市场后，她又千叮咛万嘱咐，告诉我要注意安全，这年头儿黑车可多了，然后坚持把我送上我打的车。

我坐到车里，看着春花姨用力地和我挥手，被过路的自行车按铃警告了,她道着歉连忙退回路边,怔怔地看着我离去的方向,也不知在想些什么。

"佳佳,大姨把你当自己人,我今天说的这些,千万不要告诉他们。"春花姨的叮嘱还回荡在我耳边,但实际上正是因为我不是自己人,她才能卸下身上那座大山,暂时展示出自己的脆弱吧。我叹了口气,或许我和春花姨一直保持的距离感,在此刻对她而言才是一种安全感吧。

我的太阳穴突然跳着疼,我心里五味杂陈。我发现自己一面头疼着家里的状况百出,一面却又因为严冬梅的这通电话提前终止了我已完成的任务而感到庆幸。面对这堆女人留下的烂摊子,我的驱动力究竟是爱,还是责任感呢?

冬天的四季

五、陈小珍：冬天是四季的结语，也是开启

（一）

等我回到菜市场门口的时候，严冬梅已经站在车边上了，她一只手扶着车门，一只手撩着头发，像超级车模来做慈善演出。我刚要过去开门，她一把拽过我，拉我坐上了路边另一辆车。我正摸不着头脑呢，就看到驾驶座上熟悉的后脑勺转过来："王大小姐。"

我努力压抑着心里对这景象燃起的别扭感，扯出一个笑来，转头叫道："严冬梅！"话音刚落，我就自知失言，连忙补了一句，"那个，点儿啊，这是我俩的绰号。我叫她严冬梅，她叫我马冬梅。"

"不用解释了，我都跟点儿说了，我是你小姨。"严冬梅云淡风轻地来了一句，我怔住了，转头看了眼点儿的反应，这家伙竟然脸红了。

"进展挺快啊。"我啧啧称赞。这两人演的是哪一出，以前点儿管我叫爸爸，以后我得管点儿叫小姨父吗？

"我妈这事儿也是多亏了点儿。刚才我俩去商场买东西，门口遇到一个卖保健品的，点儿刚好抽烟，跟他多唠了两句。我就看到我妈的名字在他的客户单子上，特别靠前，不知道已经苟且

多久了。"

"你俩处得挺好……不对吧,苟且不是这么用的吧,你这是辱没了外婆啊!"

"那是什么?勾结?"

"呸呸呸,越来越离谱了,你的语文是怎么学的?应该叫……苟……哎呀,别管什么苟了,天下哪有那么巧的事情啊,再说外婆的名字挺大众的,重名也很有可能。"我努力把思绪拉回正轨。

"后面写着手机号呢,你妈给她买的那个靓号,这能撞吗?"

那确实撞不了,这个号码任谁看了都印象深刻,就跟键盘数字键卡住了似的。

"可能是信息外泄呢?或者就是留手机号领试用装?外婆那么抠,不可能真买的。"我几乎就要斩钉截铁地为外婆打包票,但突然意识到这是我近期说的第二个不可能,而上一位当事人留在我手背上的泪痕还散发着余温,于是我的尾音渐渐弱下来。

"确实,手机号说明不了什么。所以,我们现在就回家,来个人赃俱获。"

"什么?你要回家?还要带点儿回家?"我还没来得及纠正她的用词,嘴巴已经率先发出了连环炮追问,用力过度的下巴都快脱臼了,也不知道病因究竟是她竟然会主动往家跑,还是她平生第一次带男人回家,抑或是她第一次带回家的男人竟然是我大学时最好的朋友。如果我的大脑是地球,今天的信息量就是核弹,足够毁灭上面存在的任何文明。

"你小点儿声!"严冬梅捂住了耳朵,"到时候你就说点儿是你男朋友啊。"

"什么?为什么?"

"叫你小点儿声!"严冬梅索性捂住了我的嘴巴,"我们上

冬天的四季

门总得有个理由吧,你带男朋友回家见姥姥,多孝顺啊。想想我们去的目的,王佳佳,你要顾全大局!"

我被捂着嘴,说不出话来,只好点了点她,又点了点自己,再摊摊手。

"哎呀,我要带个比我小那么多的男人回家,她不得疯啊,路就走窄了。"

我看向点儿,试图场外求助,他正在非常认真地假装认真开车,脸上的那抹红晕还没褪。我只好跟严冬梅说:"行,见家长,是吧?好,咱们就拎着空气去见呗。"

"早买好了,在后备厢呢,都是点儿挑的,特别体贴,是吧?"严冬梅轻笑着拍了拍点儿的肩膀,她这么一拍,那抹红晕都快从脸上淌下来了。

我扭曲着挤出一个笑来:"是,体贴,太体贴了。"

一个白眼儿狼,一个蛇蝎妇人,一唱一和,早把戏台给我搭好了。

(二)

外婆住在一条老式步行街上的小房子里,这个街区早该拆迁了,瓦檐老旧,房体残破,户型都是被淘汰的小平屋,最高的也就两层,用被岁月压弯腰的木楼梯堪堪连着。青石板铺就的小路略显逼仄,再加上临河,夏日招蚊虫,还有时常闹脾气罢工的热水系统,愿意住在这里的只有老人家。老人家的时间过得缓慢,带得整条街都有一种小桥流水人家的恬静感,即便这条河由于多年承载生活污水,已变得黄黄的。海纳百川,河却纳不了百人。

随着近些年的汉服、旗袍热,年轻人常来这里拍照打卡,有关部门就在这里立了个牌子,打出了民俗古街的名号,步行街也得以保留。只是一旦进入街区,人们就会闻到一股淡淡的异味,却没有人提出。在高楼林立的城市里,这条街就像一块膏药,虽然有些刺眼,却缓缓、柔柔的,仿佛在默默治愈着城市,抚慰人们在高速生活下焦虑的内心。

由于石板路不能通车,周边又车位紧张,我们拎了满手的礼品,走了十五分钟。路上偶尔有碎石透过我的鞋底不断戳我的脚心,也不知道沁出的汗是来自运动还是这场足道。穿高跟鞋的严冬梅却能精准地避开每个会卡到鞋跟的缝隙,打着节拍变成一只善舞的天鹅。点儿可能是看我可怜,伸手要把我手里的东西拿过来。

"你倒是去帮女朋友啊,她穿高跟鞋呢。"我避开他的手。

"现在你不是我女朋友吗?"他小声辩解道。

"你说什么?"

"咱们不是演戏吗,这不是敬业吗?"他一面解释,一面偷偷观察我的反应。

"你还挺入戏。"我白了他一眼,"咱们到了,开始你的表演吧。"

每次来外婆家,都得敲上一阵门。外婆是闲不住的人,不是在洗菜,就是在洗衣服,经常听不到敲门声,就算听着了,也得先放下手里的活儿,仔仔细细洗干净手再来开门。

果不其然,在外婆"来了"的应和声后,我们又盯着秒针走了三圈,才听到门闩被打开的声音。

"佳佳来了?"外婆看到我,显得很惊讶,看到我身后的点儿之后显得更惊讶了,看到点儿身后的严冬梅时简直像是见鬼了。

"冬梅也来了啊。"外婆是高兴的,却又显得有些疏离和小

冬天的四季

心翼翼。严冬梅回家的次数堪比圣诞老人,这回圣诞老人竟然真的带来了礼物。

"陈老师。"严冬梅一把把我推上前线,"佳佳有话跟您说。"

"啊,外婆,这是我男朋友李京伟,我带回来给您看看。"我敬业地对点儿甜甜一笑。

"外婆好。"点儿毕恭毕敬打了个招呼,看起来人模人样的。

"哦,哦,好的,快进来坐!"外婆果然很开心,上下打量着点儿,招呼我们赶紧坐下,又从厨房拿来三块擦手布和三个洗好的梨,盯着我们擦干净手后把第一个梨塞到了点儿手里。

"外婆,您别忙活了,我自己来就行。"点儿站起来接过梨,有点儿懂事的感觉。

"哦,哦,好的。"虽然应和着,她依然从柜子里拿出一盒饼干,拆开包装递给我们。看到包装上的英文,我意识到这应该是秋菊姨去年过年拿来的,被她放起来当成了藏品。

"我们刚吃过饭。"严冬梅看了眼保质期,"这饼干快过期了,扔了得了。"

"哦,哦,好的。"虽然应和着,外婆依然小心地把饼干包回去,再小心地放回柜子。老人总喜欢重复说一些话,不知道是世人说的唠叨,还是他们的词汇就像生命的烛火一样,慢慢熄灭得只剩一个小点儿。

"外婆,这是给您的礼物。"我把礼物一个个码到桌上。

"还没过年呢,买什么东西啊,浪费钱。我也吃不了那么多。"外婆又把东西推回来,显得很着急,"你们自己吃,自己吃啊。"

"都是些补品,我们吃不了。您平时吃吗?"严冬梅开门见山。

外婆愣了愣,随即笑了:"我身体健康,吃什么补品啊,浪费钱。"

"就是，陈老师是知识分子，肯定不会像电视里说的那样，中了那些保健品的圈套。"严冬梅笑着说，"你们先聊，我帮您把礼品收到里屋去啊。"说完，她就不由分说地提着礼品走向里屋，外婆张了张嘴想说些什么，又化作了一声叹息。

"外婆，您吃梨。"点儿打破了尴尬，递上一个他默默在边上削好的梨。

"哎，好，好。"外婆盯着点儿看了会儿，又看看我，笑得很开心。

外婆的目光太灼热了，把我烧得有点儿口渴，我给自己倒了杯水喝。

"你们什么时候结婚啊？"外婆笑眯眯的，我一口水差儿喷出来。

"我都听佳佳的。"点儿也笑眯眯地看着我，我差点儿没被这口水呛死。

两个人齐刷刷盯着我，都快把我的茶杯烤化了，我只好放下杯子清了清嗓子："我和京伟不都得先把事业搞好了，再考虑结婚的事情吗？"

"齐家治国平天下，先齐家，再平天下。"外婆依旧笑眯眯的。我差点儿忘了，外婆是语文老师，是在她的学生眼中熠熠发光的存在，尽管在我们眼里，她就是一个有些啰唆和洁癖的普通老人，也不知道是因为人富有多面性，还是因为我们栖身在背光处。我只知道外婆现在念起古文的样子，和我印象里的她完全不一样。

"齐家齐家，家就是你这么齐的？"严冬梅从内屋走出来，怀里抱了一堆保健品，眼睛里像是要冒火，"我没想到伟大的人民教师会中这种低级圈套，还藏到床单下面，我差点儿没找到。怎么，这东西升值啊，还得防贼啊？"

冬天的四季

面对严冬梅的责问,外婆先是脸一白,争辩道:"这都是学生送的。"

"哟,人家送的?行,人民教师人缘好。我看这上面还贴着电话号码呢,学生的吧?您不介意我打个电话感谢感谢他吧?"严冬梅像是早有预料,拿着外婆的手机就开始按号码。

"别!"外婆突然高声喊道,然后低声说,"别去打扰人家,都挺忙的。"

"您跟我说句实,是不是上人家的当了?"

外婆像做错事的小朋友一样低下头,抿着嘴不搭话。

"说话啊!爸当初执意要去敬老院,您说他只考虑自己,不想着留钱给我们四姐妹,到现在都不愿意去看他一眼,还说当他死了。那您自己呢?整天省钱省钱,把钱留给骗子?我看您还不如他呢!"严冬梅急了,我连忙去捂她的嘴。

外婆的脸憋得通红,胸口剧烈起伏,喊了一句:"卖保健品的还知道来看看我,你就比他好了?"

空气一下子停滞了,只剩下墙上的老式挂钟滞重的脚步声。

"好啊,我倒要看看这个骗子是何方神圣,能把你骗得团团转。"严冬梅气笑了,直接按下了呼叫键,铃声刚刚响起就被人抢白了:"喂,妈,怎么了?"

对面的男声显得格外刺耳。

(三)

不出意料,严冬梅和对方产生了激烈的争吵,与其说是争吵,不如说是她单方面辱骂和对方不断道歉。于是,她愤怒地挂断电话后又和外婆争吵起来。吵着吵着,她突然捂着脸哭起来,外婆也抹起了眼泪。我带的纸巾一会儿就用完了，点儿懂事地说出去买新的，小声告诉我，他先回车上等我们。

"妈，您就那么想要个儿子吗？"严冬梅抽噎道。

外婆的眼泪更止不住了，她拨浪鼓般地摇起头来："不是的，不是的。"

糟了，他们一脚迈进禁区里了。

"外婆，您先别哭了。"我握住她的手，"能不能跟我们说说，为什么想买保健品啊？"

外婆的叙述就跟新闻里说的一样。卖保健品的人叫小方，起初只是不停地上门看望她，每次都会陪她说话，还会帮她做家务。久而久之，她觉得有这样一个人陪着自己挺好的，也就照顾起他的生意来。严冬梅几次咬牙切齿，想咒骂骗子，都被我拦住了，直到听到后面的故事，她也沉默不语了。

小方是个农村出来的孩子，虽然是初中肄业生，但特别勤奋好学，靠着自己的努力，一步步从实习销售做到了销售分队长，每个月除了留下伙食费外，剩下的钱都会寄回家里。他得知外婆是老师后，拿出自己随身携带的一本《唐诗宋词精选》，内页已经被翻得破烂不堪，歪歪扭扭布满了批注，封面被他仔细地包上了书皮。"我平生最敬佩的就是有知识的人。"小方说。从此，他更喜欢往外婆家跑了，每次都勤快地做些家务，而外婆也会教他念诗词。一日为师，终身为父母。因此，小方非常郑重地拜了外婆为师，也认了干妈。

"他念书的时候，眼睛里是有光的。"外婆说。

而我发现外婆说这话的时候，眼睛里也是有光的。我突然有些愧疚，我发现我从未好好了解过她。外婆年轻的时候，将一腔热血洒在课堂上，培育桃李无数。而当她老去，在我和哥哥眼中，

冬天的四季

她只是一个普通的，甚至有些啰唆的老人。每当她回忆起当年教书育人的故事，或是想同我们讲些道理时，我们只是低头玩着手机，笑着应付过去。

"可怜之人，必有可恨之处。"严冬梅轻声说道，"他骗了你，就是他不对。"

"冬梅，"外婆叹息，"他尚且愿意去了解我这个陌生的老人，你为什么不愿意先了解再下结论呢？他卖的保健品，我托学生查过了，是药监局备案的，还是他让我查的。"

"现在的人套路多深啊，不就是为了钱吗？"

"你究竟是什么时候……变得……"

"变得现实吗？变得不相信任何人吗？"严冬梅接过话茬，仿佛轻描淡写地说道，"可能是你和爸教得好吧。你们信任过对方吗？"

外婆和外公通过别人的介绍认识，水到渠成地恋爱、结婚、生子。外公严建国在法庭上叱咤风云，外婆陈小珍在教室里润物无声，在那个年代组成了呼风唤雨的一对，在外人看来，他们相敬如宾、郎才女貌。然而，两人都是温暾的水，彼此激不起波澜，上班时各自精彩，下班到家也是各自安好。两口之家时不疑有他，有了孩子之后，不麻烦彼此的习惯就成了最大的麻烦。外婆承担了属于母亲的必要义务——生育和哺乳，然后决然地回归课堂。外公亦不认为养育是自己的责任，从头至尾都当甩手掌柜。两人都擅长隐藏自己的心事，裂缝就一步步扩张成了鸿沟。后来，春花姨懂事了，他们索性就把养育的责任甩给了她，夫妇俩继续背道而驰。他们做了一辈子自己认为对的事情，也觉得对方做了一辈子对不住自己的事情。两人都退休后，终于有了大把时间用来争吵。外婆觉得她这辈子过得太辛苦，外公觉得外婆从未给予他家的温暖，一个觉得对方自私，一个觉得对方懒惰。最终，外公受不了了，提出要拿着高昂的养老金去养老院度过余生。外婆大骂他自私自利，并且给了他两个选项，要么留下，要么此生不复相见，她权当他死了。外公还是走了，留下了外婆和这间当年单位分配的房子。从此，过年时四个女儿回娘家都得分两个地点，还得彼此瞒着。

"我和你们不一样。"外婆说，"我当年没有选择。你不一样。"

"有人逼你做过任何决定吗？你都不相信我爸，凭什么要我学会相信？"

外婆沉默了。

"妈，我知道我是个很自私的人。那你呢？你想要爸相信你，那你相信过爸吗？你想要我们爱你关心你，那你真的关心我们吗？你的关心全都给了你的学生，给了外人，给了一个卖保健品的。你永远觉得别人更需要你，那我们呢？你的家人呢？你回过头看过我们吗？"

"你们都是好孩子，不需要我操心了……"

"你生下我们不是因为爱，而是因为这对你来说是'对'的事。当你不知道怎么办的时候，你就逃避。对我来说，春花姐更像我妈。但这对她公平吗？其实你有没有想过，或许你从来就不想当个母亲。"

听到最后一句的时候，外婆先是应激性地抬起头，随后头慢慢地垂了下去……

我认真地看着严冬梅。之前，我一度以为她是被这个世界宠坏了，或许她只是在用自己的方式在这个按部就班的世界上蹦下跳地捣乱，喊着我命由我不由天的口号，试图改变些什么，或许自知无力，但胜在无畏。

冬天 的四季

　　送我们出门的时候，外婆让我们先等等，随后进屋翻箱倒柜找了半天，拿了一个红包放到严冬梅手里，略带紧张地说："冬梅，这些年苦了你了。"又塞了一个给我，"佳佳，这是外婆的见面礼。外婆看过了，这小伙子人挺好的，你帮我给他。"

　　"我不要。"严冬梅坚决地把红包推回去，"你要是喜欢那个小方，我也管不了，多留点儿心眼。钱也别省着花了，我们四姐妹都过得挺好，用不上你们的养老金。"

　　"外婆，我也不要。"我跟着塞回去，严冬梅却拦住了我，"哎，一码归一码，这是给小李的。我也觉得小伙子人挺好。"

　　外婆还想送送我们，严冬梅把她推回去，顺手关上门，让她早点儿休息。我听见外婆反复插上门闩再推门确认是否关紧的声音，这是属于木门的叹息。

　　在往回走的路上，我把红包递给严冬梅："这个给你。"

　　严冬梅正要伸手来拿，我又把手抽了回去："严冬梅，你瞒我瞒得很开心啊。"

　　"哦？"她挑了挑眉，"怎么说呢？"

　　"从你打电话给我到咱们见面才多久，这期间你没空买礼品吧，说明你们一开始去商场就是为了买礼品，那时候你也不知道要来看外婆吧？也就是说，你俩原本就计划好要见家长。所以，只有一种可能。"

　　严冬梅停下脚步，认真地看着我。

　　"你怀孕了。"

　　她给了我一个脑瓜崩儿。

　　"王佳佳，你是个榆木脑袋吗？你真以为我和你家点儿在一起了？见家长的确是计划好的，就是想让你俩见！点儿喜欢你那么多年，你看不出来吗？全世界就你自己看不出来了。我第一回见他就看出来了,便利店那晚我说帮他追你,关键你这个人的生活里只有家庭责任,要不是我假装……"

她后面说的话,我一句都没听清楚,脑袋一直嗡嗡响,最后我只憋出来一句话:"那……林燃的婚礼,点儿是带你去还是带我去啊?"

我又结结实实地收获了一个脑瓜崩儿。

六、雪纷纷，掩重门，不由人不断魂

（一）

我和点儿是不打不相识的，尽管是我的单方面殴打和他的正当防卫。那是大学新生入学的第一天，我左右手各拖了一个内里堆山积海的行李箱，背一只怀胎十月快临盆的登山包，左右肩膀又各挎一个斜挎包，颇有左手一只鸡、右手一只鸭回家过年的感觉。这都是严夏叶女士为我准备的，她愣是让我把脸盆都带上了，老王在一旁边摇头边说："她这是去城里读书吗？我以为要去热带雨林扎营。"她则一面奋力地测试行李箱的极限在哪里，一面头头是道地分析："老话说得好，不打无准备之仗。什么都得准备上，留出时间、精力来上学。"老王看着她在已经装满的包里又依次塞入了辣椒酱、方便面，物理学都快不存在了。见他只动嘴不动手，一道肃杀的目光射过来，这是要开骂了，于是老王忙说道："有道理。兵马未动，粮草先行。"

最终，我像是被行李五花大绑了，朝校门一点点地蠕动。门口是迎接新生的学长们，他们正有选择地接手学妹们的箱子，并带路去宿舍楼。看到我的刹那，我从他们的眼中看到了震惊、同情，以及逃避。几位学长互相推搡着，选择了"猜丁壳"，然后一个留着寸头的黑瘦黑瘦的身影朝我走过来。那些震惊、同情、逃避的眼神，又依次落到了他身上。

"同学，你好，我叫李京伟，法律系的，大家都叫我点儿。"他伸出手，瞅了瞅全身上下没剩一个能活动的关节的我，上下左右打量着这些大包小包在我身上维持的微妙平衡，不知道从哪个部件开始卸，这些玩意儿才能不倒塌。

"我叫王佳佳，新闻系新生。大家就叫我王佳佳。没事，你帮我带个路就行。你拿不了的。"我看着他同我差不多粗的手腕，默默叹了口气。

"嘿，小瞧我。"点儿突然来了劲，伸手就扯我的登山包，差点儿来了个趔趄，堪堪站稳。他气沉丹田，将我的装备一件件穿戴到身上，瘦瘦的身体几乎要被埋进去。

"点儿，你确定能行吗？一会儿估计还得爬楼呢。"

"行，怎么不行，真男人。"他气喘吁吁的，只能几个字几个字往外蹦，"咱们，走慢点，欣赏，风景。"

我被他逗乐了，和他并肩慢慢往前走。他人缘极佳，一路上都有人和他打招呼，但大多是拿他逗乐的，问他是不是愚公移山呢，真是为学妹拼了。他仍是只能几个字几个字回击，最后只剩下一个字：滚。

"点儿，你刚'猜丁壳'出的什么？真是点儿背。"我想找点儿话题分散他的注意力，一出口却又带刺儿。

"对，我的外号就是这么来的。我就特别点儿背。"他却很高兴，说了句一气呵成的话。没想到他一语成谶，登山包的背带终于不堪重负，裂开了，登山包应声而倒。随着清脆的碎裂声，红色的液体汩汩流出，场面十分诡异。

"这包里……是什么？我……构成帮助毁灭证据罪吗？"点儿盯着那摊不明液体研究半晌，抬头郑重地问我。

冬天的四季

"这都被你发现了,看来得灭口。"我神秘地做了个用手抹脖子的姿势。

"那你杀了我吧,我宁愿当人质。"他索性贱兮兮地一扭脖颈,曲项向天歌。

我顺他的意给了他一拳:"还是我来拿吧,真男人。"

"真男人,甚至不疼。"

"这样呢?疼不疼?"

"啊,不疼不疼。"

我们两个,一个嘴硬,一个听不得人嘴硬,就这样打打闹闹地开启了大学新生活。而点儿也真的作为人质进入了我的生活,我们走在路上时,总是我在喋喋不休,而他在一旁不时地给出回应,逗得我哈哈大笑,笑狠了便捶他。旁人笑他是受虐体质,他就一本正经地解释:"你懂什么,这叫打是亲,骂是爱。捶着捶着,感情就永垂不朽了。"

我们的故事不像小说,有什么英雄救美或同父异母的大事件导致男女主角感情迅速升温,而是乏善可陈,却水到渠成。或许因为我们谁也不是主角吧,无数细碎无趣的日常后,不知不觉就熟稔起来。

我曾问过他,他的朋友那么多,他是怎么抽出时间天天陪我去这儿去那儿的,我们新闻系老师都快把他当编外亲传弟子了。他也没个正形,说"没头脑"就该和"不高兴"同进同出。我笑他,怎么有人骂自己没头脑呢,他认真地看着我:"那你高兴点儿,我就是没头脑。"

身边起哄的人不少,他都会打哈哈打过去,说自己是王大小姐的保镖罢了,这顶多是主仆情分,人们的调笑就会从我们的关系过渡为他是不是一只舔狗。点儿从来不会把问题抛给我,他说我要烦恼的问题太多了，和他在一起的时候，就不要浪费珍贵的脑细胞了。

他是不是真的喜欢我，这一点，我没有思考过，或是不敢去思考。他是一个过于称职的好朋友，也从未越过雷池。不知不觉中，我将自己的许多故事都告诉了他，在他面前暴露的软肋愈多，他就愈加成了我左右手般不可替代、不再见外的人。久而久之，我实在无法想象，若是有一天我的左手说想和我谈一场恋爱了，要是结局不能善终，那我便会成为断臂杨过。

（二）

虽然是异地读大学，但感谢信息时代，严夏叶女士每日如同上朝般定时播报，家里的事仍不分巨细地通过手机传到我的脑子里：春花姨又被严明打了，脖颈儿好几块瘀青，只能天天戴着丝巾搞卫生；外公外婆又吵了好大一架，气得外公三天没回家，拉着老张头儿没日没夜地下象棋；老王喜欢上了朋友的大锦鲤，非要抓一只拿回家养着，被严夏叶女士严令禁止了，说要是开了这个口子，以后家里会变成水族馆，老王那群朋友还不得天天拿根鱼竿来家里钓鱼啊；严冬梅依旧没个正形，老大不小了，还和小年轻们天天去喝酒泡吧，三姑六婆给她介绍对象，她带着醉意去，闹得亲戚们下不了台。

因此，游子虽人在异乡，心却仍系故乡。我给春花姨打了数个电话表达关心，又象征性地给严明黎发了消息，得到他几个已阅的敷衍回复；给外公买了台电脑，让他气闷时可以在家里下棋，录制了如何使用下棋软件的教学视频，关于如何打开和保存教学视频并按暂停键，也录了视频，交给严夏叶女士；给老王买了观

冬天的四季

赏性小金鱼和足够用到我回家的鱼食,还煞有其事地给金鱼们起好了名;用奖学金给严夏叶女士买了双新鞋,就算和她抱怨的那样,女大不中留,鞋子、包包至少能留下;而严冬梅,就让她继续玩会儿吧,至少她的心是活着的,生活就不会是一潭死水。

而我自己的校园生活,不过是穿梭于各间教室上课,参加辩论社的活动和比赛。我本来并不想参加社团,但耐不住招新那天点儿的软磨硬泡。他的朋友们都喊他去当免费劳动力,因此他像个包租公似的不停地在各个摊位间串场,帮每个社团吆喝发传单,身兼数职,同时给新生塞七八张传单,吓得人家忙摆手,说教辅资料都没么厚。

我初识林燃也是在这一天。他西装革履地坐在辩论社桌子后面,面带微笑,目光如炬,打量着来往的每一个人。也不知是用的哪一套评判标准,他似乎能在人群中精准地抓出从面相上看适合辩论的好苗子,目光一对上,便像有魔力似的把人勾过来,随即拿起一本荣誉册,开始口若悬河。不得不说,他这张倾国倾城的脸,在大太阳下白得反光。不乏见色起意的新生,因此,他们摊位的宣传单消化得尤其快。而辩论社也是懂如何利用优势的——林燃的大头照赫然印在海报的头部,照片上的他笑眯眯的,眼神都快拉丝了。

点儿忙得喝口水的时间都没有,我又向来对集体活动没什么兴趣,因此,我坐在摊位后面的后勤区乘凉。我正发着呆呢,猛地被一个阴影罩住,阴影处递过来一瓶水。

"我叫林燃,辩论社社长。你是……点儿的……"他意味深长地询问。

"谢谢,我叫王佳佳。"我接过他的水,不接他的话茬。他的睫毛真长啊,忽闪忽闪的,多亏了严冬梅那群绣花枕头前男友给的脱敏疗程，让我对这类型的男人自然有了抗体。

"加入辩论社啊？"他在我边上坐下，仰脖喝水，喉结一动一动。

"直接抛论点啊？怎么不加点儿论据？"

"大家庭都能管好，辩论社明年交给你，你也能管好。"

"啊？"我被打了个措手不及，哪有拿着玉玺招安的，"点儿说的？别听他瞎说，我就是个边缘透明人。"

"点儿把你夸得天花乱坠的，可远不止这些。"林燃眨了眨眼睛。

我有些坐立难安了，大脑飞速转动，企图找出这么大一个饼背后的深层逻辑。无故献殷勤，非奸即盗。可我一姿色平庸的无产阶级，他有何可图呢？

答案还没想出来，我就糊里糊涂地被拉入伙了。我和点儿成了最称职的打工人，组织活动，处理杂务，活像两个大内总管，分管东厂西厂。林燃乐呵呵地当他的甩手掌柜，偶尔和新生交流一下心得。我算是有点儿明白了，他哪是看中我的能力，这是看中点儿了。点儿确实有这种魔力，他像是天生在人堆里长大，像万金油似的，跟谁都能聊得来，照顾每个人的情绪，再将所有人聚合起来，自己却从不当主角，让所有人都舒舒服服的。林燃则不同，他是天生的主角。上帝通常给人类开两扇门：一扇通往金山，一扇以貌服人，而他是个双开门。甭听小说里写的，什么优秀的人却不知道自己优秀。长得好，条件又好的，没有人会不自知：穿堂风都在人生路上哗啦啦的了，哪有人能浑然不觉呢？林燃从小就知道自己的优势所在，并且驾轻就熟地发挥特长。一个笑，他就能让别人笑呵呵地为他鞍前马后，拥有这种无成本的流通货币，他就活成了一个慷慨的人形印钞机。我有些嫉妒他的天

冬天的四季

生好牌,却也不能免俗,对他抛出的货币照单全收,甚至拿了个点钞机,一面数他给的"钱",一面和点儿一起为他管"钱"。

于是,我们时常三人同行,我自然而然地让出了话筒,场景就变成了林燃高谈阔论,我和点儿捧哏。他说数分钟,问一句,你们呢?我和点儿就像突然被点名上场的临时演员,说些有的没的,拿大褂把话筒擦干净,立马再递回去。倘若他一直是这样一个完美的形象,我大概也不会动心。我的动心来自他开始诉说自己的阴暗面,说自己是一个自私冷血的家伙,一点点把自己这尊维纳斯雕像从裂痕处掰开。我便急了,母性一泛滥,成了我的灾。或许我从来不擅长思考自己的欲望,却十分擅长对身边的裂纹修修补补。

当我和林燃躺在草地上望着天空,他的手一勾过来,我的心就彻底被勾走了,溃不成军。虽然我自认为面儿上从未显山露水,但谁知道呢,他总能洞察一切。

(三)

我和林燃牵着手出现在点儿面前的时候,他的小眼睛眯起来,又睁开,再眯起来,继而绽放出一个灿烂的笑:"林燃,你小子可以啊,我这保镖终于可以退役了呗。"点儿贱兮兮地凑到我边上,"天天盼你快点儿脱单,这回我终于可以瞑目了。"

"我可不是保镖,我手不能提、肩不能扛的,我是皇上的宠妃。"林燃翘起兰花指倚到我身上,把点儿惹得跑到一旁干呕。

我拍拍他的脑袋。好像就是从这时开始,我接受了他的暗示,又当爹又当妈。大三时,辩论社也顺理成章地交到了我手上,一切规章制度却都没换,海报上依然是林燃的脸,动员大会也是林燃压轴发言。我只是个台前的傀儡。点儿依然是东厂大总管,将分内之事做得极好,但很少与我们俩出去玩了,说怕被我们恶心死,还想多活几年呢。

金银莺是在我大三、林燃大四那年入学的。新生接风那天,我怕肩不能扛的林燃累坏了,主动请缨加入大部队。金银莺走进校园那刻,着一袭及踝的白色长裙,长发及腰,风将裙摆和发尾一齐撩起来。面对从四面八方冲过去想帮她拎行李的学长们,还有一个突兀的我,她笑得很甜,声音也是银铃一般,把周遭的空气都荡漾得香甜起来。我感觉这种情形十分熟悉,却说不上为何。后来我明白了,这是主角登场的特有氛围感,她如此,林燃亦然,他们才是一个世界的人。

因此,她与林燃搭上话后,我也只是愣在一边。林燃拿过她轻飘飘的箱子,我又从林燃手里接过来。于是,少爷、小姐并肩往宿舍方向走着,我一个粗使丫鬟跟在后面。小姐娇滴滴地说:"太谢谢学长了,箱子很重吧?你真厉害。"少爷双手空荡荡,仍能大言不惭:"这是我们应该做的,欢迎新生。"然后指了指我说道,"我们都是辩论社的。加入辩论社吧。"虽然主语是"我们",但就像有一扇大门,将我与他们死死隔开。

金银莺也是法律系的,与林燃和点儿的交集比我多了很多。她加入辩论社的一年内,我在每个集体活动里都能见到她,也友善地打招呼,但我们依然不熟。她一遇到什么问题,总有人前呼后拥地帮她,也轮不到我。

有次林燃和金银莺一同下课出来,有说有笑的一对璧人。看到我后,林燃与她道别,一路跑过来,一如既往地勾着我的脖子,问我是不是吃醋了。我白他一眼:"你拉倒吧。毕业论文写多少了?"

冬天的四季

他自讨没趣地把手放下来:"你怎么跟我小妈似的。"

"毕业现在是你的头等大事,真是皇帝不急太监急。"这一瞬间,我宛如严夏叶女士上身,同他絮絮叨叨地说毕业后该如何规划。说到未来时,他依然支支吾吾的,我便急了,恨不得当下就给他列好每日行程表,让他严格执行。当时的我并没有意识到,这么急于施加给他压力,其实是自己的不安全感的流露,我意识到了火车的偏航,想快速地把它掰过来。可火车是多么沉,我是螳臂当车。

"你这个人,有时候挺没趣的。"林燃耸耸肩,听话地去图书馆写论文了。接下来的时间里,他的确遂了我的意,每天泡在图书馆里刻苦学习,也不大社交了。我心里仍是空落落的,他明明按我说的做了,我却没有开心的迹象。

点儿总会适时地在我陷入低谷的每个时刻出现。他看着沉默的我,长吁短叹地绕了一圈。

"你什么毛病啊?"我没好气地剜他一眼。

"可惜可叹啊,可惜可叹啊。有人长了一张利嘴,却说不出心里话。"

"你要听心里话?那来真心换真心啊,不瞒你说,其实我真的觉得……你现在像个傻瓜。"

"我是傻瓜。"点儿突然停下来,小眼睛盯着我,"但你也是。王大小姐,你要清楚你是在谈恋爱,不是在当妈。谈恋爱需要的是激情,激情你知道吗?就是情绪的波动,无法控制的悸动,理智不能压制、想疯狂抒发出来的——自私与恶意。"

"你在这儿写诗呢?"

"我在认真和你说话,别逃避了。"点儿把眼神闪躲的我掰正,"旁观者清,你懂吗?我看得出你很在乎林燃,但你不清楚男人要什么，或者你丢不开面子去给予他想要的东西。他要一个苹果，你非塞给他一车梨，这能行吗？有时候说几句软话、真话又不会要你的命，你非自己跟自己过不去干啥，你看人家金银莺……"

"好，你也觉得人家好。那你去找她不就完了？恕不远送。"我罕见地发了脾气，一甩手就要走。点儿却一副很高兴的样子，屁颠屁颠地跑到我前面拦住我，竖起大拇指："对对对，就是这样。王大小姐果然是一点就通啊。就是要生气，来，多生点儿，把怒火燃遍大地吧，我不怕。"他张开双臂。

那天我喝了许多酒，据点儿事后帮我回忆，我看到路边的桦树上两只鸟依偎着，非要拿着打火机冲到街边的绿化带里，把那片林子烧了，翌日却像个没事人一样，又回归了正常，或者是不正常。时间久了，连他都觉得那晚的我只是他的幻觉，那么真实，却显得如此不真实。

后面的故事乏善可陈，林燃和点儿顺利毕了业，林燃拿着漂亮的履历进了"四大"，自此平步青云，和每个主角一样，吃过的最大的苦是冰美式。我们也由于时间和距离，对话越来越短，某天突然发现，对话框已经永久地冻结在某一天道完的晚安后。

冬天的四季

七、夏虫不可语冰

（一）

我和严明黎还是坐到了咖啡厅里，但这次不再是吧台了，我们点的也不再是牛奶和可乐，而是浓缩咖啡。不变的是，我们依旧脊背笔直，仿佛只有挺得够直，才能体现自己从未被生活压弯过腰。

"叫我来有什么事？"他依旧是死性不改的样子。

"你上次去看春花姨是什么时候？"我不动声色地品了口咖啡，无论喝多少次，第一口还是苦。

"忘了。怎么了？"他总能用最文质彬彬的样子说最浑蛋的话。

"你就不管你妈死活了吗！"我生气了。

"她不活得好好的吗？"

"大姨她被高利贷追债了！每天就靠自己那点儿工资在还，还死撑着让我千万别告诉你。结果你就这副样子？"如果这是电视剧的话，我真想把咖啡泼他脸上。

"我爸的债？"严明黎总算是认真地看了我一眼。

"不是。大姨她自己的，她……赌博被人骗了。"

严明黎竟然露出了一个微笑，我怀疑我看错了，但阳光打在他浅浅的酒窝上，宛若当年。我有多久没见过他笑了……不对，他竟然在笑？

"你还笑得出来？"我震怒了。

"她终于为自己活了啊……"

"现在大姨欠了高利贷，非常危险，我们当务之急是要帮她解决这个困难。"

"王佳佳，"他又恢复了那副生人勿进的嘴脸，"你觉得你是救世主吗？"

我语塞了。

"以前我觉得我是，我觉得我和别人都不一样。结果呢？我能救谁？你以为我没试过吗？我想救我妈。但后来我发现，其实我爸出轨这件事，我妈一直知道。你要把别人拉出泥潭，但别人非要往里面跳。我累了，救不动。我连自己都救不了。"

现在我才终于知道，严明黎发现大姨父出轨之后，也曾经为大姨愤愤不平，向大姨告状，却得到了"小孩子别瞎说"的回应。他以为大姨不信，于是天天拉着我去大姨父办公室对面的咖啡厅收集证据。等他把一沓照片摔到大姨面前，大姨却把这些照片都扔进垃圾桶，给了他一个巴掌，让他从此不许再提这件事，把心思都放到学习上，转身进厨房给大姨父做晚饭去了。严明黎捂着脸，一腔热血和脸上的余温一起慢慢消退。或许这个社会就是如此，他想，人们就该在自己的位置上按部就班地过这一生，弱者的字典里是没有"改变"和"反抗"的。当一束光照进黑暗的时候，那这束光就是有罪的。

后来，他的人生目标就是成为一个强者，世人皆自救。然而在校园这样相对公平的环境里，他尚且能出类拔萃，等到了社会上，衡量一个人的因素不再只是个人的成绩和能力，他才绝望地

冬天 的四季

发现，自己只是这个世界棋盘上的一枚小卒，即便勇往直前、横冲直撞，也永远缓慢，永远没有捷径，永远没有退路。

"对人类来说，蚂蚁搬家就像一场表演。我们随时可以对它们进行降维打击。但蚂蚁这辈子的上限就在那里了，上天对它的恩赐就是没有给予它高等思维，不然它将会无比痛苦，就像我们一样，明知无能为力，却还要继续前行。"

严明黎说话的时候是非常有魅力的，因为他很聪明，也富有学识。他黑黑的瞳孔，像一对过于聪慧的蚂蚁，聪慧到因悟到了自己的渺小而痛苦。

"可是蚂蚁很团结，前赴后继，给同伴留下气味线索，也会搬走同伴的尸体。"

"可是这一切有意义吗？而且蚂蚁搬尸体只是因为尸体上残留了信息素，它们只是在执行指令。"

"对人类或许没有意义，但对蚂蚁来说非常有意义。既然我们都是蚂蚁，这就是有意义的。而且执行指令的这个结论是人类得出的，也许在蚂蚁的社会里，这的确是在缅怀死者。"

"你还和小时候一样啊，那时候你也会为蚂蚁说话。"严明黎又笑了，"你还记得吗，当年你说总吵不过我，就去参加了辩论社，还说要和我一样成为一名律师。最后我们两个谁也没成为律师。"

"我不只在为蚂蚁说话，我也在为人类说话。大姨的事情，你真的不管吗？"

严明黎又恢复了淡漠的样子，让我觉得方才的他只是海市蜃楼。

"不是我不想管，是我管不了。迎彩她快生了，我们也很需要钱。"

"那恭喜你了。希望你的孩子不用当蚂蚁。"我拎起包走出了咖啡厅。

临上车前,我还是没忍住,回头看了严明黎一眼,他的背脊依旧直挺挺的,脖子弯了下来,脸被头发吃掉了,阴影被微风吹得一抖一抖的。

(二)

我还是拨通了点儿的电话。自从上次外婆家一别后,我就没有联系过他。其实也不是没想过我俩的事,只是总觉得像团没有线头的毛线,我没抹几下就索性先扔到一边了。

"王大小姐,出什么事儿了?"他熟悉的声音响起来后,我的心情登时舒畅了起来,点儿就是有这样的魔力。但这也导致我每次心情不好就会找他诉苦,毕业后我意识到了这样做的自私之处,就慢慢自己忍了,和他的联系渐渐少了。

"你不是法律系的吗?好哥们儿里有做得好的律师吗?"我真是个浑蛋,只字不提我俩的事儿,一出口又是找他帮忙。

"是不是出事儿了?你在哪?我来找你。"

很快,点儿就出现在我面前,看样子还特意做了个发型,摩丝打得有点儿多,有点儿日本动漫的样子,我不禁笑出了声。

"怎么了?是不是我的头发没搞好?"他挠了挠头。

"不是不是。你这样一搞,还挺像那么回事儿的。"

"出门匆忙,见笑了,见笑了。来吧,说出你的故事。小的定当效犬马之劳。"

我把春花姨的事情大致跟点儿复述了一遍,点儿若有所思地挠挠头。

冬天的四季

"民间借贷好像超出银行同类贷款利率四倍就不受法律保护了,不过在这以内的,如果有借贷合同,就受法律支持。家属呢?不是有个儿子吗?可以负担部分债务吗?"

"别说了,我刚跟我那哥聊完,他说我们都是蚂蚁,世人皆自救。"

"蚂蚁?有道理。我们都得还花呗呢。"

"别贫了,快帮我想想有没有认识的律师吧,靠谱点儿的。"

"哎,你外公不是做律师的吗?"

我愣了愣,我好像从未把外公和律师画上等号,外公就是外公,即便他曾经如此优秀。

"老人家都退休了。再说了,大姨这事儿能跟他说吗?你赶紧想想吧,同系的哥们儿呢?"

"你知道我当年那破成绩,跟我玩得好的都跟我一样不学无术,毕业后都没走法律这条路。我思来想去,靠谱一点儿的,现在还在当律师的,也就一个人了……"

于是,诡异的场面再一次出现了,我、点儿和林燃又一次坐到了同一张桌子边。

"林先生。"我跟林燃打招呼。

"王小姐。"林燃笑了笑。

"好了好了,咱们是聊正事儿来的,你俩这开头不错,特别专业。"点儿担起了一贯的和事佬角色,但如今我看他的心境不同了。

"麻烦总结下当事人的资料。"林燃打开了电脑,切换到工作模式。

不得不说,林燃的业务能力非常强,几个来回后,他就基本摸透了整个案子的来龙去脉。最后,他合上了电脑,拿起茶杯:

"没问题，这个案子我可以做。不过还需要当事人的一些信息，她是否与高利贷公司签了借贷合同？如果是，那么起诉该公司，只需要履行法定借贷利率，超出法定利率部分可以请求不支付。至于赌场上的口头协议，只是普通借贷，并未约定利率，只需要偿还本金即可。我们也可以直接以诈骗起诉。"

"麻烦你了。那你把账号给我，委托金我打给你。另外，我希望我的当事人不会受到伤害。"

"不需要，我只是帮朋友的忙。"我正要反驳，他又补了一句，"你别误会，我说的是点儿，毕竟，你是他……好朋友。"

林燃意味深长地看了点儿一眼，点儿的脸涨得通红，我耳边突然响起了严冬梅那句"全世界就只有你看不出来点儿喜欢你"，于是我成功被传染了他的脸红病。

林燃走后，我终于松了一口气，在椅子上舒展四肢。

"这家伙，我点了那么多菜，他一口没动，暴殄天物。来，咱们吃。"点儿帮我夹了几口菜，都是我爱吃的。

"点儿。"

"嗯？这家的虾做得好吃，你肯定喜欢。"

"你喜欢我吗？"

"嗯……"他还是在给我夹菜，我的碗都快溢出来了。

"为什么？"

"喜欢一个人为什么要有原因啊？我就想陪着你，跟你待在一起开心。"

"那你为什么三番五次要拉我和林燃见面？"

"过不去这个坎儿，你还会喜欢别人吗？"点儿停了下来，却也没有看我。

"为什么你们都觉得我没过去这个坎儿呢？林燃他凭什么就

冬天 的四季

是我的坎儿了？他凭什么让我过不去？"我有点儿恼火，把碗里的菜一股脑儿都倒给他。

"王佳佳，我从来没说过林燃是你的坎儿。你的坎儿从来都是你自己，你觉得你不配被爱，不是吗？"点儿也不恼，继续给我夹菜。

"你别给我夹菜了！我不饿！"我索性夺过他的筷子。

"我就挺喜欢你现在的样子的。"点儿转过来很认真地看着我，"两个人在一起，就是应该提出自己的需求。王佳佳，你就是压抑自己太久了。你从来不会提出你想要什么，都是别人怎么样，你就顺着他们来。跟林燃在一起的时候也是，我全程看着你们，你就一副死也不要麻烦他的样子，特别别扭。连谈恋爱都每天想着帮他解决这个问题，解决那个问题，那你呢，你不重要吗？"

我愣住了，半天才说道："没有啊，我就老麻烦你啊，我还觉得太麻烦你了呢。"

"对啊。"点儿笑了，"我就很喜欢你麻烦我，能够被麻烦，让人很有成就感，感觉被信任。就像你对你的家人一样，你觉得她们是你的麻烦吗，不是吧？我觉得这就是爱。爱就是彼此麻烦的过程。"

看到我脸涨得通红，点儿连忙补充道："不是啊，我不是说你麻烦我就是你爱我啊，不是，我的意思是……"

他拼命解释，我的大脑却像受了一击，晕晕的，泪水不知怎么就扑簌簌地往下落。他连忙手忙脚乱地来帮我擦拭："对不起，我错了，我错了，我乱讲话，我就不该长嘴。"

"李京伟，你是傻子吗？"我给了他一个脑瓜崩，这回轮到他晕了，"你都说了，爱是彼此麻烦的过程。那为什么都是我在麻烦你啊，你从来没有麻烦过我啊……我连你喜欢吃什么都不知道啊……"

"那我可以麻烦你在林燃的婚礼上当我的女伴吗？"

（三）

自从我答应了点儿的要求，他就天天黏在我身边，说是无以为报，只能以身作陪。他本来都做好了所有同学都成双成对，唯有他自己孤单落泪的准备，突然天降仙女救他于水火。我说我是编辑，自由职业，你不用上班吗？他说他们销售搞了考核制，只要达到指标，根本不需要打卡，跟着我跑来跑去，没准儿还能遇到大客户呢。我也就随他去了。

这天我突然收到了李小媛院长的短信，她说秋菊姨以我的名义捐赠粉刷的门已经完工了，问我要不要去看看。点儿似乎有点惊诧，愣了许久后说真没想到我还有这等慈悲之心呢。在我的白眼攻势下，他还是乖乖驱车带我去了孤儿院。

或许是快要过圣诞节了，孤儿院比我上次来时缤纷了些，光秃秃的树上还零落地挂了几个雪球和铃铛。李院长还是十分精神的样子，迎我们进去参观，介绍着这些新添的物资分别是哪里的志愿者送来的，然后指着粉刷后十分鲜艳的防盗门对我说："这就要感谢咱们佳佳了。"

我感觉有些尴尬，毕竟这不是用的我自己的钱。

"走，咱们去看看孩子们吧。"李院长拍拍我的肩。

我又走到了上次去过的教室门前，鬼使神差地搜寻起那个男孩的身影。没有找到人，却看到崭新的奥特曼玩具正威风凛凛地站在玩具角的最高处，趾高气扬地指挥着一切。

"你是在找小乐吧？他患有先天性心脏病，这会儿在医院

冬天的四季

呢。"李院长看穿了我的心事。

这时候,有两个小朋友推搡着挤向了玩具角,架子被这么一撞,奥特曼就要重心不稳地掉下来。我不禁伸出手想要去救它,可我不是奥特曼,又怎么能救奥特曼呢?奥特曼还是落到了地上,在孩子们的玩闹中被来回踩踏。他方才双手交叉在胸前发射激光的动作,落地后却像是痛苦地捂着心口。

我不禁失了神。

"你看到那个穿黄色条纹衫的女孩了没有?你猜她在干吗?"点儿突然发问,把我从走神中唤回来。我顺着他手指的方向看过去,女孩比其他孩子要高出一个头,正拿着一碗饭喂一个小豆丁。我正要夸她懂事,却见她把手指插进小男孩的喉咙里,强迫他吞下去。小男孩就这样木然地被迫重复吞咽动作,好像早已习惯了这一切。

"这不是欺负人吗?"我愤然道。

"你别急。"点儿解释道,"小男孩是脑瘫患儿,无法自己完成咀嚼吞咽的动作。如果不这样喂的话,他只能活活饿死。"

"你怎么知道?"我惊异地看着他,转头看到李院长赞许的目光,就知道他说对了。

点儿没有理我,继续解释:"女孩应该是这个班里的大姐。孤儿院里没有父母,哥哥姐姐就为父为母。绝大多数孩子都会在这里度过一生,跟电视里演的不一样吧?身体、智力都健全的孩子更容易被领养,也只有他们能在成年后走上社会。但孤儿院里大部分孩子都不属于这一类。"我这才发现,女孩患有先天性唇腭裂。她把饭菜放到嘴边轻轻吹着,嘟起来的小嘴像是被天使吻过。

"你经常来孤儿院吗?"我发现点儿表现出了不同以往的温

柔,让人有些陌生。

"嗯。"点儿笑了笑,"不是来,是住。我小时候一直住在孤儿院。"

我的呼吸停滞了。我好像有一万句话要说,但什么都没说出来。

"不用说对不起啊,也不用可怜我。我已经是其中最幸运的了。我只是小时候发育缓慢,亲生父母误以为我是侏儒症,所以后来就顺利地被领养了,养父母对我也很好。你看,我被养得多么阳光帅气。但别人就没我那么幸运了,尤其是有缺陷的,还有女孩们……"

王佳佳,你真的了解过他吗?多年来他陪伴着你,对你的烂摊子了如指掌,而你呢,你问过他的过去吗?你在乎过吗?

"你知道我为什么叫点儿吗?李京伟是我被领养后起的名字。其实我一开始叫党儿,那个时候,所有福利院的孩子都姓党,因为我们都是党的孩子。"

我轻轻握住了他的手,心里翻江倒海,五味杂陈。

"其实我刚认识你的时候,就想起了我们福利院的大姐姐。其实她和我一样,也很健康,但那个年代,你知道……所以她一直待在福利院里。她就像我们每个人的妈妈,照顾所有人的情绪,为我们扛责任,替我们背锅。我那时候不懂事,也扯她的辫子,惹她生气,但她从来没怪过我。直到我被领养那天,我找遍了整个院子都没看到她。那时候我还怪她,长大了才想明白,她也不想被囚在这片小天地里啊,她明明那么努力,做对了每件事,能走出去的为什么永远不是她呢?"

"那……后来呢?"

"我也不知道。"点儿摇摇头,"我们早就失去联系了。"

冬天的四季

其实我心中有一万个疑问，但只是把点儿的手握得更紧了。

女孩喂完弟弟，扭头看到了窗外的我们，或许是因为我手里的手机，她警惕地护住了身前的小不点儿。在看到李院长时，她又下意识地抿了抿自己的唇，然后朝我们招了招手。

"我可以领养这里的孩子吗？"我鬼使神差地问李院长。

"根据最新《民法典》，年满三十周岁，未患有在医学上认为不应当收养子女的疾病，有抚养、教育和保护被收养人的能力，无子女或只有一名子女，无不利于被收养人健康成长的违法犯罪记录，就可以做收养人。不过，收养是一件需要慎重考虑的事情。"

"嗯，我知道。"我趴在窗户上朝女孩挥挥手，无意间触碰到了圣诞节的贴纸，亮晶晶的闪粉掉落下来，像下了一场小雪。圣诞节快到了，我竟然开始期待起我和外婆的生日宴，期待起我的三十岁。不管怎样，我是一个能承担起爱的职责的民事行为能力人，我为此很高兴。

回去的路上，点儿问我："佳佳，你说的要领养孩子的事，你想好了吗？"

"如果我说没有，你会不会觉得我是一个很糟糕的人？"

"当然不会。领养本身就是一件很复杂的事情，如果你告诉我，你已经决定了，我反而觉得你是一时兴起。"

"当时那一瞬间，我是真的很想……可冷静下来一想，我自己还有一箩筐麻烦事没处理好，连自己的事都没理干净，就要把另一人拖进我的生命里，这样太自私了。"

"你不敢和我在一起，也是这个原因，对吗？"

我愣了愣，没答话。

"现在你知道了，我的家庭也没你想的那么简单，你怎么不说是我拖你呢？佳佳，两个人相处，不是谁把谁拖进生命里，而是从各走各的，到牵着手走同一条路。福利院的姐姐、你、我，我们都有自己想去的方向，路上永远都会有数不清的障碍。但你是来走路的，不是来清障的，如果永远都推着路障走的话，你不成屎壳郎了？"

"李京伟，你再骂？"我笑着牵过他的手，"大哲学家，姐姐我腿长步子快，你可别摔着了。"

八、隆冬到来时,百花即已绝

(一)

今年冬天似乎比往年冬天都冷,南方也终于接受了雪的馈赠,人们都裹紧了衣服,只有梅花快乐地舒展着花瓣,散发着清香。我拎着菜往春花姨家跑了好几回,总算是说服了她起诉,接着就是帮她准备材料。有了点儿的帮忙和严夏叶女士的帮倒忙,事半功倍遇上事倍功半,彼此相抵,也还算顺利。

这天,我终于有了个属于自己的假日,正在梦中酣睡,就被严夏叶女士敲锣打鼓似的阵仗吵醒了。

"生啦!生啦!快点儿起来!"

"哎呀,什么生了啊?"

"你嫂子啊!你大姨刚打电话来,你嫂子要生了,刚送到医院去。你赶紧起来!快,衣服给你放床头了!"严夏叶女士一把拉开我的窗帘,阳光毫不客气地加入她的阵容,给了我迎头一击。

"生了就生了啊,我们去医院给她加油吗?"我请出了枕头这员大将挡住了脸部。

"你怎么说话呢?赶紧起来!"她上手一抓,把枕头淘汰出局。

"严明黎两口子从头到尾给你打过一个电话吗?你还这么上

赶着？"我没好气地说。

"哎呀，不都是一家人吗，孩子生出来不也姓严吗？"

"那我呢？我可姓王。"我坐了起来。

严夏叶女士自知失言，连忙补救道："那你大姨对你好不好？你大姨的孙子，你就说你该不该去看吧。"

"孙子？"我盯着她，"你怎么知道一定是孙子呢？"

严夏叶女士愣住了。

"你不是说女儿好吗？怎么，诅咒大姨无法拥有你的快乐啊？"

严夏叶女士悻悻地走出房间，末了还扔给我一个出门的最后期限。行吧，面对长辈，就算占据了道德高点，也得败给辈分压制。

我们一路连奔带跑地冲向产科。我们到门口的时候，嫂子刚被推进去没多久。严夏叶女士几乎是手舞足蹈地和大姨两口子道了喜，又在严明黎面前重复了一遍，最后才瘫在座位上和我一起大喘气。

"为什么我爸不用来啊？"我抱怨道。

"他明天还要上班呢。"

"我出生的时候他来没来？"

"你是他亲生的嘛。"

"不是亲生的，就不用来了吗？那我们来干吗？还是说家族的事务就该女人管啊？"

"你今天吃了火药啊？"

我盯着墙上"手术中"的红灯不说话，红色是鲜血的颜色，也是母亲的颜色。严明黎照旧是一副万事皆空的样子，大姨父眯着眼睛，像在补觉，只有大姨和我妈皱着眉头，眉毛和心都随着嫂子的喊叫声一揪一揪的。我虽然没体会过这种疼痛，却也不自

冬天的四季

觉地跟着揪起来。女性来到这个世界上就伴随着各种疼痛，生理期疼痛、生育疼痛，还有无数潜伏在生活中的隐形疼痛，譬如家庭暴力，譬如荡妇羞辱。或许也正因为如此，上天给了女性对彼此的疼痛感同身受的能力，让我们像被脐带联结着一样，成为命运共同体。

我握住了严夏叶女士的手。

"我谈恋爱了。"

"什么？"严夏叶女士几乎要跳起来，意识到自己身在医院，连忙捂住自己的嘴，"真的假的？谁啊？多大了？什么工作？怎么认识的？多久了啊？"

"那么多问题，我先回答哪个啊？"

"回答每一个啊！赶紧一个个回答。"

"你认识。"

"林燃？不是吧？他不结婚了？我嘴不会那么灵吧？没结就离了？"

"不是。"

"那是谁啊？上次和你一起出差那个同事？他看着得有四十来岁了吧，这可不行啊，王佳佳，我告诉你……"

"是点儿。"

"什么？"严夏叶女士不可置信地看着我，"他不是跟冬梅……王佳佳，我是怎么教你的？虽然我一直催你找对象，但这种事情你可做不得啊。冬梅是你亲小姨啊，你这、你这……"

"不是，这事说起来很复杂。总之，他和小姨没在一起，我也没对不起小姨。"

严夏叶女士歪过头思考了一会儿，突然一拍大腿："我懂了，声东击西。假装靠近冬梅，实际上来接近你。没想到啊，点儿这小子看起来贼眉鼠眼的，心思还挺细腻啊。"

"嗯，外婆也说他人不错。"

"都见过外婆了？你什么时候和外婆成闺密了？你老娘我不会是最后一个知道的吧？王佳佳，你要气死我啊。"

"那可不呗，我都要和外婆办闺密生日派对了。"

严夏叶女士又被我噎得说不出话来了。

突然传来了一声嘹亮的啼哭声，我们都站了起来。

"恭喜，是个男宝宝，七斤八两。"许久，护士抱着孩子走了出来。严明黎的脸上露出了久违的笑，而大姨父已经笑得合不拢嘴了，大姨也抹起了眼泪。

"嫂子呢？怎么还没出来？"我问严夏叶女士。

"这你就不懂了吧，孩子出生后先给产妇看一眼，观察完了各项指标就会抱出来先送到病房里，医生在里面继续处理产妇的问题，如果侧切缝针了，还得多观察一段时间，麻药劲一过，那可真受罪啊……这时候你就看着吧，一般欢天喜地跟着去看孩子的就是婆家人，红着眼睛继续等在门口等的则是娘家人。"

我环顾四周，没有看到嫂子的家人。

"那嫂子她爸妈呢？"

"唉，你嫂子……应该也是个可怜人。"严夏叶女士叹了口气。

一行人逗弄着孩子回病房了，我说我要留在这里等嫂子。大姨夸我是个好孩子，然后被孙子这块磁铁吸走了。我刚悟出的女性命运共同体呢？我有点儿惆怅。

不知过了多久，嫂子才被推出来。她脸色苍白，头发被汗打湿了，一缕一缕耷拉下来，像是刚被吸干了能量。生命那么伟大，又是那么残忍，是母体的无私奉献，也是对母体的一场掠夺。

"佳佳。"嫂子看到我，有点儿惊讶，抓住了我的手。她的

冬天的四季

手冰凉,没什么力气。

"嫂子,你辛苦了。大家都很担心你,他们前一秒刚被护士叫走,得有人看着孩子。对了,孩子很漂亮。"

"孩子还能丢啊?也不知道留人在这里等你。"旁边年轻的护士没好气地说。

嫂子笑眯眯的,也不生气,只是在去病房的路上,一直抓着我的手。

(二)

等我们回到病房,他们都涌过来七嘴八舌地关心嫂子,我得以有个缝隙观察我的小侄子。他好小啊,皮肤红彤彤皱巴巴的,像只小猴子,五官都皱在一起,握着小拳头,像是对这个世界表达着不满。看着他小老头儿似的脸,我不禁觉得,人生或许真的是个轮回,被春夏秋冬来回拉扯着长大,又佝偻下去,最终化进土里,再破土而出,却还顶着上辈子老叟的皮囊。

病房里冲进来一男一女两个人,他们冲着小侄子的方向就过来了。我警惕地看着他们。

"爸,妈。"嫂子虚弱地唤了一声。

"哎。"他们应着,却冲到了婴儿面前,每一条皱纹都快乐地跳起了舞。

"亲家母,你看看,你孙子这头发多黑啊,哪有小孩子刚生出来就有这么黑的头发的。看来我给迎彩的那些中药是真的有用啊。"女人指着小侄子的头发,笑得合不拢嘴。她欲伸出手去揭开孩子下身包裹的布,被护士喝止了,于是瘪着嘴说:"哎呀,我看看大外孙怎么了。"接着凑到大姨身边,"你看过了吧?是小子吧?"

大姨笑着点点头,女人颇为得意地说:"我们迎彩怀孕的时候我就说了,尖肚皮绝对生男孩。她从小身体就好,奶水绝对足,你孙子肯定饿不着。"

男人则立在旁边,不善言辞的样子,搓了搓手:"我们迎彩可是你们严家的大功臣啊。"却不是对着嫂子说的。严明黎扶了扶眼镜,点头笑笑,说一定会对他们母子好的。

严夏叶女士把我拉到一边,眼神中流露出鄙夷:"这是来看外孙的吗?这是上赶着邀功来了。"

"这就是你天天催我进入的婚姻吗?"我又趁机发问,她就不说话了。

人们在一旁分享着喜悦,聊得欢天喜地,亲家长亲家短的。嫂子就安静地躺在床上,像是有一层透明墙,把他们隔离到两个世界里,就像游客和展品间的那层玻璃罩子。

几个小时过去了,护士给嫂子做了几次按压帮助排恶露,嫂子疼得满头大汗。末了,护士又叮嘱她,再疼也要上厕所,恢复得好的话也可以多走动,晒晒太阳。

嫂子扯了扯我的衣角:"佳佳,能陪我出去晒会儿太阳吗?"

我有些不知所措,我和她的交集也就是严明黎婚礼上她敬我的那一杯酒。看着她期待的眼神,我还是点了点头。长辈们起初极力反对,说大冬天出什么门,就该好好躺着坐月子。在几轮辩论后,嫂子做了一定的妥协,被裹成了粽子,我也答应只是带她在楼道里走走,上个厕所就回来。

我找了把轮椅推她,起初她还极力坚持,想自己走几步,但是在伤口的剧痛下还是放弃了,乖乖地坐下。

"我好讨厌这种不能控制自己的感觉啊。"她让我在楼梯口

冬天 的四季

停下，隔着窗户享受被过滤后的阳光。

"嫂子，你刚生产完没多久，做了场大手术，换谁都得休息休息的。"

"宝宝好看吗？"

"好看啊，很像你。"我挠了挠头。

"真的吗……"她仿佛在自言自语，"其实护士刚抱给我看的时候，我吓了一跳，皱巴巴的一团，跟我想象的不一样。"她顿了顿，又补充道，"是不是每个妈妈都会觉得自己的孩子是世界上最好看的？"

我不知道怎么接话，只能支支吾吾："新生儿都这样嘛，我妈说我小时候跟只老鼠似的。我觉得小侄子在新生儿里……挺好看的了，你别担心。"

"你说他会不会永远爱我啊？"

"当然会啊，你是她亲妈妈啊。"我又挠挠头，嫂子的问题越来越奇怪了。

"其实我喜欢女儿。但是他们都想要男孩，我后来也觉得，如果生了女儿，我不知道有没有能力保护好她，后来我就许愿，想要个男孩。但你知道吗，最开始怀他的时候，我很确定我肚子里的是个女孩子，好像有感应一样。但是自从我许了愿之后，就再也没有感应了。你说……会不会是她伤心了，不想要我了，换了一个妈妈投胎啊？"

这个问题是真的超出我的能力范畴了。

"……生男生女都一样嘛。"话一出口，我就后悔了，没想到这句老话竟然被我应用在了这个场景下。

"你真的觉得一样吗，"嫂子看着我，"尽管时代进步得很快，尽管接受了那么多年教育。你真的觉得一样吗？"

我没有说话。

"生个男孩子也好，他不用走我走过的路。"嫂子垂下头，"我也算完成任务了。"

完成任务？我有点儿难过，难道嫂子也没有做好当母亲的准备吗？

"在产房里，护士把宝宝接出来的时候，对医生说了一句话。她说，是男的，看来她不用再生了。"

我沉默了。

"我本来叫何迎娣，上了大学之后我自己去改的名字——迎彩，迎接多彩的人生。"嫂子继续叙说着，面色平静，仿佛在讲述别人的故事，"我还有个弟弟。你刚才也看到了，我爸妈……我拼命走出村子，考上大学，打工攒学费，早早地走入婚姻，就是想早点儿脱离原生家庭。我以为我一直在拼命打破老天给我的条框，到头儿来，还是走在老路上。"

我张了张嘴，却找不到合适的话。

"佳佳，我挺羡慕你的。你有爱你的家人，有自己的事业，一个人过得那么好，那么自由……"

"没有啊，我快三十了，还跟我爸妈住呢，他们天天说我嫁不出去，事业也没什么大起色……"我连连摆手，却看到嫂子的眼眶里含着泪，我连忙住了嘴。

嫂子看着窗外。寒冬里，百花已绝，窗外零零散散飘起了几片雪花，本来想直直地拥向大地，却被大风卷着，不由自主地四处摇摆，还没落地就消融成雨点儿。

"嫂子，你是不是心情不太好？很多产妇都会有点儿产后抑郁，很正常，你多想点儿开心的事情，不要自己憋着。"我说道。

"我没那么脆弱。"嫂子笑了笑，"不是说为母则刚吗？我

冬天的四季

之前还挺鄙视这句话的，觉得被道德绑架了。现在我觉得吧，人生的意义可能就是一次次撞南墙，然后把这辈子总结的路线图传给下一辈。没有人知道哪条路是正确的，但起码我们知道哪条路是不通的。"

"嫂子，你为什么跟我说这么多啊？"推她回去的路上，我问道。

"我也不知道，可能因为他们都去看宝宝了，你是唯一一个看我的吧。"嫂子不好意思地吐了吐舌头。

（三）

后来嫂子成了一个很称职的母亲，我担心的事情没有发生。根据严夏叶女士的描述，她积极下地活动，一天后就出院了，他爸妈说是为了方便照顾她坐月子，想拖着儿子一起在闺女家住下，被活蹦乱跳的嫂子拒绝了。嫂子每日就在家里抱着孩子，亲亲热热的，不肯撒手，还买了一堆母婴类的书仔细研读，在严夏叶的口中就变成了这样："你看吧，生了孩子就会喜欢孩子，你就是还没生过。结婚也是，你要先结，结了就喜欢了。"

"那我也还没死过呢。"我反击了一句，被她揪着耳朵大骂。

"妈，我刚出生的时候，你觉得我好看吗？"我问她。

"你什么时候好看过？"她一如既往地挤对我。

"我说认真的，小孩刚出生的时候，是不是都长得……不尽人意啊？你是一开始就觉得我是全世界最好看的孩子吗？"

"其实没有。"严夏叶女士在我旁边坐下，"说实话，一直到你两岁的时候，每次我们抱你出去，你大姨逢人就夸，看我家佳佳多好看，多可爱。我就觉得，怎么回事，我怎么没看出来？

但是久了就觉得怎么看怎么顺眼，是我身上掉下来的一块肉啊。"

"那你的梦想是什么？"

"半截身子入土的人了，谈什么梦想。"

"哎呀，人总有目标嘛。你这辈子最想干的事情是什么？"

她思考了一会儿："应该就是做一个好妈妈吧。"

"那在做妈妈之前呢？难道你从小的梦想就是做个好妈妈吗？"我有点儿怒其不争。

"以前肯定也会有一些不切实际的梦想啊，比如我就想当个作家。其实当年我报了夜大，学汉语言文学，次次都考第一名呢。"严夏叶的眼睛亮晶晶的。

"那你为什么要放弃啊？"我有点儿气愤。

"后来不是有你了吗，你外婆从小都没怎么管我，我不能让我女儿也过这样的生活。所以啊，我要把你好好养大，让你长大后不会怪我。一眨眼，你都那么大了，我也老了。而且，你不是延续了我的梦想吗？"

"你为什么要为了我放弃梦想？这样你的人生怎么办？"

"你过得好，不就是我的成就吗？"

"如果每一辈人都把希望寄托在下一辈身上，那每个人都不用过自己的生活了，就一辈辈往下拖算了。反正我要是你的话，我是不会当家庭主妇的，我要过我自己的人生。"

"你觉得家庭主妇就低人一等吗？"

我语塞了，意识到自己的语气有些居高临下了。但我只是懊恼，懊恼我的存在阻碍了她发光发亮。这种懊恼其实伴随了我的一生，越是感恩，就越是自责。

"你小的时候也是，别的小朋友玩过家家，都喜欢当妈妈养小孩，你偏要当爸爸。我记得特别清楚，小学老师问你们长大后

冬天的四季

想干什么,你说你想跟外公一样当律师,或者跟爸爸一样当领导,最讨厌的职业就是家庭主妇。"

"我是觉得……为了小孩放弃自己,对自己特别不公平。如果没有我的话,你现在可能是大作家了。"

"当大作家就一定好啊?"

"可这是你当时最想做的事情啊!"

"我后来最想做的事情,就是当个好妈妈。"

"如果没有我,你就可以有特别精彩的人生,就会过得特别幸福!"我有点儿哽咽。

"你为什么觉得我不幸福呢?我很幸福啊。"

"你都没有自己的生活!你不是老抱怨吗,说我不懂事,我爸也不管家里,你跟我们的老妈子一样。"

"抱怨归抱怨,一天天照顾你们,我还不能说两句了?"严夏叶戳了戳我的额头,"反正我觉得我特别幸福。如果再让我选一次的话,我还是会选这条路。"

我又一次沉默了,我一直在为严夏叶女士鸣不平,觉得老王不够体贴,觉得自己是块绊脚石,一面接受着她沉甸甸的母爱,一面又觉得她的选择很可怜,因而时常觉得自己该更优秀一些,又下决心千万不能重复她的老路。但我从未问过她,她是怎么想的。

"我抱怨是想让你关心关心我,体会我的辛苦。我虽然有时候觉得辛苦,但大部分时间还是很快乐的。为你们做事,看你从小不点儿长到这么大,还经常得这个奖那个奖,wo 很有成就感。"

"如果我是个很失败的人呢?如果我什么都做不好,一事无成,你还会觉得幸福吗?"

"你觉得成功就是有很好的事业,赚很多钱吗?我觉得不是,我觉得你健健康康、快快乐乐的，就很成功。"

"你……要求怎么那么低啊！"

"哪里低了？健康快乐很难，赚钱什么时候都能赚。再说我把你养得多好啊，你看，你外婆、你大姨的事情，你都处理得那么好。你长大了，我是真的老了。"

我强忍着哭泣的冲动，紧紧抱住她。妈妈身上总有一股特殊的香味，拥有治愈一切的魔法。这是我第一次听她说梦想，她没有试图把未竟的梦强加在我身上，但我仍觉得手中的笔更重了些，这不仅是我的热爱，也是妈妈的热爱，她握着我的手教我长大，我的文字也承载着她的重量。

"今天怎么回事，谈个恋爱，人都变矫情了啊？起开起开，跟你聊得差点儿忘记时间了。我做饭去了。"她拍开我的手，抹了抹眼角，笑着走向厨房。

"今天我来做饭吧。"我上前拦住她，"毕竟在领导的指示下，我跟大姨学了两手。请领导验收成果！"

结果严夏叶女士一个电话把去朋友家喝茶的老王也叫回家了，语气喜庆得跟家里又生了一胎似的。

"你女儿今晚要给我们做饭啦……真的……哎哟，一开始我跟你想的一样，刚看了一眼，太阳还是从西边落的。"

得了，刚才的母女温情时刻算是彻底翻篇了。

我硬着头皮在厨房施展这段时间跟大姨耳濡目染来的半吊子厨艺，鲫鱼瞪着眼睛，一副死不瞑目的样子。其实我小时候对厨房产生过兴趣，只不过在一次兴冲冲地给严夏叶女士做煎蛋，结果没放油也没磕开鸡蛋，愣是整出了一个铁锅顶手榴弹，差点儿把厨房炸了之后，她就规定我每次进厨房都得有她陪同。后来我就一直没学过厨艺，以我没有这个天赋为借口，心安理得地享受

冬天的四季

至今。而今天,也是我笨手笨脚,让严夏叶女士实在看不过去了,她大刀阔斧地完成了许多关键步骤之后,这顿饭才终于顺利完成。

老王看着桌上的三菜一汤,眉头紧锁,仿佛这些菜上冒出来的不是热气,而是毒气。

"你先吃。"老王对我说。

"闺女特意给你做的,不得你先吃啊?"严夏叶女士把筷子递给他。

"我……吃了?"老王迟疑地拿起筷子夹了一根菜心,又观察了一番。

"食不言,寝不语,你自己说的。赶紧吃。"严夏叶女士一招以其人之道还治其人之身,老王就乖乖地吃了起来。

"怎么样?"我问。

"还挺……舍得放盐的。"老王不动声色地拿起他的茶杯,"不过精神可嘉,懂得为妈妈分担了。"

"我觉得挺好吃啊。"严夏叶女士对我表示赞许,"不过没你爸做得好吃。你爸年轻的时候给我做过几顿饭,厨艺可好了,"

"我爸还会做饭呢?"

"那可不嘛,他当时做的香樟炒鸡蛋,还有炖的那个鱼汤啊,我一个人就能喝半锅。"

"那我可太想尝尝老爸的手艺了。我强烈建议以后老爸做饭。要不我们举手表决吧,支持的举手!"

看着面前齐刷刷举起四只手,老王干咳了一下:"我觉得你的厨艺稍加训练,也能达到我一半的水准。难得宝贵的机会,还是交给年轻人练手吧。"我才发现老王也拥有这种厚着脸皮胡扯的技能,看来遗传学。

"那要不我把'命硬''命强'先炖了吧。"

"不行！"老王开始护崽了，"我是说，这个观赏鱼，是用来观赏的。动物和人一样，要各司其职。"他意味深长地看了我一眼，到底是领导啊，话锋转得够快。

"还不是因为观赏鱼不好吃不中用，我要是早知道它们好吃，我们观赏鱼骨架就得了。"我有样学样，话中带话。

"吃饭，吃饭。食不言，寝不语。"

于是我和严夏叶女士大笑着，愉快地吃完了这顿含钾量略高的晚餐。

冬天的四季

九、经过无数冬天，白了头，就会对寒霜厌烦

（一）

林燃的婚礼阵仗搞得非常大，从设计精良的请柬上就可见一斑。他们设计了一个鸟衔树枝的图案，还是3D的，鸟尾部分用各色鸟类羽毛粘得栩栩如生，树枝部分用小木条做成藤圈的样子，精巧可爱。鸟和树枝底下分别用金字写着两位新人的名字，还是手写体，寓意是金银莺和林燃喜结连理。

这还不算完，等我到了婚礼现场，发现婚礼的主题就是童话森林，用了无数鲜花和木头，在冬天的室内营造了一个"仙境"，宾客仿佛误入仙林深处。有多身临其境呢，就是我每走一步都要防着踩踏花木，都想往腿上喷驱虫油了。我把厚厚的红包放到门口礼宾处，连带着春花姨案子的佣金。就算如此，我也忍不住感慨，这么大费周章的婚礼，能回得了本儿吗？呸，回什么本儿，这是回忆。

"新娘到底是懂艺术的啊。"点儿赞叹道，看到我的眼神后忙改口，"一点儿都不懂得保护环境，这得用掉多少木头啊。林燃也真是，律师不懂消防安全吗？抽个烟不就烧没了？低俗，绣花枕头！"

我不禁笑出声来，牵住了他的手："喏，绣花枕头在那儿呢。"

林燃西装革履地站在那里迎宾，身后还跟了几个同样西装笔挺的伴郎。他脸上红扑扑的，带着掩不住的笑意。

"点儿，佳佳。"林燃带着一行人浩浩汤汤走过来，我们也连忙迎上去。

"哎呀，新郎，百年好合，百年好合。这婚礼现场，真是不俗。"点儿竖起大拇指。

"是的，特别有艺术感，喜结连理，百年好合。"我是点儿的捧哏。

"借你们吉言。你们先坐，我待会儿跟你们聊啊。那边那桌，都是咱们大学同学。"林燃指了指靠后排的一张桌子。

"哎，你怎么不是他的伴郎啊？"在翻山越岭走向桌子的路上，我戳了戳点儿。

"主要还是我人缘太好了，已经做了三回伴郎。要是超过三次，按老人们说的，我就嫁不出去了，唉。"点儿一副痛心疾首的样子。

"哟，这不是点儿和王辣子吗？"多年不见的同学向我们问好，点儿显然跟在座的各位都很熟悉，愉快地拉起了家常。而我只能从脑海里调出他们的朋友圈照片，小心翼翼地跟这些面孔对号入座。

"怎么？终于修成正果了？"邻座的男生一脸坏笑地看着点儿。他是我们大学足球队的队长，当年也是一身腱子肉引得女生连连尖叫的类型，如今却爱屋及乌，跟他钟爱的足球愈发像了起来，连发际线也乖巧地退了几寸，即将被吹哨罚下。

"队长，我这不是媳妇熬成婆了吗？"点儿朝我眨眨眼。

"没想到啊，当年大名鼎鼎的王辣子，现在这么端庄有女人味了。点儿这么多年只盯着一块肉，没白忙活啊。"队长见我不

冬天的四季

说话，自认为夸赞地说。我心想，嗯，当年的足球健将，现在也有爹味了。

"队长，你这不对啊，佳佳她哪能是肉呢，要是肉，也是我心尖儿上的肉。"点儿故作肉麻地抓过我的手，引得一桌子人开始起哄。

"我看你是一点儿没变，哈哈哈。看你俩这腻腻歪歪的架势，准备啥时候生啊？我儿子都能踢足球了，你小子得赶紧进场啊。"

我有点儿尴尬。曾经同学们聚在一块儿，总会聊起长辈们的唠叨，一起抱怨和反抗这种无形的压迫，如今半只脚迈入长辈的行列，也不知不觉叛变了，进入了当年反抗的阵营。

"生啥都不如队长你啊，看你这事业有成、家庭幸福的样子，果然'幸福肥'了。这回你踢足球肯定干不过我了。有空再去踢两场啊？"

队长颇为不服气地下了战书，开始跟点儿计划什么时候去比试比试。

我感激地捏了捏点儿的手，他总能帮我挡下一切，不论兵刃还是风雨。

宴席还没开始，大家就继续闲聊了一会儿。除了感慨林燃这婚礼布置得多么别致之外，无外乎是谁混得多么风生水起，谁结婚又离婚了，谁响应政策生了二胎，接着彼此谦让，咬定对方混得比自己好。但这回我终于不是为林燃吃斋念佛的尼姑了，而是点儿吃斋念佛求了多年才到手的仙女。点儿也不拦着，煽风点火，把我往天上吹。

点燃大家第一拨热情的不是司仪的开场白，而是上来的第一盘菜。本来干坐着的几位同学终于有事可做，互相倒起酒水转起转盘来。"这个好吃，多吃点儿"就成了话题之间的助兴节目，跟《难忘今宵》似的，重复播放也不觉得腻。

到新郎新娘入场的时候，大家才把注意力转移到台上。金银莺一袭纯白色婚纱，在柔光的笼罩下像是沐浴了一层圣光，从花丛中款款而来，宛如林中仙子。林燃在舞台上绅士地弯腰迎接她，把那缕光牢牢地锁到手心里，引得掌声轰鸣。

虽然婚礼的布置别出心裁，流程却还是依据旧例，大概也是对长辈们的交代。司仪用流利的吉祥话介绍完两位新人，就到了新人表演节目的时候。也不知道这个习俗是什么时候开始流行的，不管从事什么行业，不管有没有特长，都得给宾客们上个才艺。难道是成年后不用文艺汇演，就开始怀旧了？

金银莺的节目是一首自己填词的情歌，被她金丝雀一般甜美的嗓音诠释得很好："你出现/点燃了一树繁花/如初见/融化我一掌年华/你是我栖息的枝丫/想在你的臂弯安家……"

林燃则朗诵了自己的致辞，字正腔圆又用情至深，颇有大律师的风采："金银莺，我最好的朋友，我的爱人。我曾经是一个对未来没有规划，也没有方向的人。你就像在平静湖面上落下的石子，安静树林中惊月的鸟，把我从浑浑噩噩的泥潭中带出来，包容我的缺点，激励我成长……一路下来，我发现，我戒得了烟，却戒不掉你。今后我希望，你不仅是我的当事人，也是我的主事人。"

看来坊间传闻说得不错，金银莺和林燃的缘分就是从她一点点鼓励他成为优秀的律师开始的。她甚至在他实习期初出茅庐接不到案子的时候，把自己和周边的人都拉成他的当事人。当年林燃刚开始工作，我也自顾不暇，没空关心他，他们暗生情愫的故事细节还是多亏同学们的嘴拼凑出来的。不过多年过去，他们已经情比金坚，我也释然了。静默的林子更需要贴心的莺鸟，而不

冬天的四季

是另一潭死水。

一番话下来，新娘早已哭成了泪人，台下也是叫好连连，还有跟着抹眼泪的。

"这么多年了，金银莺还是跟大学时一样漂亮，啧啧啧，还会唱歌作词，跟仙女儿似的。"结了婚的男同学说。

"林大校草也太帅了，这通发言，真的，我都想录回去让我老公全文背诵。"结了婚的女同学说。

"我要有这么漂亮的媳妇儿，我也能戒烟。"至今单身的男同学说。

听到这句，正叼着烟的点儿连忙把烟掐灭了。

"没事，"我被他逗笑了，"我不需要你为我改变什么。但这不是我不想麻烦你啊，我可麻烦定你了。"

点儿嘿嘿傻笑了一通。

接下来就是读誓词和交换戒指的环节，戴到金银莺手上的大钻戒又引起了小范围的骚动。女生感慨着钻石的璀璨，男生感慨着林燃的经济状况。我则看着金银莺的头纱，不禁笑了。一个月前我还想着要扯掉她的头纱呢，却被点儿扯掉了我心里的纱。那层纱本就不是嫉妒，而是不敢去爱的胆怯。

"以后我也给你搞一个。"点儿看到我的反应，附在我耳边说。

"去去去，谁说要嫁给你了！"我作势要打他，"咱们是来看婚礼的，怎么还攀比上了？"

"这不是……怕王大小姐心里略微、稍微……有那么一点儿不平衡吗？"

"李京伟，"我认真地看着他，"我知道你不去当伴郎，带我一起来，都是为了我。你也不用那么累，小心翼翼地处处考虑我的感受。我的感受很简单，就是我喜欢你。"

"行了,这回我平衡了,舒坦了,特别舒坦。"点儿笑得像个孩子。

(二)

由于同学这桌被安排在后排,等新郎新娘敬完前面的亲戚、领导,来到我们这桌的时候,两个人脸上都已经绯红一片,五个伴郎里也有一位不胜酒力,已经倒下。金银莺换了一身大红的修身旗袍,眼睛亮亮的,像只美丽的小喜鹊。

"欢迎大家来参加我和银莺的婚礼。都是曾经跟我好得像一个人似的兄弟好姐妹,我敬大家一杯,咱们就一起走一个吧。"林燃举起酒杯,虽然面上已经泛起醉意,但说话还是滴水不漏。然而大家怎么会轻易放过他,让他一个一个敬过来,亲兄弟,明算账,情谊都在酒里了。

金银莺大概也是有点儿上头了,举着酒杯说她也不能落后,要感谢在座的各位对林燃的照顾,不知是有意还是无意的,说到"照顾"二字时,她对我笑了笑。

敬我的时候,她帮我满上酒杯:"佳佳姐,听林燃说,你也是他的当事人了。林燃接过很多案子了,比当年成熟很多,法律援助也做得很好,你就放心吧。"

她还是和当年一样啊,温柔又坚韧,像朵永不凋零的美丽玫瑰,只是蔷薇科植物常常带刺。不过在被玫瑰刺伤的时候,人们只会怪自己不小心,谁又会去责怪玫瑰呢?

同学们看到这一幕,面上依然风平浪静,却纷纷支起耳朵来。

"银莺,林燃是帮的我,佳佳的事情就是我的事情。而且我和林燃都发过誓,从此苦我们尝,甜留给老婆,所以佳佳的酒从

冬天的四季

来都是我喝。今天是你们大喜的日子，喜酒是甜的，我就不拦着了，不过我也要敬你们啊，我和佳佳还有个约定，有福同享，一起沾沾喜气。"点儿给自己也斟了一杯，笑着跟两位新人碰杯。

我一饮而尽，这酒果然很甜。

林燃又和点儿聊了会儿，就牵着新娘子走向下一位宾客，伴郎伴娘们连忙跟着移动，严阵以待。我设想过无数次他们的婚礼现场，想过我化身蚁人遁地而逃，化身黑寡妇挺身出战，化身透明人假扮空气，甚至想过化身超人一通激光扫射。人生不是狗血言情剧，点儿却是我的队长，拿着盾牌所向披靡。

"话都被你说完了。"我对点儿笑，"我跟个小媳妇似的。"

"哎，这回可是你占我便宜啊，我的清白之身就这么毁了。"点儿佯装痛心。

一位女同学借着酒劲敬了我一杯酒："佳佳啊，其实你真的是一个很厉害的人，当年我们都这么觉得。可惜后来看你和林燃分手之后一直走不出来，我们私底下其实很遗憾，来之前还打赌来着呢，赌你会不会来大闹婚礼，结果……"她意味深长地瞅了点儿一眼，"结果我们谁也没想到还有这个选项，打赌的钱应该给你们当礼金了。"

"谢谢你夸我，也谢谢你担心我。"我爽快地喝完面前这一杯，"我这么多年没谈恋爱也确实不是因为咱们的新郎官，虽然我也知道大家都这么想。至于点儿……如果我们真能百年好合，必定跟大家不醉不归。"

于是大家都开始起哄，哄着点儿喝了一杯又一杯，说他大学的时候踢花球，如今婚礼上还接到了一个捧花球，如此可遇不可求，必定要把他喝成个球。点儿一边喝一边捂着脑门装醉，嘴角都快扬到了眼角，这是我这一生见过的最完美的弧度，稳稳地在我的心门里再进一球。

酒过三巡，有的女生喝得饱含热泪，细数这些年的不易。人们应和着，却不甚走心。大家各有各的不易，如何管得了你的。而这位女生本也不期待回应，一生不过见这几回，熟悉的陌生人是最好的宣泄口。末了，一句"不说自己的事儿了，让我们举杯祝福新人"就可以抹去一切。

后面的故事就乏善可陈了，人们不停夹菜喝酒，碰杯吹牛。成年人的世界，工资不能拿到明面上来比，酒量却可以。队长的手机无数次响起，他捂着听筒跟老婆承诺马上就回家，果然是一点儿都不怕老婆呢，这铁定是尊敬。

等我们走出饭店的时候，天已经黑透了，漫天的繁星朝我们眨眼睛。点儿把羽绒服披到我身上，跺着脚取暖。

"你喜欢婚礼吗？"我问他。

"大型表演秀嘛。不过作为社会动物，总得合群嘛。而且一辈子就一次，得创造点儿美好回忆，有点儿仪式感。如果每个人都给你那么大一个红包，没准回本儿后还能赚点儿呢。"

"我以前怎么没发现你说话一套一套的。"我把他的手揣到兜里，"那你想结婚吗？"

"你想我就想！"

"说认真的呢。我们大学这群同学基本都结婚生子了，你想过什么时候该结婚吗？"

"肯定想过，但我觉得结婚还是一件挺浪漫的事情，不能为了长辈的要求去结，也不能为了赶上大家的脚步去结。不是该结，是想结，或者不想结。可能也是我爸妈不咋催我的原因吧，我就觉得，情到深处自然结……不结也挺好的，不就是差一个仪式吗？"

冬天的四季

"你不会是因为我说过我不婚才加的最后这句吧?"

"嘿嘿,哪能呢!我想了想,觉得你的理论也挺对。"

"你干吗老迁就我啊?你怎么不说,我现在不想结婚,以后可能想法就变了呢?"

"每个人都有自己的想法和坚持啊,我站在什么立场去预测你未来的想法呢?存在即合理嘛。"

"嗯。"我挽住他的胳膊,他的头发用摩丝打得硬硬的,直直地立起来,剑指星辰。今天的星星和以前不太一样,不像用火点出来的那么烈,反倒是柔柔地彼此映射着银光。

在一片静谧里,我们各携半边天的星光,慢慢靠近、拼凑成一整片天空。天是黑的,星是亮的,我们是绯色。

一切都在变好,世界如此温柔。

严夏叶女士的电话又来了,她总能捕捉到最不合时宜的时刻。

可话筒那边传来的却不是她的大嗓门,而是低沉的声音,似有千斤重:"佳佳,你快回来,你外婆,她……"

十、在冬日沉睡，心冻成冰霜，灵魂却灼热

（一）

外婆静静地躺在病床上，梳得整整齐齐的白发在窗外吹来的风中岿然不动，胸口毫无起伏。严家四姐妹都仿佛浑身被抽去了力气，坐在一边。春花姨仿佛又瞬间苍老了不少，浮起来的一对眼袋上载着深深的沟壑与泪痕，眼睛却一眨不眨。严明黎站在一旁，一只手不大自然地搭在春花姨颤动的肩上，脸上也十分苍白。严夏叶女士显然是哭得太厉害了，反常地像个孩子般依在我爸身上，背朝外婆的方向，抽泣着。秋菊姨仰头望着病房的天花板，双手交叉，不发一言。严冬梅死死地抿着嘴巴。

医生先是宣告了患者死亡，是在睡梦中无痛苦地自然逝去的，然后用一种十分为难的语气说："病人在生前签署了遗体捐赠同意书……"

严夏叶女士猛地从座位上弹起来，双眼死死地锁着医生："你说什么？"

医生似乎预料到了，把文件递给她看。她快速地扫了一遍文字，目光落在外婆娟秀的签名上，嘴巴微张，却没有发出音。

秋菊姨接过文件仔细地看了几遍，跟医生点点头，又给每个人递了个肯定的眼神。严夏叶女士喃喃道："我……完全不知

冬天的四季

道啊。"

小姨突然自嘲地笑了一声:"我们不知道的事,妈做得可不少。"

"妈,其实捐赠没有你想的那么坏。外婆生前是老师……逝后也继续做老师……"我话音未落,就被一声嘶哑的怒吼打断,竟然是春花姨。

"我不同意!"她握紧双拳,语气坚决,眼神却依然锁着地面,不知是对谁喊的。

空气瞬间停滞了,秋菊姨对医生耳语了几句,医生便推门出去了。门的开合没有带来流通的空气,只有轻轻的一声"吱呀",随即被春花姨的关节响动声续上。

春花姨猛地抬起头冲着外婆的方向骂道:"我替你当妈几十年,你现在死了,也不当回妈。"她双目猩红,与平时判若两人,"这些年你给过我什么?现在你是干干净净了,连念想都不给我留!"

严明黎伸出另一只手,想要搂住春花姨,春花姨又是一声怒吼:"你别动我!过几年我也死了,不会给你添麻烦的。"严明黎身体一颤,将手悬在空中,盯着春花姨头顶的那簇白发。他还是强硬地伸出手把春花姨锁到自己怀里,轻声安抚着:"妈……你还有我。妈,对不起。"春花姨今日格外坚硬的脊背在一声声安抚中又渐渐柔软下去,攀着儿子的臂膀无声地哭泣着。

"有人给爸打电话了吗?"严夏叶女士问。

登时整个房间都变得静悄悄,几束目光齐刷刷飘向了病床上安静躺着的外婆,似乎是害怕她会像从前那样涨红着脸怒吼"给他打什么电话,跟他有什么关系",似乎也期待她真的能坐起来,同从前那样数落我们一顿。

"我打过了,爸走不开。"秋菊姨的声音总在威仪中带着安抚。

"走不开？"严夏叶女士和春花姨异口同声地怒吼。

"敬老院里还能有事儿走不开？"严夏叶女士通红的双目里点了一把火，"这么大的事情，他走不开？妈都已经……他说他走不开？"

"爸是想来的，但确实有点儿事情绊住了，我叫他先不用来了，等我们安排妥当了，再接他过来。"秋菊姨说。

"绊住了？什么事儿能绊住他？谈恋爱去了？"严夏叶女士怒极反笑。

我和秋菊姨默契地垂下了头，我感受到几道刺目的目光在我们两人身上跳来跳去。严夏叶女士尖细的声音突然炸开："难不成他真在谈恋爱？王佳佳，你早知道了，是不是？"

我吞了吞唾沫，把头垂得更低了。

（二）

我得知外公的恋情是在两年前。彼时正值春节，我照例带上礼品去探望他。往年，严夏叶女士总会跟我一起去，顺带把后备厢塞得满满当当。恰巧那一年养老院遵循政策，为了减少人员流动性，探望最多一次一人。

当我核实完一大堆信息，办好手续后，正欲走进外公的房间，就远远听到两人爽朗开怀的笑声，一男一女。于是我蹑手蹑脚靠近，房门虚掩着，窗棂细细地洒下一道光，被雪映得很亮。一位银发婆婆正与外公并肩坐着，她的头发梳得一丝不苟，应是用发油一点点揩过别在脑后。衬衫的袖子仔仔细细地挽起，外边穿一件羽绒棉服。她低头笑着，手里握一个还带着水珠的苹果慢慢擦拭着。桌上放了一盘仍冒着热气的饺子。外公笑着把嘴里的一枚

冬天 的四季

硬币和假牙一起取下，漏着风却无比快乐地笑道："今连（年）硬币又被我次（吃）着了！"

银发婆婆则笑着推了他一下："是是是，每年都是你，你运气比我好着呢。"她的眼睛亮晶晶的，闪着少女般狡黠的光，"快把假牙带上，不然今年苹果就是我的了。"

我看着向来威严的外公像个孩童似的乖乖把假牙塞回嘴里，嘴角咧得太大，以至于差点儿戴不上。银发婆婆又笑着推了他一下，作势要把苹果囫囵个儿吞掉。房间里暖暖的，冬日的风能凌虐于世间各处，却灌不入这小小的空间。

路过的护士见了特务般探头探脑的我，狐疑地问道："你是 207 的家属吗？怎么不进去？"那阵笑声戛然而止，房间里的两人侧头，见是我来了，突然坐直了身子，外公还局促地坐远了一些，活像一对被老师抓包的小情侣。我讪笑着推开门，亮了亮手里的礼品，说道："外公，新年快乐，我来看您了！"

外公似是定了定心神，有些语无伦次地跟我介绍道："佳佳来了啊，这位……是隔壁房间的，你叫齐婆婆。呃，你齐婆婆说她那儿有饺子，就一起吃了，你也来吃点儿。"

齐婆婆朝我笑着招招手："佳佳，经常听你外公提起你，是个大作家、大编剧呢。饺子还热乎着呢，你不嫌弃就来吃几个。"

我把礼品放到桌上，往床边挪了两步，齐婆婆便起身说不打扰我们团聚了，她也该回房间了，不等我再客套两句，便快步出了房间。她与我擦身而过的时候，我闻到她发间淡淡的茉莉香味，好一朵美丽的茉莉花。

我坐到外公身边，他低着头把玩着手上那枚硬币，低声道："你齐婆婆人很好，因为得了癌，瞒着家里人，自己拿退休工资进了养老院。她本来是最该哭的，却每天都笑，对谁都笑，对谁都很照顾。我们本来都不知道她得了癌，后来才知道，得的是最痛也最难治的胰腺癌，吃也吃不好，睡也睡不下，痛得很。"

我边听边夹了一个饺子吃了，笑着说："我看也特别照顾您呢。除了您，谁爱吃榨菜馅饺子啊。"

外公一怔，有点恼又有些羞，却觉得不该发作出来，便只是翻来覆去看硬币上那朵菊花，良久才道："家里都好吗？你外婆她……也好吗？"

我从没听外公问起过外婆的事，一时有些愣："啊，家里都挺好的，我妈说她明天再来看您，我们轮着来。大姨、三姨、小姨也都好，我哥嫂也都很好，前两天还发了一起去玩的照片。外婆她……就是到现在也不舍得花钱，过年秋菊姨拿去的那些进口食品，她答应着会吃，一转头又塞橱柜里了。她还是很清瘦，别的都挺好的。"

"唉……"外公长叹了一声，"佳佳啊，我知道你们都怨我，我自私，两手一甩，把家里的事情都扔给你们。到时候，我两腿一蹬，还得你们来收拾后事。但我……但我……"他突然有点儿哽咽，这让我的心有些痛。从小到大，我与外公实在是不甚亲密，逢年过节的探望也大多是看严夏叶女士的面子，程式化地扮演孝顺的孙辈。他与我的接触，也就是在这些程式化的事件与对话中。他或是问我近况如何，或是问我家人近来可好，我也只是笼统地应答，实在无话时便离开了。可今日的外公如此鲜活，不同于从前的不苟言笑或淡淡的微笑，他笑得肆意，也哭得生动。

于是，我认真地听他断断续续、絮絮叨叨地，讲述了一个熟悉却又陌生的外公的故事。

冬天的四季

（三）

严建国似乎从小就知道自己会成为一个律师，也该成为一个律师。毕竟在那个时候，能成为一名律师是一件光宗耀祖的事情，男律师、女教师，都是十分体面的职业。他从未像现在的我们那样迷茫或怀疑过未来，相反，他的人生道路并无旁枝分叉，只需一步一步向前走。他从未对自己、对未来，或对周遭的一切，有过一星半点儿的怀疑。在他眼中，对就是对，错就是错，该做便做，不该做则绝不染指。他几乎是非常顺利地拿到了律师证，然后是结婚证。他的婚姻亦是"对的"，门当户对，男律师，女教师，彼此体面，也共同体面。婚后也有过争吵，每次都是由于妻子的"想要"在他眼中是"错的"。妻子的浪漫才情和对诗词的热爱，在他看来是有悖于柴米油盐的无用梦呓。妻子投入事业的一腔热血和对家庭的淡漠，在他看来是没有履行该履行的责任。于是错、错、错，一朝棋错无人知、不可悔，满盘皆输。

在一次激烈的争吵后，他脱口而出："我要去养老院，再也不用吵了。我过我的，你过你的。"起初只是一时的气话，他反复琢磨后却觉得这是一个多年来都没想到的答案，觉得这个提议甚妙。外婆在确认没听错后自然是歇斯底里，这么多年，她做了她所认为的最大让步，面前这个家伙却是钢筋铁板铸成的，油盐不进，软硬不吃。可严建国依然觉得这才是对的路，既然见不到，也就无谓争吵了。于是他迅速答应了妻子说的"此生不复相见，就当你死了"的要求，头也不回地搬入了养老院。直到在里面住得久了，紧绷着的一生突然松弛下来，每天漫无目的，比较重要的事情就是又有哪个老头老太先走了，如何偷偷昧下护士不让吃的高糖水果。起初，他与院中不少人都不对付，觉得别人固执而不可理喻，可来都来了，也只能继续相处。处久了，也终于闲惯了，他才逐渐意识到，几十年来，自己看似一直在赶路，看似欣赏过无数美景，看似经历过整个人生，却从来没有真正地看过、听过、感受过。他开始尝试理解那些"错的事儿"，为什么有人会选择无儿无女、孑然一身，为什么有人会庸碌一生却甘之如饴。

后来，他遇见了住进来的齐翠花，她好像永远在笑，衣着永远整整齐齐。起初，他并不理解她的乐观，却也总是偷偷观察和琢磨，她为何总是对所有人笑，为何总是在帮助别人，又为何会帮助从没有好脸色的自己。直到某次听到护士碎嘴子，说这位齐奶奶其实是最可怜的，小时候被吃不上饭的家人送给别人养，长大了被领回来又转手嫁出去，换了哥哥的彩礼。据说对方是个县城里有些小钱却整日酗酒、赌博的男人，已经打坏了两个老婆，齐奶奶也不可避免地被打得再也无法生育。她把几位前妻留下的子女拉扯大之后，老伴某次喝酒时突发脑梗死，去了，子女们还算孝顺，决定一起出资，轮流赡养她。只是好日子没过两年，她就得了胰腺癌。她在了解了这个疾病后，竟然洒脱地说自己要去全世界旅行，转身就拿着存折进了养老院。

在严建国看来，她的一生都是"不正确"的，换了他，绝不会允许这些事情发生在自己身上。但她不仅接受了，还在糟糕的环境下，依然那么快乐，比他快乐多了。更离奇的是，在相处中，他发现自己也逐渐爱笑了，看从前最不顺眼的周老头儿也慈眉善目起来，甚至在某次聊起妻子时脱口而出"我十分对不起她"。他开始反省自己，开始从他人的角度理解世界，平生第一次理解了自己的妻子。

可是一切都晚了，妻子对自己深恶痛疾，在孩子们面前反复

冬天 的四季

说他是她最大的仇人，甚至到了提起他就会心悸暴怒的地步。可他什么都做不了，只能在逢年过节时问一问妻子的近况，也叮嘱孩子们多多孝顺母亲。他意识到自己是个很糟糕的丈夫和父亲，但就算他想明白了，也无力解决。他只能在剩下的日子里努力做一个不太糟糕的老头儿，把他的不糟糕，留给院里最不糟糕的那位老太太。

听罢外公的故事，我一时无言。与外公外婆不太亲密的我，没有太多血浓于水的牵绊，却仍是偏帮外婆的。我也是怪过外公的，其实不只是我，整个家族都是怪外公的。我们怪他没有履行好他应尽的责任，就像他曾经怪外婆那样。但我们同时也责怪外婆没有全心全意、发自内心履行她那份责任。我们分别责怪他们，我们不断要求他们。可我究竟有什么资格责怪他们呢？人生而爱自由，却为了爱和责任，不断限制自己的欲望，只为了给父母、孩子多一份自由。可我们一面燃烧自己，给孩子提供自由和选择，一面又催促着孩子们进入自己的身份里，与自由背道而驰。而在我们爱着的父母面前，他们的不称职本是我们期待他们获得的自由，却成了对我们的伤害；他们的称职本是为我们做出的牺牲，却成了施加的压力。一代一代，接连不断，司空见惯。

我第一次拥抱了外公，他比我想象中瘦弱不少，不再是我印象里那个可以大杀四方又有些冷血的外公了，他变得佝偻，也变得温柔。

"外公，要快乐。齐奶奶很好，你快乐也很好。"我在他耳畔笃定地轻声告诉他。在禁止燃放烟花爆竹的新年，他额头眉间嘴角的皱纹慢慢舒缓开，像是岁月在脸上放了一场盛大的烟花。

十一、每一朵墓前的花，都讲述了整个春天

（一）

关于外婆的一切，都凝结于一幅黑白照片，小小的，缀在灰色的石碑上。石碑寒冷，把外婆的笑也冻上了。我们在墓前放了好多束花，新鲜的花朵上的水汽凝成了霜，连花这样最鲜活的生命，长出这丝丝白发，也不免显得沧桑。

在处理后事的这几天，大家的泪已经流干了。可尘埃落定，外婆真正地成了一块没有生命力的石碑时，人们的泪都还是决堤了，似乎这样哭着哭着，就可以让碑成堤，晃啊晃啊，再度晃到外婆桥去，再度把外婆晃醒。

春花姨蹲坐在外婆的坟前，不厌其烦地用手掸落面前不断落下的雪花。她粗糙的双手早已冻得通红，仍机械般地打扫着。严明黎站在春花姨身后，撑着伞，为她挡着簌簌而下的雪。他身后是背着手的姨父。严明黎比父母都高出不少，隔在中间像天平的轴。嫂子紧紧牵着他的手，仿佛正在把全身的力气都传给他。

严夏叶女士把头靠在丈夫肩上，这几日是我这二十九年来看到的他们最亲密的时候。严夏叶女士分挑了这个家的担子一辈子，如今担子的一端塌了，她便也歪歪斜斜地塌了。昨晚她拉着我的手喃喃道："佳佳啊，你说，会不会是我给妈妈用错了手机号，

冬天的四季

她才早早去了呢……"我抱着她，像哄孩子那样摸她的脑袋。这是我第一次摸她的头，惊觉她竟如此娇小，好像揉得重了就会化掉那般。小小的她总是用大大的力气，她想用力掰正整个世界，我明白。她第一次在我面前毫无顾忌地放声大哭起来。"我……我没有妈妈了。我从此就没有妈妈了。啊……"我想尽了一切词汇，无一可表，只能把她抱得更紧。我的妈妈从来都是我的巨人，可褪了那层皮，里面那个无助的孩童，还不曾长大呢。人都是如此。我爱她。

秋菊姨的双唇紧紧抿着，一袭黑色西装仍十分利落。在大家都哭得五内俱崩时，她只静静淌过两回泪，一回是外婆被推进火葬场，一回是领取制作好的外婆遗照。自小就最不问家事的她，却静静地、颇有力量地，在此刻撑起了大家。

严冬梅的眼睛红红的，鼻头也红红的，像一只兔子，狡兔三窟，她却找不到回家的路了。她罕见地安静。向来手机不离身的她，在这几日却只仔细读着每个人，读着医院的墙，读着炉里的火，读着透亮的天。

外公也站在碑前静默，风吹啊吹，把一片湿漉漉的叶子打在外婆墓前。他伸手去捡，凝望那片叶子良久。我看过去，那是一片不知死去了多久的枯叶，被阳光烤炙过，被雨水拍打过，又被冰封冻过，最后剩下这薄薄的一片，生前的虫洞和黑斑几乎被蚀尽磨平。外公连着深吸了两口气，颤巍巍地把叶子揣到兜里，在两行清泪落下之前突然大声吟咏起来："泪咽却无声，只向从前悔薄情。凭仗丹青重省识，盈盈，一片伤心画不成。别语忒分明，午夜鹣鹣梦早醒。

卿自早醒侬自梦，更更，泣尽风檐夜雨铃。"

"一片伤心画不成"，外婆也曾这样叹过，话末却转个弯，调侃自己是祥林嫂，画不成便画不成吧，不是伤心画不成，是因画不成而伤心。外婆是位腹有诗书的老师，也是个任性固执的孩子，她认定的东西很难改变，不知她是否曾有一瞬意识到，在这一点上，她和外公十分相像。

这是外公这辈子对外婆念的第一首诗，可惜出口的话无法穿透地面，在这个寒冷的冬日，每个字在刚落地的瞬间就被冻住了。外婆的时间也冻住了，外公却没有。人们总是步履匆匆地路过无数棵树，离树叶最近的那刻，却是落叶归根时。有心人捡起一枚，叶却早已不觉。

齐奶奶远远地站着，比我上次见她时瘦了一大圈，那头柔顺的银发也不再茂密。我已经跟家人们解释过外公缺席的原因，那天齐奶奶病重发起了高烧，在迷迷糊糊间像个任性的孩子，外公一离开，她就要扯掉手上的点滴，喊着"不要丢掉我，我不治了"。于是外公留下了，他这辈子错过了太多，也错过了外婆的最后一刻，但在无数的过错背后，或许他在学习不再错过。

我想齐奶奶也是愧疚的，她眼睛里常燃着的灯熄灭了，胸口别着的茉莉花也恹恹的。据接外公过来的秋菊姨说，齐奶奶对着秋菊姨深深鞠了三躬，才摇摇晃晃地上车同行。她出现在大家面前时，又郑重地对在场的每一位再鞠了一躬，瘦小的身体弯折起来像一根失去弹性的皮筋，软软地弓下去，又软软地弹回。

更远处站着的是小方，他把领带打得整整齐齐的，手里攥着那本破烂的《唐诗宋词精选》。他刚来时，紧咬着嘴唇，十分紧张，半天才从口袋里拿出一个皱巴巴的红包，想把外婆这些年买补品花的钱都还给我们。小方的脸涨得通红，半晌才十分抱歉又难过地说："陈老师生前给过我一封信，说让我……在她逝后……再给你们。我……我……信在这里，我就先不打扰了。"严冬梅

冬天的四季

只是静静盯着他,继而摇了摇头,把信接过来,又把红包塞回他的口袋,却接过了那本《唐诗宋词精选》,十分虔诚地双手奉到外婆碑前。

(二)

致我的儿孙、家人:

　　展信佳。

　　在你们读到这封信的时候,我已经长眠于地了。我让小方帮我完成这个任务,如果一切顺利的话,你们能看出来,他并不是你们认为的"骗子",只是一个好学不倦、有责任心,又恰好愿意听我这老太太多说几句的年轻人。在我死后,请帮把我卧室书柜里的藏书都赠予他吧,书柜顶上的袋子里还有一些新的字帖和本子,他记忆力好,就是写字实在怠惰了些,还是要多练。藏书单子在抽屉里,一并给他,叫他好好保管着,有不少孤本,十分珍贵。

陈小珍于 2023 年春

　　严夏叶女士接过信纸,用手捻了又捻,确认只有这一张,打开信封,瞄了又瞄,开口朝下倒了又倒,皆是一场空。她愕然地站着,双眼皆空,张了张嘴,什么也没说。

　　外婆啊外婆,如果您生在这个年代,就会是人人追捧的独立女性的典型,一直在做自己,至死方休。遗书写得如同布置课后作业一般,也会被人们赞誉为个性。在这声声赞扬背后,却有四位嗷嗷待哺的女儿,她们对母亲的关怀,渴望了一生,次次扑空却次次再扑,如今八只眼睛扑腾在这封绝笔信上,如同踩奶的幼兽，一无所获。

我不知怎么站在她们的立场上理解外婆作为母亲的"绝情"，评判必然需要个结果，可站在一个固定的立场上，必定偏帮一方。我支持坚持做自己的母亲，也谴责在孩子的成长中失责的母亲，可这两种母亲都是外婆，外婆也不只是母亲。

"母亲"这个词，向来被神化了——她包容一切，她神通广大，她是超人般的存在，她是最柔软的温暖。可母亲也是个最重的壳子，套上她的人，就需要包容一切，需要神通广大。她不再是她，她不可再只是她，她是所有人的那个她，却不是自己的她。三代母亲在这方小小的墓地前齐聚，她们都是第一次做母亲，她们深爱着自己的母亲，却都立志成为和自己的母亲不同的母亲，一代又一代，一轮再一轮。母女总是连心的，女儿大了成为母亲，才能换位思考，也常常会想：若我是我母亲的母亲就好了，绝不会让她吃那样的苦。

在场的众人各怀着怎样的心思，我不得而知。但与那日医院里的喧闹不同，大家都在这一场大雪中肃立，反衬得雪花更加活泼。白色是最脆弱的颜色，它难以盖住别的色彩，总会落个斑驳的下场。但雪花除外，它们正一枚一枚遮盖这世间的尘土，于是整个世界都简单、纯澈起来。人们豁然开朗，总是因为遇见什么难得的景色或际遇，不论是桃花源还是异常的星象，甚至是久居黑暗后的曙光，大雪天也有同样的魔力，冰冰凉凉、温温柔柔地落在每一个人的心上。

"咱们走吧。"秋菊姨掸了掸身上的雪，率先在雪地上开出一条脚印组成的道来。

"小心点儿，别摔着。"严夏叶女士盯着脚下的路，叮嘱每个人都踩着前边的人的脚印行走。前人开的路，虽然不一定合脚，

冬天的四季

但至少不会让人摔跤。

冷风簌簌地往严冬梅的大衣里灌，鼓起来的她像一只嘴唇一张一合的胖头鱼，但几位姐姐都在小心脚下，没有人敲打她穿得太少，老来会得风湿病。

"看完风景了？冷吗？"我忍不住接过接力棒，问道。

"我好像忽然明白了，如果你不成天想着冷的话，就不冷了。"严冬梅从围巾里探出一双眼睛，瞳仁滴溜溜的，在一片白茫茫中，像两枚正绽放着又吞噬着的，新生的黑洞。

（三）

我的三十岁生日，本是要与外婆一起庆祝的，如今却一个生，一个死。我的蜡烛五彩缤纷，承载着对新的一岁的祈愿，许完愿便要吹灭。外婆的蜡烛却是白色的，无风也无言，在排位前燃尽。起初，严夏叶女士百般劝阻我，不要将生日与外婆的头七一起过，实在不太吉利。但我问她："外婆会庇佑我的，忙活了那么久，不就是为了今天一大家人团团圆圆吗？"她沉默了半晌，默许了。于是，我们一大家子人，时隔多年，又坐到了一起。春花姨今天竟然破天荒地穿了一条连衣裙，尽管依然配她那双万年不换的布鞋。小姨也不同以往，穿了一身乖巧的运动装，把头发高高地扎了个马尾，略施粉黛。

鸿兴酒楼里到处挂满了彩灯，张贴着窗花，反复播放着情人节浪漫的音乐，与中式装潢显得有些格格不入。侍应生穿着旗袍，却戴一顶缀满红心的礼帽，滑稽得很。而我们包厢里也是如此。我面前有一个大大的奶油蛋糕，属于外婆的空座前却是一碗预定好的长寿面，如今把筷子竖着插在中间，也像一个插了蜡烛的蛋糕。

开始，大家是缄默的。小姨读了这些天的人和景，也安静了这些天，像是充电完毕重启了那样，开始给大家布菜，又把一个大鸭腿夹到我碗里。

"佳佳，祝贺你三十岁啦，这回你也是老姑娘了，跟我一样。"她眨眨眼睛。

"哪跟你一样啊，我早在十五岁的时候就看起来比你老了。我要能跟你一样，生日愿望也就不用许了，直接圆满了，已经成精了。"

"你这是夸我还是骂我呢，嗯？"她瞪着眼睛捶了我一拳，"你可别忘了，你的终身大事是我严冬梅当的红娘，你得一辈子感恩戴德才对。"

"哎，伸手不打笑脸人。不对，你自己换回本名了啊，那我以后能叫你'冬梅小姐'了，是不？"

"叫呗。"她微笑着，"我以后也叫你'王大小姐'啊。王大小姐，尽管吩咐小的吧，小的唯你马首是瞻。"她把点儿的那股劲儿学得惟妙惟肖，我看到她头发里簪了一个成色古旧的银钗，银钗随着她大开大合的动作摇晃着。

大家都看着我们笑起来，严夏叶女士也给她夹了一个鸡腿，嗔怪她还是这么没正形。

"所以佳佳啊，三十岁了，有什么愿望吗，重新许一个。上一个……可是不作数了。"秋菊姨朝我举起酒杯。

"我没啥别的愿望，就是工作顺利，大家都健健康康、快快乐乐的。"

"这哪能算愿望啊，有没有更私密点儿的？"严冬梅朝我挤眉弄眼。

冬天的四季

"我真没有啥愿望啊……"我摊手，被严夏叶女士打断。

"怎么没有愿望，我都给你想了好多愿望。这第一个啊，就是今年把自己嫁出去，和点儿和和美美的，最好三年抱……"

"打住打住啊，你女儿我有那么愁嫁吗？也不看看我的老娘是何等花枝招展的存在。"我把碗里的鸡腿杵到她嘴里："既然大家都有愿望，我们就一起许呗。等会儿我播个生日快乐歌，结束的时候喊三二一，我们一起吹蜡烛。"

"那不行，佳佳，生日是你自己的。"春花姨阻拦道。

"我以前也跟明黎哥哥一起过生日，我很怀念这种感觉。"我看着她，又看看在她旁边一面帮母亲夹菜，一面照顾媳妇的严明黎，他朝我一笑，一如我们年幼时那样。

我关了灯，桌上的蜡烛作为唯一的光源，努力照亮每个人的脸。就连最讨厌此类仪式感的老王，也有样学样地双手交叉握拳，闭着眼默念着。我快速许了个愿望，悄悄睁眼偷觑每个人。大家都静静的，任由火光在脸颊上划出忽明忽暗的光影。

"三，二，一，吹。"

大家一齐朝蜡烛使劲儿，迎着四面八方的风，蜡烛的那点儿火光一瞬间就缩回了壳子里。开灯的那刻，房间登时变得通亮，大家欢呼着鼓掌祝贺我。那碗长寿面的汤上，模糊地映出顶灯的反光，三个灯泡聚在一起，酷似一张笑脸。

王佳佳，祝你三十岁生日快乐，我不再要求你事事完美，只求你事事自足。你该如何过好接下来的人生呢？世界本没有好坏之分，热烈平淡皆是体验，富贵贫困任凭感受。所以，就去收集回忆吧，不管快乐还是悲伤，都放在心底冻起来，等老了再拿出来烤一烤。你看啊，刚才的那一瞬，就是最好的生日礼物。

十二、春季不播种，后面三季何以堪

（一）

今年除夕，我们把年夜饭搬到了外公的房间里。外公一开始拒绝，说他那里地方小，把饭菜打包带过来又很麻烦，希望我们自己聚或是他过来。但我们说，过年需要在家里过，既然养老院现在成了外公的家，我们回家又有什么麻烦的。只是齐奶奶已经很少下得来床了，没有加入我们。

每逢过年，养老院里就热闹非凡。平时供老人们晨练散步的操场也被临时征用成停车位，用粉笔歪歪斜斜地拦出方格，也歪歪斜斜地停满了车。如此热闹，竟让人觉得这不是养老院，而是学校。整个养老院不时爆发出开怀的笑声，把平时静谧的老榕树震得一颤一颤，落下一身的枯叶与残雪。只是这种热闹来得快，去得也快，将近晚上，车位又空出来了，一团团尾气随着人们远去，星星同车尾灯一道眨起眼睛，把被车辙划得破碎的粉笔痕迹和老人们的心迹都悄悄藏起来。

一顿饭吃得其乐融融，四姐妹都在家做了菜，用保温盒装好带过来，没有精美的餐具，由于在桌子上放不下，电视柜、床头柜上都放了饭盒。椅子不够，干脆就走着吃、站着吃、坐床上吃，把年夜饭吃出了舞会自助餐的架势。

冬天的四季

嫂子何迎彩带着孩子坐在床上，曾经的那只小猴子现在被喂养得白白胖胖，头发也茂密，脸颊上的肉和不谙世事的笑一齐溢出来，挥舞着藕一样圆滚滚的小手臂，不停地把肉嘟嘟的小手往嘴里塞，被他妈妈笑着轻打下来，又塞回嘴里。娘俩就玩起了抓手的小游戏，小猴子咯咯笑着，嫂子佯装嗔怒，做起鬼脸。在一派暮色的养老院里，他正野蛮地挥舞着自己的生命力。

"小猴子，怎么现在这么漂亮啊，眼睛跟嫂子长得真像。"我也去逗他。

"我们有名字了啊，佳佳姑姑老是喊我们宝宝'小猴子'。"嫂子笑着把孩子抱起来，用鼻头去蹭宝宝的鼻头。

"对，严梓律。小律子，看这旦。"

"怎么跟小驴子似的，更难听了。"严明黎对我笑着，把孩子接过去，冲嫂子挥挥手，让她快去多吃点儿菜，转头对我说，"你要是生孩子，千万别自己起名。我真怕你起出个动物园来。"

"我爸妈给我起名也很敷衍啊，王佳佳，全国不知能找出多少个来，都能办个'王佳佳协会'了。我要是起名烂啊，这也叫子承父业。"

"王佳佳哪里不好听了？"老王放下筷子正色道，"好风偏似送佳期。绝代有佳人。"

"去去去，别听你爸的，哪就那么风雅了？当时给你起名字的时候啊，他挠破了脑袋跟我说，要不就叫王家，意思就是王家的孩子。我差点儿被他气死，又去想了半天，换了个佳字。"严夏叶女士笑着杵了丈夫一下，"说起起名，还是你外公最敷衍。四个姐妹，给老大想出了个'春花'后，后面的就跟着叫了，跟打麻将的花牌似的。我还好，是老二，名字也还算能听。你再看看你其他三个姨，哈哈哈！"

外公清了清嗓子，脸有点儿红："春夏秋冬，花叶菊梅，哪一个不是高雅的？古代那些诗人、画家，不都喜欢画这些？"

"爸，人家喜欢的那个叫梅兰竹菊，不是花叶菊梅。"严冬梅没好气地说，继而笑出声，"不过我这名字也算全国驰名了。自从出了那个马冬梅的电影之后，别人见了我都要多问几句，严什么梅，严冬什么？"

"名字不算什么，"嫂子也笑了，"我现在觉得名字不过是个代号，包含了父母的期望。甚至我叫招娣，也比没名字好嘛。我们宝宝叫梓律，我们希望他能严以律己，自律一些。但他究竟喜欢什么，做什么人，都是他自己的事。"嫂子自从爱上了自己的孩子，又回到了从前那温柔爱笑的样子。但我总觉得她有哪里不同了，依旧是甜甜糯糯的江南女子，但有一股迸发出来的能量。我想这并不是什么"为母则刚"或"母性光辉"，而是来自她自己的成长。

秋菊姨在这个新年也给自己放了个长长的假，窝在床头观察着我们，时而跟着笑笑，时而若有所思。突然，她的手机铃声响起来，她先是一怔，然后咧着嘴把屏幕亮给我们："我接个电话啊，我儿子。"

我们也有点儿惊讶。我们向来默契地不提秋菊姨留给前夫抚养的那个儿子，秋菊姨也鲜少提起，更别说像现在这样大大方方又带些骄傲地宣布了。我们静静听着电话那头儿孩子的拜年声，那边热闹极了，据他说，是在家里吃完年夜饭又和朋友们出门跨年倒计时。洋溢的青春活力正欢呼着流到电话这一端。

"妈妈，新年快乐。照顾好自己，我爱你。"最后三个字是他避开朋友，捂着话筒，压低嗓音说的，却震耳欲聋。

"妈妈也爱你。"秋菊姨的声音有点儿沙哑，和平日的她判

冬天的四季

若两人。

我正面对这个画面咂舌,又不可避免地鼻头一酸时,手机提示有微信进来。

"我的大小姐,新年快乐,我爱你。"

真好啊,我们都在爱着,也被爱着。今年的冬天格外冷,那么春天的花一定分外红。

(二)

春花姨的事情在开春后也完美解决了,那个高利贷团伙被一窝端了,债务也不复存在。经过林燃事务所的沟通,才得知那个骗春花姨借高利贷的男人也不是通篇谎话。他之前的确是建筑工地的工人,和几位工友迷上了打牌,先是在朋友间小赌,后来被一位工友拉着去地下赌场玩了几把。那位工友说自己在这儿赢了点儿小钱,有半个月的工钱那么多。同样的套路,起初总会有些"新手光环",他就越玩越大。在一次押大小的赌局上,如同每一个倾家荡产的赌徒的故事,他把赢来的一切连同本钱都输了进去。

"等我回来。"放下这句话后,他红着眼出去把这些年攒下的钱一股脑取了出来,还拍着胸脯把同去的工友们身上的钱都借来了。有支支吾吾不借或阻挠他的,他便直接上手从人家兜里往外掏。

"还押大。"他又买了一包烟,叼了一根狠狠地抽一口,把剩余的钱都推到池里,还说了一句刚从电影里学来的洋文"allin"("全部投入")。

不出意料,他又输了。于是他变成了一只没有理智的兽,大喊着:"那就赌我这条命!押大!"

荷官见状使了个眼色，让保安把他架出去了。他拼命地挣扎，拼命地瞪大眼睛盯着桌上那一局。开了，要开了，"小"，还是"小"。他像死了一般坐在门口泥泞的水坑里，周遭的一切都变得如此不真实。他摸了把口袋，烟放在桌子上了，没有带出来，钱也一分都不剩，只剩大汉们拖拽他时从嘴里掉落的烟屁股。他拼命地爬回去，从另一个水坑里捡出那个已经皱巴巴的烟屁股，贪婪地吸起来。"还好还好，底还在呢。"他这样说。

　　再后来，他就借上了高利贷。但老天仿佛在他身上下了一个咒，每次他都要喊"大"，却次次都是"小"，他偏要同老天死磕。高利贷团伙打了他好几回，他实在是一分钱也吐不出来了，那个团伙的老大却看上了他因常年劳作而十分健硕的肌肉，以及看着老实巴交的面相，让他选：是剁手，还是去当托儿、当打手来抵债。他看了自己的手十分钟，这是一双布满老茧的手，是喂养他一家人的手，是他一直以来的希望，但也是这双手，推他入了深渊。有那么一瞬间，他都要把手伸出去了，最后还是怕了，缩回来，保证会跟着老大好好做，早日还钱。于是他开始游荡于各个赌场，寻找和过去的他一样的人，又把这群相似命运的人，拖入相同的深渊。看到春花姨的那刻，他就知道，这人一定拥有一双和他一样的手，而这样粗糙的手，生命线上早就长满了老茧，命本来就不好了，也怪不得他。

　　他最终因犯诈骗罪、故意伤害罪等罪被判刑，由于主动交代、认罪态度良好，获得法院轻判。在庭上忏悔时，他似是对自己，也似是对所有人说："我一直想'大'，老天却一直给我'小'，可能我这辈子就是个'小'人、'小'人物。但我也搞不懂，为什么一辈子都这样过来了，早就认命了，在赌这件事上，却不信命呢？"

冬天的四季

事情结束后,春花姨又一次请我去家里吃饭,顺便教我几个菜。我仍提议在菜市场见面,这回我们一起买菜。我攥着她的手,她的手糙糙的,冰冰凉凉,茧子摩擦着我的手心。但这次她没有立刻抱歉地松开手,而是将我的手攥得更紧。

"佳佳,想吃什么?"她问我。

"猪肘子!还有海带汤!"

"那我买点儿排骨,炖海带吧。再买点儿黄豆,焖肘子吃。刚开春,新笋上市了,我也买点儿。"春花姨笑眯眯的,让我如沐春风。

"大姨,你就该多笑笑,你笑起来多好看啊,比你做的卤鸭还甜呢。"

"就不买卤鸭了,我看你啊,其实也吃腻了。"她笑得更开心了,没有反驳我,稍稍抬着下巴,在春日的暖阳中眯起眼睛。

(三)

这天,严夏叶女士突然做了一顿丰盛的大餐,全是我爱吃的。我一开始狐疑,她却说我是不是老大嫌娘丑,也嫌家里的饭不香了。待我吃得正酣,她又在饭桌上郑重其事地对我宣布:"我和你爸,要去全国旅行了。"

我差点儿被嘴里的西蓝花噎死。

"我是饿出幻觉了吗?你说什么?"

"怎么还大惊小怪的?"她白了我一眼,"我不是经常说吗,把你拉扯大了,我就要去过自己的生活了,去全国各地玩一玩,然后当个快乐的广场舞老太太。"

"不是,我以为你是瞎说呢。我都长那么大了,也没见你出过这个城啊,还是说在你心里成年的槛是三十岁,我过了三十,翅膀才算真的硬了,您才放心了?"

"我就不能跟你爸出去浪漫浪漫、约约会了?"

老王轻咳一声打断她:"别逗她了。其实是你外公要去旅游,你妈这个性子你也知道,拉着我一起去盯梢呢。"

"什么?外公?"我这回是彻底放弃吃这块西蓝花了。

"你齐奶奶不是前两天没了吗,你外公说要完成她的遗愿,帮她看看大好山河,帮她看看她没看过的风景。"严夏叶女士的眸子里盛满了悲伤,却又夹杂着向往。

"我就说……你爸身体好着呢,咱俩去瞎凑什么热闹……"老王的声音被严夏叶女士的一记眼刀掐得慢慢低下去,他埋头吃菜。

"结婚这么多年了,婚纱是租来的,结婚照都没拍。我还不能对你有点儿要求了?你年轻的时候还答应我,天天给我做饭,天天带我出去玩呢,不然我会嫁给你啊?"

老王不说话了,看了我一眼,把嘴里的米饭咽下去,这才说道:"去,没说不去,不然我买那台相机干吗。"

严夏叶女士这才笑了,目光扫到我时又严肃起来:"交给你一个任务。你外公不会订票,我也老花眼了,看不清。你帮我们订票,我们要坐在一个车厢里,但是不能太近,也不能太远。酒店也是,最好在同一层,但又不能遇到。还有网上的那些游玩攻略啊,你也整理一份给你外公,要那种轻松、不危险的,明白了吗?"

我哭笑不得,怎么在家吃饭总能吃出鸿门宴来,却也只能应了。外公又不是傻子,就我妈这个操心劲儿和大嗓门,别说一个车厢了,一整列车的人都能认识她。但这样也很好,外公借着齐

冬天的四季

奶奶的名义去体验这个世界，我妈借着照顾外公的名义补回失去的时光，而我爸则装出一副老大不高兴的样子，和妻子打着配合战。三人都遵循最自洽的规则，心照不宣。

"我们出去的时候，你要照顾好这个家啊。"严夏叶女士不太放心。

"您放心吧，这个家一直都是我撑着呢，没我不行！我一定会照顾好所有家人，一日三餐好好照顾着，每天换水，绝不让'命大''命好''命硬'和'命强'饿死！"

"嘿，你这人……"她刚要伸手给我一下，就被气笑了。

"照顾好自己啊，囡囡，你长大了。"她看着我说，郑重又温柔。

（四）

秋菊姨的假期结束了，在重新回到公司前，我们又相约去了一趟孤儿院。说来也奇怪，孤儿院竟成了我们俩最能交心的地点。这是李院长最后一年在这里任职了，她即将调往外地。这次，她絮絮叨叨说了很多。

她原本遵循家里的安排，成了一名护士，在县医院工作。起初她是怕见血的，也怕看到患者痛苦的脸，怕生离死别，怕白发人送黑发人，怕子欲养而亲不待。她的主管领导因此找她谈了好几次话，说她能理解这份同情，但这是护士工作的大忌。人们来医院不是为了寻求同情，而是寻求帮助。你该展现的也不是你的共情能力，而是你的专业能力。李院长——那时还是小李护士，在纠结挣扎了几个月后，还是辞去了这份工作。"有几次扎针时，我的手在发颤。在发生不可挽回的医疗事故之前，还是保护患者，放过自己吧。"

家里人由于她的放弃，一直不肯给她好脸色看，每日吃饭时把碗砸在她面前，说一句："人啊，不能吃白饭。"她感到委屈，也为自己的不争而生气。好长一段时间，她都不愿意，也没脸面待在家里，吃了早饭就说要出门找工作，然后在外面漫无目的地走上一天。某一天，她鬼使神差地走到一家孤儿院门口，看到斑驳的"阳光孤儿院"五个大字。一切都静悄悄的，没有孩童追逐玩闹的声音，甚至没有一点儿生机，只有一名保安坐在保安室里，就着茶水的热气打着哈欠，见到她时眉头一皱，凶巴巴的。她就这样晃了好几天，每天都会来到这里看上一眼，保安大叔看她的眼光越来越狐疑。终于有一日，保安放下了他的保温杯，冲出来，让她站住，盘问了一番。她很客气地说了自己的目的，只是好奇为什么孤儿院会如此冷清，怀疑自己来的时间段不对，这才每日都来。保安大叔先是叹了一口气，然后将孤儿院的情况娓娓道来。但那时的小李并不能理解大叔口中的"关起来是为他们好"，"很少有人来领孩子，就算是偶尔来了有钱无子的夫妇，也会像挑商品那样选漂亮乖巧的，剩下的那些，只会一再被抛弃"。她的胸腔里燃起一股火，她责怪孤儿院的院长没有认真对待孩子们，也认定对方做事不讲人情。她当下就决定要从事这个行业，她也是这样去做的。于是，她从孤儿院的医务员做起，慢慢地，变成了现在的李院长。

她也说不清是什么时候起，她也变成了自己曾经不齿的那个院长的样子——顾全大局，"冷血无情"，似乎是在一次又一次无能为力，发现自己的抗争并不能让事态变得更好之后。她捡过一些残疾的弃婴，无从得知这些父母是怀着什么样的心态丢弃亲生骨肉的，起初她是愤恨的，逐渐麻木，甚至有了些许理解。她把自己杂乱的心情兑换成一股脑的爱和热血，既然这些都是缺爱

冬天 的四季

的孩子，那就把自己的爱全部给他们。可她发现，自己被裹挟在无数杂事里，每天忙不迭地照顾这个，陪伴那个，但不是所有孩子都领情。有一回，她很疼爱的一个乖巧的女孩，水灵灵的大眼睛瞅着她，说想出去玩一次，买个冰激凌就回来。她心软了，就带着她出去了。在她转身付钱的那一瞬，女孩挣脱开她的手，头也不回地跑了。她找了许多年，也没有找到这个叫党小花的女孩，没有机会问问她，为什么要跑，现在过得好不好。

说到这里，李院长把脸埋进双手间，无声地抽泣起来。秋菊姨的眼眶也有点儿泛红，拍着她的背，不知在想些什么。但李院长很快就调整好了自己的情绪，笑着说自己讲太多了，应该带我们再看一眼孤儿院。也不知我们下次来，会有怎样的一位院长迎接我们。

直到回到车上，我的眼前仍是李院长埋起来的脸。秋菊姨这次没再给我上课，而是罕见地沉默着。我注意到她的后视镜挂坠不再是那个笑眯眯的弥勒佛，而是一个针脚粗糙的平安符。

"这是……"

"我儿子的朋友给我绣的，还挺可爱的吧？"还没等我接话，她又接着说，"其实我特别开心。过去许多年，我们不太亲密，我很少过问他的生活。这几年不同了，他让我走进了他的生活，我也透过他的眼睛，像是再年轻了一回。过年他给我打电话那次，我从没见过他那么开心。那时在旁边陪伴他的，一定是一个好孩子。我得谢谢这个孩子，我不在儿子身边的这些日子里，使他那么快乐。"这一刻，秋菊姨眼角的鱼尾纹显得那么温柔。

"春天来了。"我指着路边开始抽芽的柳树，"如果没有这新芽，我们还意识不到春天的到来呢。又是一年春好处，每年却依旧新鲜，依旧想说一句，真美。"

十三、怕冷的鸟儿都飞走了，来年它们还会相识吗

果不其然，这个春天来得汹涌而明媚，被冻了一个严冬的植物似乎有了一场好眠，打着哈欠，伸着懒腰，把脸展露给世人看。

也就是在这个春天，春花姨做了一个非常勇敢的决定：和严明离婚。她找到林燃的律师事务所，又当了一回当事人。严明或许永远无法理解，为何短短的一个冬天，自己的妻子会有这么大的转变。在他看来，这些年来两人感情并无太大不妥，也一齐把儿子拉扯大了，现在还有了孙子。两个这把年纪的人，却像年轻人那样闹起离婚来了。他起初以为春花姨是更年期，跟他闹别扭，在饭桌上半开玩笑半责怪地把这事说了，结果儿子儿媳竟都点头说他们也同意，把他噎了够呛，他用手指着他们"你、你、你"了半天，最后还是什么都没说出来。这个跳脚了一辈子的男人，终于老去了。于是春花乍现。春不晚，无谓在何时。

严夏叶女士频繁地给我发回前线战报，她戴着蛤蟆墨镜，围一条肉粉色真丝围巾，在人群里比着剪刀手。老王的拍摄水平忽上忽下，她在镜头里忽大忽小、忽近忽远，不是出现在远处的山顶上，就是在照片最下方露出半个脑袋。我经常在照片里看到外公的背影，他显得十分矍铄，拿着秋菊姨买给他的老年手机，这里拍拍，那里看看。甚至在其中一张照片里，外公和我妈都在镜头里，但两人你拍你的，我摆我的，默契异常。而老王手明显手

冬天的四季

抖了，都拍出残影了，不知是紧张，还是在偷笑。

秋菊姨依然在公司里叱咤风云，她给透明的办公室装上了帘子，说还是得给孩子们一些空间，时刻处于被老板注视的高压下，他们肯定感觉不好。员工们渐渐不再叫她"黑寡妇"了，甚至会在茶水间里悄悄喊一句"菊妈"。秋菊姨的读心术依然功力不减，眼观六路，耳听八方，自然知道他们这些私下叫她的昵称。她也的确越来越有"妈味儿"了，但就如同被妖魔化的"黑寡妇"一词，"妈味儿"同样带上了歧视意味，仿佛强势是错，有母性也是错。但我很喜欢秋菊姨身上的这股"妈味儿"，这是与自己，也是与世界的和解，是一种极为强大的、由内及外的力量。

这个春天，我和点儿则常出去踏春，却并不是浪漫的二人约会，还带了个孩子——严冬梅。她就像一只花枝招展的蝴蝶，翩跹于花草间。出去得多了，我和点儿便像一对愁眉苦脸的老父母，一个给她打光，一个给她拍照，却还要被挑三拣四的。我们总是摇头叹气，让她快找个对象，不能可着我们一家祸害。她则会理直气壮地抬起头来大喊一句："我前男友成了我外甥女婿，我就不能跟你们约会了吗？"此时我和点儿就会瞬间弹开，一个看着天，一个瞅着地，在路人好奇的目光中，假装无事发生，与这位女士不熟。把严冬梅不掉一根头发丝儿地送回去后，我俩就牵着手压马路，压着压着，就掸去了一身疲惫。

"你说我们这像不像把孩子送到学校的父母？"他问我。

"谁说不是呢？最好是个全日制学校，甭叫我们接回来了。"

"你觉得这样的感觉……好吗？"他歪着头，小心翼翼地看我。

我知道他想问什么，于是停下脚步，说："我们也许会结婚，也许谈一辈子恋爱，也许会分开，也许会生孩子，也许会领养一个，也许永远二人世界，谁知道呢？但不管是哪一种结局，此时此刻的我，愿意全心全意地牵着你往前走，我们也许会走回家，也许会走到未知的地方。我们总归要往前走的。最宝贵的是，我们现在正一同往前走。"

"所以王佳佳，你愿意陪我走下去吗，走过每一个暖春，走过每一个严冬，不问未来，不问归处。"

"我愿意。"

冬天完全过去了，接下来，人们还有无数个四季。

第二章

严冬梅

冬天的四季

一、雪似梅花，梅花似雪，似和不似都奇绝

（一）

如果人类能够保留从娘胎里开始的所有记忆，那对于尚在腹中的我来说，早在还是一颗受精卵时，就证明了自己的与众不同——这是一朵坚韧不拔的铿锵玫瑰，连着几服躺苦的中药没有打败我，母体自虐般的腹部撞击亦没有打败我，于是我终于在良久的沉寂过后，听到了一个女人的声音。

"又有了。"女人的声音低低沉沉的，但没什么情绪。

"嗯，嗯。"有男人应和的声音，心不在焉，伴随着纸张翻动的沙沙声。

"我说我有了。"女人的声音拔高了些许。

"嗯……有了！果然有了！我找到这案子的切入点了！"男人像是猛然上了发条的玩具，突然兴奋起来。

"严建国，给我五秒钟时间，可以吧？我怀孕了。"发条突然断裂，静默几秒后，皮鞋敲击地板的声音越来越近。

"你是认真的？"有一只大手蒙上小冬梅的房子，"你都这个岁数了，这科学吗？"

"做了三遍检查，确实有了。跑步、喝药都试了，没流掉。"

"你流他干吗？不许流！"男人稍稍平复了一下激动的情绪，

换了个口吻,"小珍,你看这臭小子多精明,从前盼他来,他不来,现在三个姐姐都长大了,有四个人宠着他的时候他才来,原来是在天上就打好了小算盘。"

"没有科学依据,空口不定男女。"陈小珍扶了扶眼镜,又皱起眉,"四个人?"

"小珍,你坐下,慢慢坐。"严建国打个哈哈就郑重其事地搀起她,不顾反对,坚持将她按到沙发上,自己也贴着她坐下,清了清嗓子,"其实有件事我早就想和你商量了。"

"我不会辞职的,你别做梦了。"陈小珍就算坐在软乎的沙发上,背脊依旧笔挺。

"你……"严建国将刚到嘴边的情话开场白又咽回去了。结婚多年,他好不容易鼓起勇气跟她说些软话,又被生生卡在喉咙里,上也不是,下也不是,哽得他涨红了脸,他便不管不顾起来:"你看看别人家,谁家老婆天天在外面跑,不顾家?除非男人没用,但你男人我现在大小也算本城知名律师了,别说四个孩子,十个八个我都能养活,退休工资也够我们养老了。你非得早起摸黑地工作干什么?别人以为我是绣花枕头、稻草包,还得靠女人挣钱呢。再说了,看看你的同事们,哪个不在寒暑假休息的时候带着孩子去这儿去那儿?你呢?假期全拿来给学生补课,几个孩子你是一点儿也不管。你有个做妈的样子吗?别人都说了,你对学生比对自己的孩子都亲。"

陈小珍安静地聆听着妈妈说话:"别人说?是别人这么认为,还是你自己这么觉得?"

严建国感觉自己的炮筒被浸湿水的棉花堵住了,满腔的势能硬生生地卡在那里,炮筒哑了火,心里便蹿上来一股无名火:"谈朋友的时候你摆摆架子也就算了,在学校里摆摆你陈老师的架子

冬天的四季

也随你，在家里你也这样？不知道的还以为你是什么地主阶级大小姐出身。"

"严大少爷现在是要跟我算对这个家的贡献了？审人先省己。你每天回家后的活动范围就是你这张书桌，饭是自己变熟的？碗是自己洗好的？地是自己拖自己？衣服也自己洗自己？"

"秋菊小时候的衣服尿布，不都是春花洗的？喂饭也是她追着喂。你忘记了有多少回秋菊饿得哇哇哭？"

"既然这样，你不愿意管，又嫌我管不好，还一个个生出来干吗？肚子里这个也别来受罪了。"陈小珍面上依然很平静，仿佛在讲一篇课文里别人的故事。

此时还在肚子里的小小的我突然推了我妈的肚子一下，仿佛是不愿意听他们无谓的争吵了。我也确实做到了。

陈小珍突然就"哎哟"了一声，愣愣地摸了摸肚子："这孩子踹我。"她平静的脸上出现了一丝疑惑的神色，她低头盯着自己平坦的小腹，"这……科学吗？"

接下来的七个月，我不仅推翻了科学，还一脚一脚踢翻了孝道，陈小珍吐得天翻地覆，上课时也常道一声"抱歉"就奔去厕所，继而脸色苍白地回来继续上课。校领导劝她休息无果后，她办公桌侧面的墙上就多了一块闪光的"模范教师"的牌子。

这些故事都是在我记事后春花大姐讲给我听的，她从来都是这样，只挑好的说，说话温温柔柔、慢吞吞的，于是故事就像睡前童话般抚慰人心。夏叶姐就不同了，在她嘴里，童话故事就长了牙齿。她说严建国得知妻子肚子里是个女儿后，曾花了两个月的工资买上好的烟酒，一次次往医院里送，让医生想想办法"转转胎"。被多次严词拒绝后，他仍不死心，甚至把烟塞到清洁工手里，让他帮自己去听听墙角，打探医生的喜好。知名大律师游走在法律的边缘，不仅成了个法盲，也成了个文盲。他不切实际且不遵循科学的企盼，一直持续到我出生那天。他盯着护士的嘴，宛如一只秃鹫，得到结果后便展翅高飞了，从此只盘旋在自己的办公桌边。一个爹，一个妈，各自占据一个山头，自此不下人间，只挥斥方遒，而我在人间却拥有了两个半母亲，严春花、严夏叶，还有半个严秋菊。

（二）

我是在大姐严春花的臂弯里长起来的。她像一位无师自通的母亲，我出生时她刚满十八岁，身上就沾上了独属于母亲的奶香味。每次她领我上街，都有人把我们误认为母女，上来逗弄时先夸一通我粉嫩可爱，再夸严春花状态好得不像生过孩子，有嘴碎的还会再追问一句孩子父亲在哪，怎么忍心让这么惹人疼的一对母女自己在外面逛。严春花每次都羞红了脸，磕磕巴巴地想解释，但从来没驳过谁的意见，也不知怎么解释，只能低下头去。

在独处时，她就拿额头蹭我的脸，把我逗得咯咯笑，她笑着叹口气："我们小梅真是个洋娃娃，跟大商场里的芭比娃娃有一拼。姐姐真是喜欢你啊。"说到这儿，她还会补上一句，"姐姐们都喜欢你。爸爸妈妈也最喜欢小梅了，只是他们都忙。姐姐帮他们喜欢小梅。"她总是爱替别人解释，社会青年骑着摩托车溅她一身泥，她也不恼，反而要替他喃喃一句："这么赶，怕不是出了什么急事。"春花姐虽然是全家文化水平最低的，却教会我最多东西。我时常觉得她是一个诗人，她会指着失明的人说："看不见不是不幸，他只是看不见所谓的不幸。"她对着流浪的小狗说："有些人把双脚锁在圈里，有些狗走了整个世界。"但她并

冬天的四季

不觉得自己在写诗,她非常崇拜那些真正的诗人,尽管她并不知道太多诗人。她说得最多的,还是那句她给我念了无数遍的、她最喜欢的:"冬天到了,春天还会远吗?"

她还给我讲过无数个童话故事——严春花改编版,无毒无害,极乐乌托邦。而她就像里面的灰姑娘,执一把扫帚,将世界的灰暗处清扫干净了,再给我看,也将世界缝缝补补,给反派缝上一套得体的衣服,给恶龙亦裱上一枚善良的勋章。

在现实中也是如此,她仍是那个灰姑娘。在我的印象里,春花姐从来都是穿一套暗灰色或深蓝色、黑色衣服,纽扣系得严严实实的。她们纺织厂里的年轻人都赶时髦穿上了连衣裙、高跟鞋。与几个姐妹逛街时,她所在的那处便灰暗了下去,何况时常还要附带上一个我。被她们拉着去商场时,她扯着那些花花绿绿的裙子自言自语:"穿一回就脏了吧。"朋友打趣她怎么带着孩子就真成了个妇女,应该学学西方的时尚,不实用就是时髦。她就低头一笑,在我脸上轻啄一口:"小梅就是我最时髦的娃娃。"

春花姐工作的纺织厂就在家附近,步行十几分钟便能到。彼时我已经被她养成了不听故事就不张嘴的坏毛病,于是她总是趁午休时间回来给我喂饭,再匆匆赶回去。有时她身上粘了几根没来得及清理的线头,我便抓住,要往嘴里送。她赶忙拦下,边清理身上边教我:"这是线,不能吃。慈母手中线,游子身上衣。慈母就是慈爱的妈妈的意思。"我便像得了指令,朝着她直喊妈妈,她赶忙想指真正的母亲给我看,叫我不可指鹿为马,却总是找不到。我们的母亲天天在学校加班,春花姐只能藏了一张她的黑白相片,一次次教我分辨,数月才成。

日子过了三年,她在父母的指示下开始与隔壁机械厂的学徒严明约会,也常带上我。两人总是无话,只有聊到我时春花姐的话会多些。某次聊了一路她是如何哄我吃饭的,严明"嗯"着应和了一路,走完一圈,到我家楼下时,严明突然笑嘻嘻地说:"你瞧路人看我们都像一家三口。"说着想来牵她的手,被她躲过后又想伸手来抱我。我那时就瞧他不大顺眼,一扭头扑回春花姐的怀里。春花姐便笑了:"你瞧,叫你把手上的机油洗干净吧。我们洋娃娃嫌弃你呢。"说罢便抱着我一路小跑回了家。

后面某日,她郑重地坐在我对面,却不知在看哪里,问道:"严明当你姐夫好不?爸妈说他老实靠谱,他的宿舍离咱家也近,我随时都能回来看护你……"

我眨巴着大眼睛问她:"那他是王子吗?"春花姐突然愣住了,依然不看我,沉默了一会儿才说道:"公主才能配王子。我……我是……"

"大姐!"我以为她又在考我,抢答道。

春花姐摸了摸我的头:"是啊,大姐。我是小梅的大姐。"

(三)

灰姑娘唯一一次穿上鲜艳的裙子,在我四岁那年。原本她只想在家里简单吃顿饭,却拗不过严明。那时的严明也可谓一穷二白,跟严建国借了办酒席的钱,又承诺把礼金都孝敬给他老人家,这才办了个相对体面的婚礼。

他给自己和春花姐都租了一套时髦的婚服。他自己的是一套比机油还黑的西服,他向朋友借来熨斗,反反复复地熨,熨得平平整整,还往口袋里别了一朵塑料花。春花姐的婚纱则是粉色的西式纱裙,头上还有一块特意做出褶皱的纱,洒着金粉,缀了几朵红花。这是春花姐第一次穿裙子,事实上这条裙子并不太合身。

冬天的四季

由于新人们都挤在大吉日结婚，红色、白色的都早早被预订了，只剩这条粉色的，尺码又是XXL，它就被剩了下来。春花姐与其说是穿着裙子，不如说是被裙子罩住了，就像餐桌上防止菜变冷的罩子，将她整个儿围起，她举手投足都受了限制，唯恐绊脚或袖子被弄脏，扣除押金。而她却给我——她的小花童购置了一条芭比娃娃般的裙子，这是婚礼前她和严明一起在百货大楼买的。进口品牌店挂在橱窗里的新品，价格可想而知。严明提出了反对意见，说小孩子长得快，穿不了几次，实在是不实用也不划算。春花姐却不知怎么，突然学会了反驳，当下便道："不实用就是时髦。我要做你的新娘了，你家里多了个娘，小梅却要少一个。"

婚礼那天，全场宾客坐在宴会厅里，桌上的菜式各分了两盘，才堪堪铺满，凉菜居多，只有中间一只鸭、一盘大肉冒着热气。中间过道里，像是在演一出布偶戏。一个穿着光鲜的小花童扯着新娘的裙摆款款走来，那新娘却小心翼翼的，像是小花童略一使劲，就有热气从那巨大的粉色菜罩子里溜出来。宾客们也不自觉地提了一口气，等红光满面的新郎几乎是搀着新娘走到众人面前，他们才似如释重负地爆发出欢呼与喝彩声。那只鸭和那盘肉才舒舒爽爽地、全力散发出热气。

亮相完毕后，春花姐就可以去换一套敬酒服了，严明则已经与宾客们喝得大酣。等春花姐重新出现的时候，他眼睛一眯，眉头皱了起来："你穿的这是什么？那套敬酒服呢？"

春花姐身上是一套她常穿的灰色衬衫和灰色休闲裤，由于反复浆洗，领口、袖口都有些发白。她走到严明身边低声道："租两套太贵了，何况裙子、高跟鞋我真穿不来，敬酒吃饭肯定会弄脏，我就退掉了。"

"你一辈子结几次婚啊？穿成这个样子，你自己没照过镜子吗？还是故意要给我丢人？"严明嗓门大了起来。宾客们有一瞬间的静寂，又喧闹起来，只是耳朵、眼睛都朝这边侧过来。

春花姐愣了一瞬，这是严明第一次对她大声说话，她觉得面前的男人有些陌生——虽然他们也算不上熟悉。感受到四周投来的目光，她压低声音，扯了扯严明的袖子："我这不是想给你省点儿吗，面子不拿来过，日子拿来过……"

"这点儿钱，我严明还是出得起的。"严明拍了拍胸脯，将"我严明"那几个字咬得很重，转而向宾客们大声说道，"今天是我严明的大喜之日，大家尽管吃喝，酒水都管够啊。哎，老张，你这酒杯不满啊，今天也不给我面子？"

他又一桌桌去"做面子"了，春花姐独自留在原地，有些不知所措，望向女方亲属那一桌，陈小珍正埋头吃菜，仔仔细细、一板一眼地咀嚼。严夏叶正与桌上的亲戚们谈笑。严秋菊抱着手里的书包，若有所思地盯着满场的人。我此时正被表姑抱在怀里，指指点点地喊她帮我夹菜。而原本留给春花姐的位置，不知何时坐上了一个其他桌跑来的胖嘟嘟的小男娃，他握着一只大鸭腿，吃得满脸满手流油。严建国拿了纸巾笑着给他揩，然后又给他递上一只鸭腿，享受着这欢乐时刻。春花姐不会喝酒，索性搬了把椅子坐到角落去歇着了。她本该是主角，却觉得环境过于喧闹，她与那热闹格格不入。灰姑娘坐在角落里，时钟滴答滴答，或许现实世界的时间步伐更快，不待午夜，便已打回原形。

夏叶姐眼尖，端了两杯酒跑过来，在春花姐面前蹲下。

"新娘子怎么坐这儿了？来，干杯。"

"你知道我不会喝酒。"春花姐摆摆手，又补充道，"你也少喝些，对身体不好。"

"一辈子一次的日子，破破例嘛。以后你就不在家里了，也

冬天的四季

不知道我们姐妹会不会见一面少一面。"

"说什么胡话,果然是喝多了。"严春花姐敲了敲严夏叶的头,拗不过她,接了酒杯。酒气冲入鼻腔的那刻,她便皱起了眉,硬着头皮喝了一口,被辣得龇牙咧嘴,赶忙又把酒杯塞回去:"怎么会有人爱喝这辣椒苦水?我不行,欣赏不了。"

严夏叶爽朗地笑了,一扭修长的脖颈儿,吞下一杯:"这分明是解忧水。你瞧那些男人,平时柔声细语的,一喝酒就嗓门大了;平时像个鹌鹑的,喝完酒也变成了雄鹰。反倒是平时凶神恶煞的,酒后可能还娇滴滴地抹几滴眼泪呢。多有趣。"

严春花看着这个只小她一岁的妹妹,她分明没有带大这个妹妹,却也像看娃娃似的,突然心思一动,把捧花取来,放到她手上:"我听别人说,西式婚礼都会扔捧花,接到捧花的就是下一个结婚的。你啊,也少喝点儿,不然你们厂那个小王同志又冲过来了。"

"婚是要结的,酒也是要喝的。"严夏叶坦坦荡荡地接过花,酝酿了一番又道,"大姐,这些年你辛苦了,又当爹又当妈。今天你是新娘,我很高兴。希望到了新家里,你可以过得很好,苦尽甘来。"说罢将严春花的残酒也饮尽,"你瞧,苦尽了,甘便来了。"

两人相视一笑,异口同声道:"雪莱。"

二、冬日里长大的孩子，总向往春天的暖、夏天的艳

（一）

我小时候的确是个忙碌的小花童，也不知是不是那束捧花起了作用，夏叶姐的婚礼不久也被提上了日程。

她与网球厂的同事王企成是自由恋爱，尽管在她嘴里也不太自由。她说："我也没的选啊，他又没给我选择。"事实上，没有东西可以让她被动地屈服。她从小便像一匹脱缰的野马，上山爬树，十分不安分。她自小就长得明艳，因此追求者众多，但她好像在这方面不大开窍，读小学时就总瘪着嘴说："我后桌那个男生总爱扯我辫子，不让我爬树，还天天往我抽屉里塞早饭。我才不吃，我最讨厌他。他就是嫉妒我爬得高。"她进了技校后，那些男孩就更热烈些，她也不好意思再爬树了，转为跑步。一旦有男孩说要追她，她就将人约去操场，直接下战书："那你试试追不追得上吧。"

进了网球厂后，她又成了打网球的一把好手，穿梭在球场里，像一个轻盈美丽的网球。本厂和隔壁厂都有男青年跑来看她，看得痴了，喃喃道："这球，轻轻的，又重重的，一下一下，又挠又拍我的心呢。"

王企成能在追求者中脱颖而出，靠的是他与众不同的思路。

冬天的四季

无法攻克堡垒，就先消灭对手，独留自己一个，就甭论是一刀一刀还是一拳一拳，有无限的时间留给自己攻城。因此，他拿一把菜刀站在厂前头，叫那些青年都不许再来了。俗话说，不怕硬的、横的，就怕不要命的，虽然他作为厂里唯一的大学生，向来儒雅，不硬不横也要命，但这把亮得发光的菜刀为他提供了不少加成，加之他平时不爱说话，更有古龙的武侠小说里隐世亡命徒的感觉。因此，成效颇丰，青年们只敢远远观瞻了。每天下班，严夏叶都走得飞快，他就巴巴地跟着，把菜刀套上套子别到后腰上，在厂子周边走上一圈，无声地耀武扬威。

"你带把刀来做什么？"

"回家做菜去。我做菜还不错，何时有空，赏光尝尝？"

"你读大学时的专业是做菜吗？"严夏叶倒不是嘲讽，她对大学生活十分好奇，也愿意多跟这位大学生说两句。

"不是，大学里并不开设这个专业。"严夏叶努努嘴，王企成赶忙又接一句，"鄙人学的是植物学，倒是能分辨植物，比如路边这棵香樟树，叶子能做菜，枝干能做菜板。"

"什么鄙人不鄙人的，文绉绉的。还是香樟炒鸡蛋来得实在。"其实严夏叶并不讨厌他这样的说话方式，从百里外就能嗅到他身上大学生的味道，尽管这人实在不懂穿搭，堆砌了一堆海报上的明星单品，花衬衫、大喇叭裤，再配上一副蛤蟆镜。

王企成听出严夏叶这是答应来吃自己做的菜了，于是脚步轻快起来，菜刀也哐当哐当地响起来，提前把自己磨好了。

严夏叶吃了几个月炒鸡蛋，与其说是炒鸡蛋，不如说是鸡蛋糊糊。面对严夏叶的质疑，王企成一板一眼地说道："这是鄙人的独家窍门。鸡蛋打散了再炒就会这样，入口即化。"就这样，王企成用他的独家窍门，一点点打散了严夏叶的防线，走进了她的心。

严夏叶向家里人坦陈自己在自由恋爱时，严建国点了一支烟。他平时不怎么抽烟，因为陈小珍和委托人都不许，因此动作有些断断续续，猛地来上一口，被呛着了，又要维持父亲的尊严，于是憋住了咳嗽，烟从鼻孔里袅袅而起。

"这个小王，是什么成分？"

"什么成分？血、肉。还能是什么成分。"严夏叶向来不屑于这一套，不耐烦地挥了挥手，驱赶面前的烟雾。

"你给我好好说话吗，不然这个月不许出门。"严建国跷着二郎腿，说话威严。

"爸，什么年代了，还玩你那老一套啊？他本人是大学生，我跟你们说过了啊，父亲是做生意的，他毕业后去政府机关待了几年，讨厌那种官僚主义作风就跑到我们这个城市来工作了，母亲以前好像也是老师吧，现在跟着他父亲做生意。"

"做生意？哪方面的生意？"严建国哼了一声，烟雾冲出来，像火车头似的，"不是投机倒把吧？还有，人家看上你什么，你要搞清楚。"

"他嘛，看上我有这么一个好爹了。"严夏叶腹诽着，转而说道，"我问人家这个干吗，做生意就是做生意啊，你放心好了，人家不会在乎你响当当的万元户身份的。何况那是你的钱，又不是我的。我平时的作风、做派，也没有哪点能让人看得出奢靡来，咱家这么节省。"

"你念技校的时候，给你带去的菜里面都是肉，别人都是嚼干菜。"在一旁批改作业的陈小珍突然来了这么一句。

"我认定他这个人了，不论吃肉还是吃菜，都是我自己选的。只要是我自己选的，再苦再累，撞破了南墙，我也绝无二话。"

冬天的四季

严夏叶认真地说道。

春花姐带着我和秋菊姐,也跟严夏叶来过一次姐妹夜谈。她只问了两个问题:一是你相信他是你的王子吗?二是你快乐吗?严夏叶说她从来不相信什么公主、王子之类的,现实世界就是青菜、萝卜,轮不到我们去考虑皇帝的金锄头。其实她自己也没搞懂什么是喜欢和爱情,但她骑马闯关东似的那么久,和每个嚼这个家的舌根的人打斗,王企成说了,从今以后,由他来"斗"。那一瞬间,她突然就觉得,就是他了,她想选他。

春花姐默然,不知想了些什么,随后扯出一个灿烂的笑,眼角处还隐隐闪着泪光:"那就好。谢谢老天,也谢谢那束捧花。"

"童话是假的,大姐的捧花魔法,那是顶呱呱地真啊。"严夏叶抱住她,又抱了抱我们每个人。

(二)

严夏叶的婚礼,规模小了许多,却很热闹。一方面是我们的亲戚朋友刚掏了一次礼金,实在不好短时间内再叫他们来破费一次,另一方面王企成不是本地人,大的那场办在了他爸的厂子里。他爸也是个颇为严肃的人,头发很茂密,西装革履,丝毫没有油嘴滑舌的商人感觉,与严建国两人坐在一处,像是两位领导。王企成的母亲是个身材矮小的和善妇人,脸上总带着笑,着一件红色呢大衣,戴一顶红色帽子,笑起来很爽朗。陈小珍照样兵临城下而面色不变地自顾自吃席。这两人在一处,一个动若脱兔,一个静如处子。王企成还有个妹妹,与他母亲一个模子刻出来,和我们坐在一处,虽然热情,但也找不出什么话题,一时间无话。她突然冒出一句"从此就是一家人了",大家嘻嘻哈哈地排辈,过了一会儿便又无话了。

严夏叶全程都忙得像个陀螺，关心每个人是否酒酣饭饱，给每个人敬酒，碰到不太喝酒的，便胡说这可是她出生时就埋下的正宗绍兴女儿红，现在都很少有机会喝到了。而我作为小花童，不仅被她无数次抱到腿上，还被她塞了无数次喜糖，数量多到我不禁怀疑她是不是忘了已经抱了我一回，我的小裙子里没有口袋，这样满满当当的一捧，我都不知藏到哪里去。

到了给捧花的环节，花仍是严春花给的那束有魔法的。严秋菊还在上高中，我还是个娃娃，于是，她思索了片刻，将捧花拆成一朵一朵，分发给在座的未婚女青年们，如同分发喜糖一般，口中还念着："这是我大姐传给我的捧花，蛮灵的呢。"最后给我和秋菊姐留了两朵，塞到秋菊姐手里，给我戴到头上，说："二姐要搬出去了，你们两个要好好长大，找到好路，做好人，也遇到好人。"

后来的日子里，魔法可能也由于被拆分了，不能全然生效，秋菊姐找到了好路，我则不知路在何方，好人在何处，自己是善是恶。

婚礼结束后，严夏叶就和王企成出去租房住了，离工厂近，却离家远，我见到她的次数骤然减少。春花大姐却不同，她几乎是每天都往娘家跑，到了饭点儿，先在自己家里炒完菜，把多炒的菜装好，再赶来看看我和严秋菊是否吃饱穿暖了，唯恐陈老师又忘了家里还有两个嗷嗷待哺的幼崽。若是她待得久了，家里的座机电话就会一遍遍响起来，虽然我无意去听，但严明的大嗓门还是精准地传到我的耳朵里，斥责她不归家，那么喜欢娘家，干脆回娘家算了。严春花就会匆匆离开，临走前再安抚我一通，说大姐明日再来，小梅要乖乖的。秋菊姐则每次都泰然处之，她一

冬天的四季

向如此,没有饭就去校门口买两个馒头,有饭就把自己那份吃个精光,然后跑出门。她不太与两位姐姐交流,跟我就话更少了。春花姐总告诉我,秋菊姐是很爱你的,只不过她有自己的重要的事情要做。我觉得她一直不偏不倚地走在自己的路上,我们是她的家人,却也是她的过客。她是这个世界的观察者,却也是这个世界的过客。

时间慢慢过去,我终于穿不下春花姐买给我的裙子了,却仍恋恋不舍,要挂在床头反复地看。母亲路过的时候,偶尔也抬眼看一回,问我:"怎么不见你穿了?"我则会气呼呼地说:"妈妈,我长大了,穿不下了。你问三遍了,要扣分。"她若有所思地打量打量我,自言自语道:"是啊,时间过得真快。"

有一日,春花姐给我们带了一整只卤鸭来,给我和秋菊姐一人分了一只鸭腿,她自己则在旁边啃酸菜。秋菊姐突然一反常态,说了一大段话,大意是她决定高中毕业就南下去广州做生意,不打算报考大学了。春花姐急了:"秋菊,你一个女孩家,一个人跑那么远,这不对啊。爸妈知道吗?"

"不知道。"严秋菊啃着鸭腿,神态自若。

"那么大的事情,你要同他们商量啊。"春花姐用手指叩着桌面。

"他们不会同意的。讲了也没用。"

"那……那……难道你就打算直接走?"

"是啊。"

"这……这不行啊,我知道你一向有主意,但广州实在太远了,你又是一个女孩子,爸妈……我……谁也不放心啊。哎呀,这么大的事,要不你还是再考虑一下,我们大家一起开个会,成不成?"

"我就跟你说一声,大姐,不用担心我,我自己心里有数。倒是你,我有番话一直想说。你怀孕了,估计以后也不好老往回跑,你自己家里还有一屁股事情要处理。该争取的时候要争取,性子不要太软,不然别人会以为你是软柿子,好拿捏。对小梅,你也不用那么操心,我们三个都不在,就不信咱爸妈能把她饿死。有时候,你还是要学会放手,不然身边的人都被你惯得长不大,你要操心一辈子吗?"

"你……怎么知道我有了?"

"你老公一大早就打电话献宝似的来和我说了,估计已经说了一圈,王母娘娘都知道了。他说你爱吃酸菜,肚子尖,一定是个男孩。也不知道他是什么孙悟空转世,刚一个月就看得出肚子尖不尖。"严夏叶恰好开门进来,赶上了这一幕。

"胎还不稳呢,照理说,要三个月才能往说,哎呀。"春花姐红着脸低声说了两句,又反应过来,"你今天怎么回来了?有件大事要同你说,秋菊她……哎呀,算了,秋菊你自己来说。"

严秋菊又说了一遍。严夏叶坐到桌前认真听着,伸手拎了块鸭肉,被严秋菊推着去洗了手,出来后说道:"好啊,好事。"

"什么好事,乱说。广州那地方,来来往往做生意的,鱼龙混杂,多危险。"

"大姐,你和我这辈子注定在省里,甚至这座城里,不会挪窝儿了。外面的世界,让秋菊替我们去看了,这不是好事吗?"严夏叶又转向严秋菊,竖起大拇指,"我早就知道我们秋菊不是池中之物,小池塘容不下大龙的。注意安全,别人要是欺负你,你就给我打电话,我冲过去跟他拼命。"

小小的我在旁边插不上话,有些着急,囫囵吞下嘴里的肉,说道:"我也要去,我也要拼命。还有,什么是怀孕?会有坏运吗?"

冬天的四季

她们三人都笑了，笑着笑着，又说了些小梅真是个洋娃娃之类的话，一会儿聊聊对广州所知的信息，一会儿问秋菊的计划，一会儿聊这个未出世的孩子。最后，严春花和严夏叶两姐妹又商量起我的吃穿住行来。秋菊对于去广州的计划自有主张。春花不愿多聊她的孩子。在对我的安排上，春花和夏叶又忽略了秋菊的建议。在这点上，我们还真是亲姐妹。

（三）

春花姐怀孕期间，严明对她很温柔，因此，春花姐脸上也荡漾起幸福的笑来，时常抚着肚子笑眯眯地说："小囡是妈妈的福星，小囡一来，一切都变好了，咱们家终于要越来越好了。"而严明则表现得像这个家的大功臣，逢人就报喜，说妻子结婚不满两个月就有喜了。来我们家的时候，面对岳父岳母也不再像从前那样客客气气地弓着腰，而是往沙发上一躺，说起春花姐有多嗜酸的事。严夏叶私下里说，婚前没看出来，以为他是捧靴的高力士呢，结果是魏忠贤啊。但严建国都没发话，反而与他讨论起肚子尖圆的科学依据来，几个女儿又能如何呢？

话到酣处，严明适时地提出了自己的要求，希望春花姐可以自此少回娘家，现在大着肚子需要休息，未来带孩子就更分身乏术了。严建国则不正面回答，扯了一通家和万事兴、常回家看看的话术，张口闭口是自己的大孙儿。听到"孙儿"这样的称呼，严明面色一凛，虽然还是挂着笑，但那笑容却像夕阳，一点点沉下来。

严明的笑沉下来，春花姐也就不太笑了，但她依然常来家里给我送菜，拿手的卤鸭也做得越来越好。吃多了，我也有些腻，从之前的大快朵颐到后来拿筷子戳着鸭头扭扭捏捏不肯进食。春花姐连忙问我怎么了,是不是今天的鸭子没做熟,我就吞吞吐吐地说,鸭子太甜了。她一怔,笑了:"甜点好啊,我就希望我们小梅一辈子从头甜到尾,吃不到一点儿苦。"

我指了指她碗里的酸菜:"那大姐为什么不吃甜的,要吃酸的呢?"

"我啊……没福气,从小就吃不了太甜的,而且肚子里的小娃娃想吃酸的,估计是吃醋呢。我们小梅是我的心头肉,小娃娃吃醋了。"

"小朋友,你听得到吗?我是你小姨,你要听我的话。从今天开始,我命令你开始吃甜的,让你妈妈也甜甜的。"我跳下凳子,俯到她肚子上,惹得她哈哈大笑。

胎儿渐渐大了,春花姐开始行动不便,肚子大得像个随时要爆开的球,走路也要撑着腰才能松快些。她不怎么回来了,夏叶姐顶替了她的位置,桌上的卤鸭变成了蛋糊。而她也没空来时,家里就出现了诡异的一幕。陈老师不知怎么,突然不加班了,回家给我做饭,定时定点、一分不差地开饭,默默无言地吃完这餐饭,她又收拾了餐具去洗,留给我一个背影。偶尔攀谈两句,也不过是我有没有好好认字,是不是又长高了之类。此时我开始叫她陈老师,因为与她共同用餐实在像在老师家补课,尽管我还没到上小学的年纪,关于学校的故事都是几位姐姐讲给我听的。春花姐曾经抱着我说:"妈妈是爱你的,只是她是老师,是园丁,所以她的爱是润物细无声的。无声的爱也是爱,小梅是被爱着的。"

我不知道陈老师是否在无声地爱我。在我们家里,爱这个字眼像是什么洪水猛兽,是不会被提及的。爸妈没对我们说过,他们俩之间也没说过,只有春花姐的童话故事里有。但不可辩驳的是,我享受了几位姐姐都没有过的待遇,陈老师为了我提早下班,

冬天 的四季

夏叶姐都瞪大了眼睛，琢磨了数天，还托人去学校里打听，是不是陈老师受了什么处分，或受了什么刺激。陈老师甚至给我购置了一件合身的公主裙，从前都是几位姐姐给我买，或是我捡她们穿剩下的。我一开始害怕这是什么迷魂汤，小人书里古代要把小孩子送走前，都会给她做一份大餐，吃饱再上路。等了几天后无事发生，我肆无忌惮起来。有一天，我一个人在家时，穿着小裙子跑来跑去，偷穿陈老师的高跟鞋，啪嗒啪嗒地走，又翻箱倒柜，试图找出一瓶香膏给自己抹上。等她回到家时，家里一片狼藉，她先是吃惊，怀疑家里是不是进贼了，清点了一番物品后，抓住了躲在厕所里满脸鞋油的我。她像拎小鸡似的把我提溜起来，扔回房间里，把门反锁上。我吓得不轻，不知道她会怎么处理我，趴在门上听，外面一通清理打扫后，脚步声离我这儿越来越近，我连忙躺到床上假寐。

"你怎么比你的几个姐姐都皮呢？夏叶以前都没这么多事儿。"她看到我睡着了，只得叹了口气。思考了一会，她脱下鞋子悄悄地走过来，给我披上了被子，掩上门出去了。我的心跳得像擂鼓，闯了祸却没有审判，怕是要秋后算账。我战战兢兢地乖巧了几日，依然无事发生。

接下来发生的大事是，春花姐在一天夜里突然发动了。接到严明的电话后，一家人忙不迭地出门，把熟睡中的我吵醒了，他们却没空管我，喊我快回去睡觉。等我一觉醒来时，身份就升级了，我拥有了一个只小我四岁的大外甥。

长大后的我还依稀记得同大外甥的第一次会面，他眼睛睁不开，只有细细的一道缝，但看我过来了，就朝我挥了挥拳头，仿佛是对我之前命令他予以回击。于是，我也不甘示弱地举了举拳，我的拳头比他的大多了。

三、寒冷中雪松挺立，才能看出园丁本事

（一）

孩子出生后不久，秋菊姐从高考考场出来，收拾了行李就南下了。临行时没有一点儿预兆，或许是因为她向来讨厌那种十里相送的矫情场景吧。她就像一个租客，在我的注视下快速将自己的行李打包，整理好床铺，没有左顾右盼，坚决地退了房。她掩上门时，正在看小人书的我喊了一声："秋菊姐再见。"

"小梅，加油。"她并没有道再见。我不知道这是不是好兆头，她觉得这并不是告别，还是她也没决定好，是否要和我再见？

对于秋菊姐的突然离开，严建国显然无法接受，陈小珍也对她志愿都不填一下，白费这些年的苦读，表示了强烈不满。起初两人还是枪口一致对外的，怒着怒着，就互相责怪起来。春花姐磕磕巴巴地向二老解释，却拽不住震怒的严建国。他边骂"真是翻了天了"，边扯开房门，看到本属于秋菊姐的床铺空空荡荡的，不着一尘，他一个箭步上去，把干净的床铺翻了个底朝天，什么只言片语都没见着，他更气了，对妻子发怒："你看你养的好女儿，一言不发，长翅膀跑了！"

"你不是说我没养过女儿？"陈小珍倚着门框冷笑道。

"都这个时候了，你还要钻牛角尖。没见过你这样的女人。"

冬天的四季

"我也没见过你这样的男人，无能，还推卸责任。"

春花姐连忙上来拽住目眦尽裂的严建国，夏叶姐拽住陈小珍，让她少说两句。

"秋菊出去闯了，我们都担心她的安危，一时间急了，谁都不是成心的。"春花姐和着稀泥，却惹了自己一身骚。

"那么大的事情，你也不早跟我们说，你是大姐，光包庇她们了。一个个，都不想在家待了，就全给我滚！"严建国伸出食指，对我们指指点点，那根指头气得发颤。

"爸，你讲点儿道理行不？平时秋菊的事儿，你关心过多少？她在哪个班哪个年级你都不知道，骂几句就得了，没必要指着鼻子把我们都骂了。你看小梅，吓得脸都白了。"严夏叶不怀柔，只克刚。我其实早已习惯家里的硝烟弥漫了，此时并不害怕，正盯着他们看热闹，如今得到了这个暗示，连忙瘪瘪嘴，哇的一声干号了起来。

严建国还想骂，却敌不过一个小女孩的大嗓门，于是他摔门而出。我登时便住了嘴，又悄悄看起这三个女人的脸色来。

"妈，秋菊她自己有主意，应该没事的，别担心。"春花姐道。

陈小珍走到秋菊姐的床铺上，一点一点慢慢地把床单铺好、捋平，仍觉得不平整，于是再来一次。在我的印象里，她老年时那十分严重的强迫症，仿佛就是从这一刻开始的。反复数次后，她终于满意了，转过头向三个女儿说道："走了好。如今你们两个也各自成家，大家都好。这个家，本就没什么值得你们留恋的。还有小梅，就麻烦你再忍几年。"

严春花和严夏叶都沉默了。诚然，这个家庭实在累人，这也确实是她们快速步入婚姻的理由之一。但把话戳破了说，这还是头一遭。

"妈,你别瞎想,爸他就是脾气倔,又大男子主义,你也是性格刚烈,其实两个人都不是这个本意,一说出口就……"严春花一如既往地想把这个破碎的世界缝好。

"你要是实在觉得不合适,就离呗。"严夏叶叉着腰看了半晌,突然石破天惊地来了一句。原本垂着头的陈小珍和正在为她抚背的严春花都抬起头惊诧地看了她一眼。

"每天见不着就怨,见着了就吵,你们要是如此水火不容了,还过下去干吗呢?离了也好,大家都清静。也甭说是为了小梅,小梅你们都不用管,我带回家里,我管。"

"爸妈都这个年纪了,你……说这些……"严春花涨红了脸。陈小珍一言不发。

"和年纪有什么关系呢?别人父母不合,都说是为了孩子。我们家不一样啊,孩子本来也算不上你们的牵挂,那我就想不通了,你们还在一起凑合是为什么?为了不被外人说吗?日子过给自己看,人民教师应该有这点儿思想境界吧。"

"这种胡话,以后就不要讲了。"陈小珍站起来,颇为郑重地下了结论。她缓缓地走出去,我发现她的背脊有些佝偻了,这份斩钉截铁的固执,和父亲如出一辙。她其实讨厌规矩,但她从不质疑规矩。规矩是天圆地方,是天地君亲师,是出生时社会就画好的一把尺,她理应活在这方寸之间,任何质疑都铁定是无用的,是不容存在的。

在这之后,秋菊姐的名字在家里甚少被提及,一直到她荣归故里那天。其间她也偶尔寄几张明信片回来,往往是只言片语报平安,偶尔附一张照片。春花姐爱不释手,翻来覆去地看,仿佛只要透过这薄薄的几张纸,就能看到广州城的繁华与自由。

冬天的四季

（二）

给小外甥严明黎取名，家里也爆发了一场没有硝烟的大战。严建国又翻出他那本落满灰的字典，煞有其事地一页页翻起来，企图把这辈子的墨水都凝成一点，灌进外孙的名字里。严明也装模作样地拿出手机，说已经找了几个占卜大师，儿子名字里带个"明"字必定大富大贵、洪福齐天。夏叶姐呛他："那你什么时候大富大贵啊？"他就一板脸："各人命运不同，你不了解就不要乱讲，天在看。"

夏叶姐不好和他争执，就跟王企成嘟嘟囔囔地抱怨："他也知道天在看啊？喝口酒以为自己是玉皇大帝呢。"

严建国则一言不发，继续专注地翻字典，不时圈圈画画。大家都在等，等他发表言论，等他一锤定音。

然而，这时间线拉得很长很长，长到树叶被风晃荡得凑出一支舞曲，长到无序的蝉鸣弹奏出了歌曲，长到我一闭眼，感觉自己已经长大了，怀里抱着个自己的娃娃，我伸手要去摸他的脸，一掀开帽子，却是严明正在朝我龇牙咧嘴，吓得我一屁股坐到地上，和娃娃一起哇哇大哭起来。我大喊着"我不要生娃娃，不要生娃娃"，醒了过来，打破了满室的寂静。

春花姐正抱着儿子在沙发上，摇啊摇地哄他睡觉，我这一嗓子，让好不容易睡着的小家伙也跟着我号了起来。她忙拉着满脸泪痕的我在她身旁坐下，哄了几句，伸手要给我剥橘子。但那个小家伙就是天生与我过不去，只要春花姐一停止摇晃，他就放声大哭，闹得她进退两难，一脸苦笑地看着我。

"你春花姐有自己的娃娃了。现在小明优先，小梅要让一让弟弟了。没事，小梅以后也会有自己的娃娃的。"严明朝我咧咧嘴，刚消停下来的我就又控制不住地大哭起来，一方面是他这张脸延续了我的梦魇，另一方面他正在对我施以最恶毒的恐吓：春花姐不要我了，以及我要生个他家娃娃这样的娃娃。

这么一来，我和尚未被命名的小家伙此起彼伏的哭声再也遏制不住，彻底地打碎了家里的平静。严建国向来不爱听小儿啼哭，长在字典上的眼睛总算摘下来，很不耐烦地抛了一句："我找了几个名字，你们俩选吧。"

严明迫不及待地接过严建国手里的纸条，飞速扫了一眼，通篇无"明"，于是五官锁成一团，思索着措辞。

"爸，您这几个名字，好倒是好。比如这个，感德、晓黎，我懂您的意思，要感恩德，晓事理，用土话读起来也顺口，我喜欢。但是……我觉得多少也可以听一下算命先生的，宁可信其有，不可信其无。您看稍微结合一下可好？比如明德、明黎、明庆。"

严建国不动声色。然而司马昭之心，已是路人皆知。

严明一咬牙，拍了张存折到桌上，说道："爸，您对我的好，我一直记着。这是我和春花办婚礼跟您借的钱，剩下的，孝敬您二老了。但这是您外孙，更是我儿子。我不想他长大了，发现自己的父亲连这点儿决定权都没有。"他振振有词，又对春花姐说道，"春花，你说是吧？"

春花姐突然被拉入对话，像一只受惊的小鹿。她为难地看了看两个男人，嗫嚅着，不知怎么开口。从前她从父，如今她从夫，没有人教过她，当父与夫南辕北辙时，她该往哪头儿奔，还是该乖乖地立于当中。

最终，她还是缓缓开口了："爸……严明说得也有道理。我看明黎这个名字也不错，小名就叫……晓黎，小黎吧。小黎小黎，

冬天的四季

晓得道理，蛮好听的呢。"

严明满意地点点头，又拍了个马屁："爸还是有文化底蕴。"

严建国又夹了根烟，正要点上，严夏叶猛地咳嗽了两声，示意有孩子在，于是他又默默将打火机放下，仍夹着那根烟，目光在严春花、严明和孩子间跳跃，看得出神了，机械性地将烟递到嘴边嘬了一口。事情总不会遂人愿，万事顺畅，尤其是当人逐渐老去，话语权也随着细胞一齐衰老，被新生的更迭、传承。他似乎有些沮丧，或是懊恼，突然猛烈地咳嗽起来，堆起来的皱纹和弓起来的背，皆是一抖一抖的。他深深叹了口气，说道："你们大了，我老了。你们自己决定吧。"

严明十分满意，也十分得意。他将刚平静下来的严明黎抱起来举高高，像是新头狼正为自己加冕。

严夏叶又压低了声音对王企成说道："这回真是孙猴子上天宫——得意忘形了。"

从小到大，我都不知道名字竟然那么重要，可以让大人们开那么长的一个会。我偷偷问夏叶姐："我为什么叫严冬梅呢？你为什么叫严夏叶呢？"

夏叶姐不假思索地告诉我："因为大姐叫春花，所以我们分别叫夏叶、秋菊、冬梅。"

我又问："那如果我是第一个出生的，我就叫春花吗？"

夏叶姐点点头。

瞧，多简单的一件事啊，我五秒钟就弄懂了，也不知道这些大人是不是长大了就变笨了。

(三)

小外甥出生后不久,我就晋升为一名光荣的小学生。开学前我十分紧张,扯着春花姐问:"学校是什么样子的,老师长什么样,同学都和我一般高吗?上课真的要笔直地坐四十五分钟吗?如果想上厕所,憋不住,该怎么办?"

春花姐边晃着手里的严明黎,边思索着。严明黎自从出生,就成了她身上的挂件,吃饭也不摘下来,她就一直这么晃动着,吃饭也不停下来。大家叫他小黎,严明叫他小明,我叫他小外甥。既然不能揍他,就只能从辈分上压制他,在这一点上,我无师自通。

"我……也不记得小学是什么样了。都说一孕傻三年,你去问问你夏叶姐吧。"春花姐抱歉地朝我笑笑。我觉得她说得不对,她才不傻呢,她只是太累了。小外甥这么小,却像个无底洞,一点点地吸取她的精气,供自己长大。我不禁想,是不是人类的力气总共就这些,一个人若要成长,必定需要另一个人的牺牲。脐带剪断了,亲情的纽带却无形地、永久地存在着。

夏叶姐说:"小学最好玩的就是放学后去爬后山,山上有果树,春天地里还会长野果子,一口咬下去,甜滋滋的。光溜溜的红果子可以吃,带毛刺的不能吃,那是给蛇吃的,不小心吃错了,肚子里会长蛇呢。企成,这果子叫什么来着?"

"蛇莓,也叫蛇果,其实并不是蛇吃的,但它有轻微毒性,不能过量食用。小梅要注意分辨。"每次王企成讲到知识时,话才会多些,厚厚的镜片折射出睿智的光,把夏叶姐的脸也映得红扑扑的。

夏叶姐又说了一堆斗蟋蟀、打麻雀的故事。我细细听完,才

冬天的四季

反应过来：咦，这些和学校毫无关系啊？

于是，我仍是稀里糊涂地去了学校，开学那天是春花姐领着我去的，怀里依旧抱着小外甥。人们依旧默认她是我的母亲，但这回她不再害羞了，或许是没空害羞了。

老师很年轻，但看起来十分严肃，指挥着我们一个个坐好。但刚坐好一个，另一个又要站起来。有一个扎麻花辫的小女孩突然啜泣起来，说想妈妈了。一石激起千层浪，号啕声此起彼伏。我乖乖地坐在座位上，好奇地打量每个人，想起了春花姐的嘱咐："要融入集体。"因此也张开嘴干号了两声。

老师维持秩序未果，从口袋里变出一张小红花贴纸来："今天哪个同学表现好，老师就给他发小红花。"这招很灵，大家都学着老师的样子，把双手摆正，背脊挺起来，双眼直愣愣地盯着那会发光的小红花。老师满意地点点头，在黑板上挥笔写下自己的姓氏——刘，然后拿起花名册，开始点名。

点到我时，她朝我灿烂地一笑："你是陈小珍老师的女儿吧？我曾是她的学生。帮我问她好。"

全班的目光都投向我，我骄傲地抬了抬下巴。从此，我在班上拥有了无形的高地位。对于小学生来说，老师是大家眼里至高无上的存在，而老师的老师，是我的妈妈。我第一次切实地感受到了妈妈的光芒。其实总有她的学生来家里拜访，这也是她最开心的时刻，学生们感恩于她的谆谆教诲，亲昵地称她为"陈妈"。她全程都会笑眯眯的，同他们聊当年的糗事，一桩桩、一件件，她都记得分明。我有些吃醋，但也安慰自己，或许是那么多人已经占据了陈老师所有的脑细胞了，才没有空间留给我。

在学校里的时间过得特别快，由于时间被课程等分成了很多份，我再也不用盯着分针一圈圈转了，转不到一圈，就能听到悦耳的下课铃。我有了平生第一个同龄朋友,然后是第二个、第三个……但我总觉得他们幼稚,会为了切割一块橡皮不均而闹一天脾气,为了很小的事情争吵,然后说一百句"反弹",脑袋空空的,甚至连什么是怀孕都不知道。于是我很快就变成了孩子王,主持公道、传播知识。夏叶姐说得不对,学校里最好玩的是教室,每个小朋友都是一颗果子,刘老师和陈老师都是园丁,那我也要做个小园丁。

四、花团锦簇成景,雪花汇聚成冰

(一)

在我上三年级那年,夏叶姐的女儿出生了,取名为王佳佳。和严明黎不一样,她粉粉糯糯的,很安静,总眨巴着一双大眼睛,滴溜溜地观察这个世界。任何身影从她眼前晃过去,她都会痴痴地笑。但相同的是,王佳佳也汲取了严夏叶的能量,尽管她原本是个能量过于充沛的女人。用春花姐的话说,当了妈就是不一样,一瞬间就长大了。严夏叶变得十分谨慎,生怕这可爱的小团子磕着碰着,连带着自己大咧咧的动作和曾经高昂的嗓门也轻柔起来。

王企成似乎也不一样了。他原本就很深沉,如今更深沉了,总是在走神发呆。严夏叶喊他拿尿布时,他也听不见,她就会升高嗓门再喊一遍,他这才如梦初醒地跑过去,被妻子责怪:"我生的孩子,你反倒傻了。"

严建国并没有对王佳佳表现出隔代亲,偶尔逗弄一下,仍去哄那位已经露出混世魔王雏形的严明黎。严明黎活泼得有些讨厌了,不断地在房子里转圈圈,拿起可以够到的一切,都往嘴里塞。滑稽的一幕便出现了:真正的祖宗追着他在房子里跑,口中不断地喊着"我的小祖宗"。我学着秋菊姐对春花姐说这句话的样子,叹了口气,对王佳佳说道:"你知道吗,会哭的孩子才有奶喝。"

她小小的手抓住我的手,轻轻摇了摇,像是在告诉我:我知道,没事的。

夏叶姐的月子坐得很好,被王企成一碗鱼汤、一碗鸡汤供养着。春花姐去妹妹家做客时屡次要帮忙,都被妹夫拒绝了,他一个人忙得不亦乐乎。春花姐就倚着门框,看他在升腾的热气中若隐若现的脸,走了神。我沾着这份光,也大鱼大肉吃了半个月,脸都圆了一圈,照镜子的时候发现这样太没有威慑力了,便再也不肯吃了。没想到,以后再也吃不到王企成亲自下厨做的菜肴了。

王佳佳出生后不久,王企成终于发完了呆,将考虑良久的决定说出来。他决定不再反抗父亲反抗,在外面闯了,而是回到本市的国企去,回到他曾经拼命逃离的路线上。严夏叶很不解,女儿刚出生,他就要离开她们母女,还是为了一个他并不真心向往的目标。

王企成叹了口气道:"夏叶,你知道吗,在大学里接触了西方文化之后,我一直坚信,男人的真正成长需要靠'弑父'达成,这样才能打破自身的局限。现在囡囡出生了,我才意识到君君臣臣、父父子子的天然联结。我要保护她顺遂地成长,所以我需要谋一个稳定的未来。她又是个女孩子……"

前面弯弯绕绕的道理,严夏叶一知半解,但她听懂了刺耳的最后一句,喊道:"女孩子怎么了?女儿是小棉袄。你读那么多书,也有腐朽的重男轻女那一套?"

"我不是这个意思。"王企成摸摸王佳佳的头,她仍眨巴着大眼睛笑着,这是如此纯粹又易碎的一张白纸,"我没有这样的思想,但我个人不能改变这个社会。你也清楚,女孩子要吃更多的苦,遭受更多生理上、关系上的不公平。她要被大潮推动着去做一个好女儿,未来是好妻子、好母亲。"

冬天的四季

"反正我拼了这条命也会保护她不受一丝伤害的。"严夏叶把怀里的女儿抱得更紧。每次她以"反正……"开头，就是认可了对方的逻辑，但又不想妥协。

"寄蜉蝣于天地，渺沧海之一粟啊。"王企成本还想告诉她个人力量的薄弱，话到嘴边还是停了。他是男人，许多压力就让他来承担吧，只愿他能护妻儿周全。不知道他是否意识到，"男人"这个标签，也将他及无数男人套入一个坚硬的壳子里，他们不应哭泣，不该诉苦，要永远坚强，肩膀永远可靠。

而夏叶姐也是如此，野马有了马驹，便主动将自己变成一匹"家马"。彼时她刚以优异的成绩从夜校毕业，正要报名参加成人自考，却毅然放弃了这个梦寐以求的机会。她做决定从来不前思后想，只要觉得对，便去做，然后一往无前。她带着王佳佳，和王企成一起去了他的家乡。

出发前，她抱着春花姐大哭了一场。春花姐拍着她的背安慰道："两个城市才一两个小时的车程，随时可以见面。"

她一抹眼泪道："我哪是哭自己，我是在替你哭啊，大姐。现在我不能看着你了，严明再酗酒打你，你可怎么办啊？"

"没事，等他气顺了，一切都会好的。其实他平时对我也还可以，可能喝酒后脑子糊涂……"严春花压下自己的哭腔，执笔将世界的黑涂抹成白。

"你就是太纵容他了，不对，你就是纵容每个人，除了你自己。对小黎，你也别太宠着了，现在他就已经不服你管教了。你要多为自己想啊……"严夏叶上气不接下气地嘱咐着，把自己的委屈也一齐哭干了。春花姐忙不迭地回应着，把对自己的解释也一齐诉尽了。或许，这就是姐妹的意义，透过彼此的眼睛看世界，也看自己。

末了,春花姐终于擦干净了妹妹脸上的泪,她笑着将一切悲伤抚平:"夏叶,还记得婚礼那天你跟我说的吗,苦尽了,甘便来了。"

(二)

就连小小的我也发现了,春花姐结婚后身上、脸上时常挂着彩。严夏叶第一次发现时问她,她说是自己不小心磕的。

"你向来是最小心的人,你跟我说这都是你不小心?"严夏叶很愤怒,当时就要抽出菜刀去找严明对质。

春花姐忙拦住她:"算了算了,就是喝糊涂了。他和我道过歉了,这两天都对我很客气,也不喝酒了。"

"你还肯信他?即便他发毒誓说再犯就七窍流血而死,下回喝完酒也抛到九霄云外去了。酒鬼说话,你当个屁放了。大姐,你真的犯不着和他过下去,离婚吧。小黎跟着这样的爹,也不会有出息的。"

春花姐不语,半晌才道:"家和万事兴。等孩子大点儿,他会改好的。"

严夏叶知道,春花姐性子软,却异常固执——或者说,整个家族都是如此,包括她自己。大家是一块块硬邦邦的石头,非要硬碰硬,非要撞南墙,似乎只有这样,才拥有对人生的控制权。因此,她只能叹口气:"大姐,你和妈妈最不像,却也最像。"

如同无数个家暴故事一样,严明没想着改,也没有改。春花姐越是退让,他就越是生气,觉得这份不争是对自己的不屑。你无法与酒鬼讲道理,酒鬼有自己的道理,而道理和道义,都在酒里。

严明自婚礼后就开始酗酒,似乎他的男人面子能从这几盅酒

冬天的四季

里挣出来。跟岳父拍着胸脯保证后的确乖巧了一段时间，但最终像一根被压抑久了的弹簧，蓄了半天的力，猛烈地爆发出来，一发不可收拾。他的身材也开始走样，肚子比怀孕时的春花姐大得还快。都说宰相肚里能撑船，男人大肚是大度的象征，传言不实，他明明是满肚荒唐。

严明黎出生后，他更是春风得意马蹄疾，高兴了就去喝一顿，不高兴了也必须整两口，心情平淡，那更得喝点儿了。争取到了为儿子命名权之后，他说话都颐指气使起来。刚从学徒工升为正式工，就让别人喊他"明师傅"。带徒弟后，他更是什么本事都没教给那个可怜的男青年，只教人如何划拳，如何斟酒。父母是孩子最好的老师，严明黎看在眼里，无师自通地学会了划拳，拿奶瓶与大家捧杯，被工友们一顿吹捧，说这孩子聪明，像他爹。严明就更得意了，两撇小胡子要翘到天上去揽月。

春花姐扎在厨房里，给男人们做下酒菜、切水果，然后温严明黎的奶，炖营养粥。菜吃得差不多了，或是桌子上的垃圾堆满了，严明就会大声朝厨房"哎"一声，再朝桌子努努嘴。严春花低眉顺眼地走出来，替他们收拾。工友们把瓜子壳嗑得纷飞："明哥就是厉害，一家之主。谢谢明哥款待！"春花姐就像是个透明人，没有人会向她道一句谢，功劳也张冠李戴地划给别人。她早已习惯如此了。严明仿佛是一个生活无法自理的人，越是不用自理，面子就越大。而这样的人，想往上爬，就要踩着别人。

有次散局之后，严明喝到兴头上，飘飘然，仍不过瘾，干脆喊严明黎和他划拳。乳臭未干的严明黎只能比画两下，姿势总会出错，被严明不耐烦地掰正。严明力气用大了，儿子就大哭起来，跑到妈妈怀里。春华姐心疼儿子，好不容易哄好了，严明又添一句"就知道哭"，于是前功尽弃。

"你喝多了,别教儿子这些了,孩子容易学坏。"春花姐劝了一句。

"学坏?你什么意思?小明像我就是学坏?你也看不起我,是吧?果然,他们说得没错,你和你爹娘一样,一窝子狗眼看人低的东西。"严明突然震怒,猛地一拍桌子,堆成山的果壳噼里啪啦落了一地。他还是不解气,索性拿空盘子朝春花姐丢过去。

严春花带着严明黎,来不及闪躲,连忙把孩子护到怀里,生生挨了一下。严明黎被吓得大哭起来,她连忙揩他的泪,揩着揩着,感觉额角有什么东西流下来,拿手背一擦,满手的血。

她愣住了,这是她这辈子第二次看着血愣住。第一次是初潮,因为没人教过她,她的第一反应是自己得了绝症,就要死了。她没有哭,写下了遗书,感谢父母培育,叮嘱妹妹健康成长。随后,她安静地坐在座位上等待死亡的来临,直到被老师拽出去。

而这一次,她脑子里全是少女时代的自己,她似乎回到了那间教室,飞也似的跑到少女面前,把她抱到怀里,告诉她:"这都是正常的生理现象,不要害怕,恭喜你长大成人了。"

少女也抱住她,问道:"你也在流血……这是正常的吗?长大,就要流血吗?你……不害怕吗?"

(三)

小学毕业的那个暑假,我拥有了第一个属于自己的假期。小时候每天都在休息,反而不觉得这是假期,直到假期成为一种盼望,它才真正成了假期。但真正放假了,我又没有想象中快乐,小人书看几天就腻了,睡到日上三竿也很快失去了吸引力。或许人类开心的峰值,就是在盼望和期待的时刻。

冬天的四季

有一日无聊得在床上吐口水泡泡,我突然想起秋菊姐刚寄来了一张明信片,上边附了她新买的小灵通的号码,于是我拨了过去。

"喂,秋菊姐吗?"

"你是?"那边环境很嘈杂,人声鼎沸。

"我是小梅,严冬梅。"我生怕她忘了我是谁,连忙补了一句。

"哦,小梅啊,声音都变了。对了,你是不是放暑假了?有没有兴趣来我这儿玩几天?我结婚了,小花童。"她的邀约正合我意,这个消息却让我愕然。秋菊姐结婚了?我的大脑一片空白,想象不出新郎的样子。她从来都是一头男孩式样的短发,穿搭也是。图画书里只有长发飘飘的新娘,并没有她这样的啊。在我小时候的涂鸦里,秋菊姐总是那个新郎。

我本来想学习秋菊姐,偷偷跑出门,不知道她是怎么跟家里人交涉的,他们竟然真的同意了。春花姐不放心,坚持要陪我一起去,但严明黎突然得了流感,她只能把我送到车站,千叮咛万嘱咐,让我不要乱跑,也不要和陌生人说话,下车就能看到秋菊姐了。

看到秋菊姐的刹那,我差点儿没认出来。她晒得黑了些,但肤色匀称又健康。虽然仍是短发,但做了离子烫,又英气又妩媚。内搭一件吊带衫,外面是一套薄西装。她朝我扬了扬下巴,绽放出一个大大的笑容。待我跑到她跟前,她拿手比了比我的身高,又揉揉我的脑袋:"小梅长得很快。"

"我都坐班里最后一排呢。"我扬起下巴,"班上那群小豆丁才到我下巴这儿。"

"看来你把自己照顾得很好。"秋菊姐说。她边上的男人伸手要拿我的书包,我警惕地看了他一眼,秋菊姐说道:"这是钟宇，我事业、感情上的合伙人。"

男人身材高大，皮肤黝黑，微胖，操着一口平翘舌不分的乡音。他长得实在过于平常，以至于我现在才发现他的存在。秋菊姐不是传统意义上的公主，他也不是王子，二人站在一起，反衬得秋菊姐更像一位王子。

在回店铺的路上，秋菊姐不断地介绍着沿途的风景。这儿和家乡完全不同，建筑更高耸，也更密集，不断吞吐着人群。人们步履也更匆匆，手里拿的不是蒲扇或菜篮，而是各式公文包。等信号灯时，人们脸上带着焦急，抬起手腕看表，或死死盯着信号灯。我不禁觉得，这里的时钟更快，声声催人。

秋菊姐所在的服装批发市场像一块百家布，各色店铺像一块块布丁，自成一片，错落又紧密地挤在这条巷子里。店铺里的牛仔裤、T恤衫堆成小山，横看成岭侧成峰。店铺外是用竹架、铁架搭起的摊位，也有直接堆在推车后头叫卖的。过往的行人摩肩接踵，蓄着络腮胡子的洋人也能流利地问"几钱啊"。

走到巷子的尾部，就是秋菊姐盘下的商铺。门口用铁丝吊起一块细长的木板，蘸红墨水用几种语言书写了"专营四季女装"，店内墙上一层复一层挂满了衣服，中间两排负重太大，衣架凹陷下去，地上也堆满了装在塑料袋里的衣服。最靠里边的地方是店里唯一的家具——小小的柜台，上面整整齐齐摆着计算器、软尺、纸笔、剪刀和一桶别针。柜台后面站着一位笑眼弯弯的年轻女孩，很瘦小，几乎被衣服埋起来了。见我们回来，她连忙迎出来。

"两位老板回来啦！你就是小梅吧，长得真好看。我名字里也带个梅字，但大家都叫我猴妹。"我上下打量她，她身上穿的是挂在门口的那条碎花裙，扎两个低低的小辫子，两条辫子上各簪了一朵茉莉花发饰。这怎么是猴呢，明明是一只漂亮的小猫。

冬天 的四季

她还欲再说，门口有客人来了，于是拍了拍我的肩就跑了出去："一会儿姐姐给你打辫子，我打得可好哩。"钟宇也跟上去，他话不多，在客人面前却不同，还能夹几句英文。

秋菊姐指了指其中一叠衣服，招呼我坐下，自己在另一叠衣服上坐下。

"你们平时就坐衣服上啊？"

"平时没什么空坐。喏，那一堆的位置，忙起来的时候，晚上我就在那儿坐着睡觉。那边那堆，我就是在那里结的婚。"

我盯着那两堆衣服，努力脑补着他们结婚的场面，未果。秋菊姐就是如此，总是出人意料，我看过那么多小人书，但里边的人和事大同小异，眼睛是眼睛，鼻子是鼻子，男人是男人，女人是女人，从没有一本写过她这样的人。秋菊姐该去写小人书，告诉大家，世界也能是别的样子。我正在胡思乱想呢，突然想起春花姐布置的任务，于是从书包底层扒拉出里三层、外三层包得严严实实的捧花的花朵，递给她。

"秋菊姐，这是你的那朵，你走的时候忘拿了。"

她接过来，看了半晌。

"当初没想要，现在……也用不上了。还是谢谢我的小花童。"她站起来，走到猴姐边上耳语了几句，把花簪到她头上。

"这可是有魔法的花呢……"我暗自嘟囔，怎么能把魔法拱手让人呢？

之后的几天，秋菊姐带我去游览了各个景点，更多时间我就在店里看她们忙碌。她一空下来，我就缠着她讲来广州之后的故事。

她最初是这条街上的营业员，一面攒钱，一面结识街上的各个贩子和"倒爷"，观察了半年后发现了细分领域的缺口，于是花掉所有积蓄进了第一批女装，专卖鲜艳的裙子。钟宇是她摆摊的第一天认识的。统共五百多米的巷子，早被明确瓜分了，没有人愿意让出一个位置给她。钟宇由于会粤语，还会几句外语，他的摊位很是火爆，"国际倒爷"们问路寻货，也要先来他这里走一趟。严秋菊递上一包好烟，跟他换了五分钟的时间，说了她对他的货和经营情况的分析，又说自己的女装的目标顾客与他的目标顾客不同，她不仅不会抢他的生意，还能为他吸引别的客源。两根烟毕，他们达成了合作，钟宇把推车往后挪了一个轮子的身位，供她铺货。她的货太少，拿一张报纸垫在地上，就可以开始叫卖。虽然出货量少，裙子的利润也不如牛仔裤来得快、来得高，但她的决定让她的小摊位与旁人的区分开来。慢慢地，小地摊变成了"车仔档"，又变成了固定店铺。她和钟宇，也从固定拍档成了法定拍档。

说起奋斗的故事，秋菊姐的眼里闪着炽烈的光芒，仿佛那唯一的柜台是一丛篝火，就从那一点儿光源开始弥散，世界将会一圈一圈扩大，拥有越来越多光亮。

后来秋菊姐改行做家具生意时，我也去了一次。看到偌大的店铺里摆满了家具，我想起了多年前的那个盛夏，我们围坐在小小的服装店里唯一的家具旁边。曾经稀缺的东西，多年后铺满了她的世界，空间更大了。但人的心不能扩大，小而拥挤的时候暖和，太大了，反而空落落的。

冬天的四季

五、地面结冰了，头顶还下着雪

（一）

严明黎和王佳佳这两个小不点儿长得飞快，一眨眼的工夫就蹿高了。我不太能见到王佳佳，逢年过节夏叶姐才带她来，每次见面我都要感慨一句女大十八变，从小豆子长成小豆芽菜，再长成花骨朵。她总是坐在人群最外围，眨着眼睛观察大家，或是乖巧地捧着书，写作业。但你要是轻轻喊她一句，她保准能听见，跑过来认真回答你的问题。夏叶姐对女儿的乖顺十分满意，夸赞这是上天给她的一件保暖的小棉袄。严明黎就不同了，他总是站在人群中间，背故事或英文课文，在一片掌声中叉起"小孩子并没有"的腰。春花姐和严明像两个骄傲的驯兽人，喊他继续表演下一个节目，然后细数起他在学校的荣誉。严明黎确实十分争气，一直在班里名列前茅，在外人的夸赞中，是"祖坟冒青烟，家里出状元"的程度。但我和他从娘胎里就结了怨，他见我总没大没小地喊我的名字，刚长得和我一样高就踮起脚居高临下地看我："严冬梅，我比你高了。"

初潮过后，我就不再长高，眼睁睁地看他得意，我瞧他也从俯视到了仰视。为此，我很气恼，愤愤不平地问春花姐："为什么我不能再长了？"

"因为小梅长大了，身体成熟了，营养要开始为孕育做准备呢。"

"啊？我一定要孕育吗？我能不能选不孕育？我还想长高。"

"这哪是可以选的啊？"春花姐笑了。

我深感不公平，严明黎就不需要选，班里的男生也不需要。上高中以来，原本我可以拎着耳朵欺负的男同学只用了一个暑假的时间就后来者居上了。

还好我辈分高，每当严明黎拿身高说事儿的时候，我就摇着头阴阳怪气："小外甥长大了，小姨我很欣慰。"

我总会腹诽，要是佳佳和严明黎能换一下就好了。我的愿望成真了，某一年暑假，夏叶姐带着王佳佳回娘家，待了整整两个月。

夏叶姐突然回来的那天，手里大包小包，眼睛还泛着红。王佳佳乖乖地站在一边，不时瞟一眼妈妈，怀里抱着一只漏絮的破布娃娃。我往门外看了一眼，王企成破天荒地没有跟着一起来，心里就明白了个七七八八。

夏叶姐很少诉苦，每次回来都只拣好事儿说。但她向来不会撒谎，她过得好不好，可以从她细数的开心事儿的数目上判断。最开始，她总是春风满面，红扑扑的脸蛋替她把话都说了；后来挂着两个乌黑的眼圈，粉底也掩盖不住疲惫，但语气仍是轻快的。而这一次，她的大眼睛里盛满了悲伤。

或许是实在压抑了太久，这次回家，她似乎回归了小女孩的模样，坚持要和我一起睡。于是我们并肩躺着，旁边是呼吸均匀的佳佳。见佳佳睡熟了，夏叶姐打开了话匣子。随着话匣子打开的，还有她这辈子甚少使用的泪腺。

刚跟着王企成回家时，他们暂住在厂房旁的一间平房内。公婆和小姑子都对她客客气气的，也不让她干活，但她总觉得心里

冬天的四季

不爽快,哪有一家人之间这么客气的,因此抢着洗碗、做饭。起初,她做得不太熟练,王企成下班后经常来帮忙。婆婆站在一旁,不冷不热地说一句:"以前没见你在家里干活,供你读大学是让你握笔的,不是让你握锅铲的。"她应和了几句,把王企成推出厨房。这一推,就把王企成推出去了,也把自己推进来了。

她变得比谁都忙碌,除了照管佳佳、做家务,白天还去工厂里帮工。令她寒心的是,出门上班的王企成看不到她的忙碌,坐办公室的公公也看不到,而婆婆和小姑子若是和她岔开了路线,没在一处忙碌,就觉得她正躺在床上偷懒。能见证她的疲倦的,只有佳佳,她在房间里抱着唯一的布娃娃,等啊等啊,从天亮等到天黑,爸爸都回来了,妈妈才回来。有几天,妈妈入睡比她还快呢,好像是累倒了,所以早上起不来了。这时奶奶就会"咚咚咚"使劲砸门,把妈妈叫起来。

可惜佳佳当时还没学会说话,不能替妈妈辩驳。于是,在一家人眼里,夏叶姐明明是最清闲的那个,不需要工作,还能睡到日上三竿,怎么好意思抱怨呢?王企成固然心疼她,但单位的压力让他自顾不暇,两人一天都说不上几句话。原本严夏叶有个盼头儿,想着等佳佳上了小学,两人可以去城里租房住,结果挨到了日子,王企成说干脆上个离厂子和公司都近的乡镇幼儿园吧。夏叶姐的委屈就决堤了,拉着行李就回了娘家。

"我不需要他们心疼我,理解我。我也知道他们都辛苦,尤其是企成,他给自己的压力很大,他不说,我也清楚。我累的时候,就想抱怨两句,不然成天没人说话,感觉自己像头驴。他们就会说,企成那么辛苦,他怎么从来不讲啊?我不知道怎么回答。是不是我太娇气了,我一累就想说两句,不然要疯了……"

我拍拍夏叶姐的头,不知道怎么安慰她。如果是我的话,我上来就撂挑子不干了，谁爱干，谁就干去，但我不能这么说。

佳佳肉嘟嘟的小手递过来一张纸巾，我们都停住了动作，这小家伙，原来一直在装睡？把妈妈的眼泪揩去后，她又闭上眼睡了，这回把小身子一侧，背对着我们，似乎是特意给我们留出空间。夏叶姐盯着她小小的背影，眼泪再次决堤，压低了声音哽咽道：

"佳佳才八岁啊……这个年纪的小朋友，哪个不是在哭闹着要糖吃？她不一样，她太懂事了，三四岁那时候，话都说不完整，就会给我擦眼泪，扮鬼脸逗我开心。如果不是她，我都坚持不下来……她很喜欢读书，和我小时候不一样。我想让她读最好的幼儿园，我也想住到城里去。幼儿园老师都说她太安静了，什么事都憋在心里，我怕时间长了，她憋出什么病来……"

夏叶姐像倒豆子一样诉说着这些年来的委屈。我从来都是被安慰的那一方，实在没有安慰人的经验，只能长吁短叹地应和、安抚她。我胸腔里闷闷的，是难过，也是愤怒，似有无数只无头苍蝇困在里头乱撞。

这一刻的情绪，我在后来的人生中也经常感受到，但我无法描述这种感觉。十几年后佳佳解决了我的疑惑，那时我正失恋，为前男友痛哭。她就如同这个晚上一样，递给我一张纸巾，语气轻柔，一点点将我抚平。

"人们总是想要好多东西，又一直被教导要压抑自己的欲望，尤其是女孩子，要内敛，要文静。久而久之，'想要'和'该要'就开始打架，'想要'成了洪水猛兽，需要被不同的借口修饰。我妈也这样，她想要认可，很大份的认可，但她不能直接地表达出来，就用无数抱怨去讨要一句'你辛苦了''你真棒'。说回你，小姨，你真的想要他吗，还是你只想要可以肆意地'想要'的权利呢？"

冬天的四季

夏叶姐说王企成同样不抱怨，是不是说明他比她更坚强？长大后的佳佳也给出了她的解释。

"供养者的贡献可以用金钱数量来表现，一眼就清楚。被供养者，也就是家庭主妇们，她们的工作大多是无形的、细碎的，很难被完全看到。因此，她们需要更多的认可，需要外界认可她们的价值。这不是谁更坚强的问题。从心理学层面说，女性也不是天生就更需要关注和偏爱，只是大部分男性在成长过程和工作中就已经获得了这种偏爱。缺乏的东西，尤其是从小缺乏的东西，人们总会在不知不觉中为了得到它而拼尽全力。"

（二）

待在家里的夏叶姐，很快又活泼了起来。当然，这主要是佳佳的功劳。她原本很内疚，她的冲动让佳佳失去了和同学玩耍的机会，又怕影响她的学业，在严明黎的培训班里给她报了名。佳佳每天都认真完成作业，还拿了严明黎的奥数题来做。放学回来，她就乖巧地跟在严明黎身后，试图加入他的游戏。或许是因为经常一起上下课，严明黎对这个妹妹很耐心，会给她买薯条吃，也同她解释不同的奥特曼之间的区别。半个月过去，佳佳很黏他，追着他问东问西的。

有一天，佳佳上手玩奥特曼时不小心掰断了迪迦的腿。严明黎突然暴怒，狠狠推了她一把："你们女人就是拎不清。"那架势，和他爸严明如出一辙。

我赶忙上前把佳佳抱起来，她肯定摔疼了，但是没有哭，反倒拍拍我的手来安慰我。我以为她并不在乎，但此后她再也没碰过严明黎的玩具，只抱着自己那个破布娃娃。

"小姨给你买个新娃娃好不好？这个娃娃都破了。"

佳佳坚定地摇摇头："不要，小姨。你的钱不是风刮来的。我喜欢这个娃娃，妈妈做的，不破。"

我心里一酸，佳佳真像个洋娃娃啊。春花姐说得不对，这才是洋娃娃啊，她比我好太多了。

佳佳的生日到了，夏叶姐打算好好大办一场，弥补这些年对她的亏欠。春花姐听了，支支吾吾地提议："不如让两个孩子一起过吧，小明的生日在开学后，上学太忙了，过不了。趁你们都在，一起过了，也热闹。"

夏叶姐一听，这铁定是严明撺掇的，也知道她难做，就应了下来。我在一旁冷眼旁观，这样离谱的事情见多了，也就见怪不怪了。随着年纪渐大，我和春花姐不再亲近。她被严明打压得已经失去自己的主意了，但凡主动发话，必定是按严明的指示行事。一开始，我还和她争论，但她总是沉默以对。叫不醒装睡的人，只得哀其不幸，怒其不争。

春花姐还想拉着我一起过，被我拒绝了。

"严明做得出来，我可做不出来。我是佳佳的小姨，哪有长辈蹭晚辈生日过的道理，不知道的还以为在借命呢。"

严春花的脸红一阵白一阵的，咬着唇，垂下头去。我不是故意要说她，只是嘴总比脑子快。我自知这句话有些过分了，拍了拍她的肩："大姐，我没别的意思。严明黎是个好孩子，你养得很好。"

每逢有人夸赞严明黎时，春花姐的脸上总会焕发出别样的光彩。这很奇怪，因为她从小就是个听不得夸奖的人，别人夸她，她就盯着自己的鞋尖，好像听到了什么不该听的，要挖个洞下去避避。到了严明黎这里，她就不再谦虚，甚至要冒出来、跳起来，

189

冬天 的四季

耀武扬威。她仿佛一直生活在地下，低到尘埃里，用尽全身力气将这株嫩芽芽捧出土，让它长出苗。她不曾想过，地上的苗蹿得愈高，根就扎得愈深，她就跟着这些根，越来越低。默默奉献的人，连一句"汗滴禾下土"都得不到。

王企成由于工作忙，走不开，主动给妻子打了颇为丰厚的一笔钱，叫她带着囡囡去最大的酒楼好好吃一顿，这些年实在委屈她了。生日会那天，夏叶姐脸上带着漾开的笑，佳佳也笑，她乐于看妈妈快乐的样子。

严建国坐在主位，看着一大家子人其乐融融的，露出了久违的笑。由于常年板着一张脸，他的眉心形成了一道深深的沟壑，笑起来也于事无补。随着时代的变迁和越来越多的新鲜血液注入律师业，他不再是曾经那个叱咤风云的金牌律师，只能靠着几分资历，接几个无关痛痒的小案子。时代发展得快，万元户的名头也不再新鲜。年轻时的两大金牌匾蒙了尘，他却不愿放手，于是本来就追不上时代的步伐变得更加笨重，他眼睁睁看着车水马龙呼啸而过，不愿停步却也无力加速，只好气喘吁吁地呼吸时代的尾气。他老了。我意识到，他的衰老并不来源于他开始老化的身体和冒出来的白发，而是来源于他的沉默。譬如在这次生日会上，他不再第一个发言，也不再挑起话题。他似乎是水到渠成地就从主导者的位置退居幕后，成了旁观者。他的衰老，使他不再像从前那样自信，使他主动将话筒递出去。也可能是后者导致了前者。

陈小珍的变化倒不大，往那儿一坐，连服务员都看出她是人民教师了，点菜的时候尊称她为老师。

严明本想第一个发言，看着包间精致的装修和满桌的菜，舔了舔嘴唇，还是忍住了。于是，夏叶姐接过了"话筒"：

"咱们一家人也很久没聚了，尽管秋菊不在。今天是佳佳的生日,也庆贺明黎的生日。最重要的是,庆祝我们一家人团团圆圆。"她举起倒满果汁的酒杯,"大家一起干一杯吧。"

饮毕,严明就迫不及待地把严明黎推出去,让他表演那老两样:诗朗诵、英文背诵。严明黎早就习惯了,放下筷子就站起来,机械性地开始表演。

"My name is Xiaoming.I love my family……"("我叫小明。我爱我的家……")

全是技巧,没有感情。我甚至听得有些心酸,孩子的生日,孩子的表演,求其根源,这仍是大人们的表演。

掌声雷动后,严明黎微笑着坐下,指挥春花姐给他拿那个最大的鸡腿。严明笑得牙花子都出来了,眼睛滴溜溜地在所有人的脸上转,最后目光落到端坐着的佳佳身上。

"佳佳,你也来一个。"

"我们佳佳没明黎优秀,就不贻笑大方了。"夏叶姐看出了佳佳的局促,替她解围。

"这我就要说你两句了,夏叶。你要放手让孩子去成长,不能老是你替她说话,是吧。佳佳,姨父在跟你说话呢。你啊,太内向了,就得多练,这里又没外人,表演不好也没关系,让你小明哥哥教你。"

佳佳应激性地往后缩了缩,见逃不过,于是缓缓地站起来,小心翼翼、奶声奶气地说道:"外公、外婆、大姨、大姨父、小姨、哥哥,你们辛苦了。我、我不会才艺,一人敬你们一杯吧。"随即从凳子上跳下来,捧着杯子走到严建国面前,祝他福如东海,再一位位顺下来,说着吉利话。

看着小小的人用大人的模样敬酒,大家都乐了,气氛甚至比刚才还火热。佳佳走到严明黎身边时,严明黎低低地说了句"马

冬天的四季

屁精",撇开杯子不肯喝。春花姐劝他,妹妹敬的,作为哥哥,要懂礼貌。他撇着嘴站起来:"我还没表演完呢,还有诗朗诵。"

严明黎背诵起了雪莱的《西风颂》。

刚念毕那句"春天还会远吗",春花姐就带头鼓起掌来。她鼓得非常用力,手掌拍得通红,拍着拍着,眼眶也红了,泪水扑簌簌地落下来。她用双手捧着嫩芽成长,以血肉为土壤,以泪水浇灌。她憋着一口气,把他当作答案。"你不害怕吗?你这样值得吗?"万幸,如今她终于能给自己一个满意的答复了:只愿嫩芽争气,一切忍耐都那么值得。

严明黎见妈妈这样,竟然嗤笑了一声,跑到爸爸怀里去讨赏了。他看妈妈的眼神,冰冷而鄙夷,令人心惊,而春花姐丝毫未发觉,自顾自流泪,自我陶醉。

佳佳又拿了张纸巾,跑到春花姐面前,给她揩眼泪。她的动作是如此熟练,好像已经做过千百次。她小小的脸上都没有表情,仿佛习惯了大人们的哭泣,并且担起了小小安慰官的职责。察觉到我在看她,她看过来,给我一个灿烂的笑。我却觉得,她的笑亦是如此熟练,好像已经做过千百次。

后面吃蛋糕、吹蜡烛的环节,我却记不真切了。瞧,我说了,这是一场大人的表演秀,两位主角并不重要。

过完生日没几天,王企成开车来接妻女。临行前,佳佳搂着我的脖子亲昵了会儿,好像下了很大的决心,把布娃娃递给我:"小姨,我最喜欢的娃娃送你了。你要好好长大。"

"看来佳佳是真的很喜欢你。这个娃娃,我做给她之后,她几乎从不离身。"夏叶姐也有些惊讶。

看着他们离去的背影,我的心再次酸溜溜的。佳佳,小姨希望你可以慢慢长大,慢一点儿吧。

（三）

自从生日会后，严明黎不知是着了什么魔，把奥特曼们都收进箱子里，开始成天埋头做题。春花姐带他回娘家，他也不似从前那样蹦跳着表现自己，要夸奖。连陈小珍都发现了异常，夸了一句"明黎长大了，沉稳了"。

有一次，客厅里只剩我们二人，我向来不喜欢他，两人井水不犯河水。他突然主动和我搭话："严冬梅，我想问你个问题。"

没大没小的家伙，我没好气地说道："全家的希望，竟然还有问题要问我？你的题我可做不了，我可比不上你。"

"不是学习。你能保证这是我们两个之间的秘密吗？"他停下笔，对着墙，严肃地说，留给我一个显得陌生的背影。

"好，我保证。"

"如果……我是说如果，如果你发现外公出轨了，你会怎么办？"

"啊？严建国出轨了？"我控制不住提高了嗓门，"他都多大的人了，还不安分？他要是真出轨，被我发现了，我第一个往死里收拾他！"

他竟然回头对我绽放出一个大大的笑容，转而又陷入沉思，深沉地说道："是啊……这才是正常反应吧，极端，但很真实。"

"你小子怎么回事？在这里点我呢？你到底要说什么？"

"我妈说你小时候很亲她？"他又抛出第二个问题。

"嗯……是的，比你对她亲多了。"

"那现在怎么……"

"还不是因为你，还有你那个爹！她都快被你们洗脑了，每

冬天的四季

天跟个洗脚婢似的鞍前马后。除了你们这俩爹的话,她还听得进谁的?你还好意思说我,你自己是个大孝顺?"这是我第一回,也是唯一一回和他把事情摊开来说,我不觉得尴尬,竟然觉得痛快。可惜后来的他再不愿吐露心声,我也曾想过,要是这时候的我能软一些,换一种表达方式,是不是事情就会不一样?

"我就是讨厌她那种样子,好像很可怜似的。明明那么可怜,为什么不去争啊?"

"你的意思是……严明出轨了?"

严明黎不语,面对白墙,笔直地坐着,像是能透过墙看到远方。

我登时被怒气冲昏了头脑。就在一年前,严建国趁着自己还有些可支配的人脉,把严明介绍到一家公司担任品牌部主管的闲职。机修工严明与品牌的唯一交集只有发动机的牌子,但他气势十足,不懂装懂,竟然成效卓著,唬住了一干人等,也不知道是不是给他们修了脑子。我和夏叶姐嘀咕了半天,烂泥扶不上墙,还硬甩上去。泥点子,还有人当艺术来瞻仰。但春花姐很高兴,因为严明在公司待的时间多了,有了可以供他责骂的下属,春风得意,分配到她身上的怒气便少了。看她高兴的样子,我不禁恶毒地诅咒,老天啊,让我的大姐成为一名孀妇吧。就这么一个靠老丈人跃升、靠吸妻子的血彰显气概的家伙,竟还有脸出轨?

"春花姐知道吗?我去告诉她。"太监急坏了,皇帝却不急。

"她知道。她一直都知道。"

我沉默了,这不让人意外。春花姐擅长缝补世界,却从不会反叛世界。她就像一块海绵,汲取一切,接受一切,甭管清泉还是污水,她照单全收。她就像童话故事里善良懦弱得过分的绵羊,被饿狼盯上了,也愿意牺牲自己,成全对方,还为狼寻找不得不捕食自己的理由。她似乎很害怕破坏平衡,这是她赖以生存的森林。但现实生活，不是世外桃源，而是黑暗丛林。

"我想明白了，人管好自己的事就行了。"严明黎像一瞬间长成了大人，他把稚气和同理心一齐褪去，自此醉心于学习，完成他作为学生的使命。这件事他没有再提，逃避现实的同时，也逃避回应母亲的爱。面对父亲的不负责任和家暴，他熟视无睹，既然这是母亲想要的，那就成全她好了。他自己活好，就已经很不容易了。那么大一个家庭，又有几个人可以确信已经把自己活好了呢？

在这一点上，我同他是相似的。我实在对家里这潭没有人敢触碰的死水厌烦，既然大家都看得见、闻得着，却维系着表面的风平浪静，那我又何必跳脚呢？我做我的洋娃娃，扮演他们期待中的我，不为死水再添一池理不清的水草，就足够了。

闲暇时刻，我常与秋菊姐通话。她像是电视里的人物，我通过信号得知她的人生大事。她的儿子出生了，她离婚了，她转行做家具了。无论多大的事，她都只概括性地说，语气平和，仿佛她也是自己人生的旁观者。

我羡慕她的自由，羡慕佳佳的懂事，羡慕严明黎的聪慧，羡慕陈老师的事业心，甚至羡慕严明的幸运。羡慕到最后，我发现我无法变成他们。于是，我不再羡慕，也暂缓思考。关于明天，不如就去问明天的我吧。

冬天的四季

六、坚硬的冰也会化，那坚持的心会吗

（一）

在我十六岁那年，陈老师退休了。我和她都很不适应，她不适应身边没有了黑板和学生，我不适应于家里竟然有个母亲。回到家里的她像离了水的鱼，迅速干涸，也变得古怪。她仍然会成日坐在她的书桌前，却没有教案可写，没有作业可批，只是长久地坐着，看看天花板，看看我，再看天花板，似乎房间是狱，她成了囚。而囚犯至少有工可做，她却没有。

她的强迫症也在此时变得严重起来。水果要洗三遍、擦三遍才能干净，门锁要检查三遍才安全，连给兰花浇水也得分三次才均匀。在她把家里的藏书、过往学生的来信都仔细地看完三遍后，她开始学习做菜。曾经她做菜，只追求菜洗干净了，熟了，不至于拉肚子。现在她研究起了菜价，如何以最优惠的价格拿到最实惠的商品；被虫吃得千疮百孔的几片菜叶，如何找出还能食用的部分。

严建国显然也不太习惯。现在每天他下班回家，桌上都摆好了热乎的菜，陈小珍像看孩子一样看那些菜式——不对，准确来说，应该是看学生那样，她不会用如此温柔的眼神看我们。我们各自洗了三遍手坐下后，她就开始问我们对每个菜的评价，有哪些可以改进的地方。若是外人看到这一幕，必定夸赞一句，真是其乐融融的一家。我也一度以为这对冤家要在晚年和解了，小时候那篇怎么都写不出来的《幸福的一家》，获得了迟来的素材。

然而，有一天，陈小珍照常问菜的咸淡，严建国给出了他最高的评价"可以"后，又补充道："小珍，既然你退休了，也肯在家里花心思了，与其每天为我下厨，不如辅导小梅的学业吧。你教了那么多学生，也该教教自己的孩子了。"

陈小珍突然皱起眉，将他面前的菜挪开，发了怒："严建国，你哪来的这么大面子？不想吃就别吃了。"

"我让你教孩子就是我的面子了？你更年期了吧？"两人都是炮仗，一点就着。

"两年后你也退休了，你要是真那么关心孩子，两年后你来管。"

"你就光生不养？哪有你这样的妈？"

"是我要生的吗？要不是你非要留个种，我都不会生小梅。"陈小珍哪还有平时端庄的样子，也顾不得我就在边上，要和他争个对错。

我已经可以云淡风轻地面对他们的争吵了，只收拾了自己的碗筷，没事人似的坐到沙发上去。我是一个意外这件事，我很小的时候就知道了，现在也习惯了。两个本不应该结合的人，生一个本不应该出世的孩子，这很合理。

"好，陈小珍，我算是知道了，你就是一个冷血的人。我和你过了这些年，你一点儿好记不得，是我白瞎了。"

"好？你有哪里好？你有点儿良心就不会这样跟我说话。既然我们都没什么好的，那我也没什么好和你说的。"

陈小珍再次掐死了这场架。在之后的日子里，两人非必要不

冬天 的四季

交谈，拿我当传话筒。"小梅，你叫那谁吃饭。""小梅，你把钥匙给那谁。"他们不再称呼彼此的名字，好像名字抹去了，相应的人也能抹去。他们也是厉害，就这样在一个屋檐下过了两年，就连过年时全家聚会也如此。春花姐和夏叶姐劝解未果，只得配合。秋菊姐回来得少，也不在乎。严明和严明黎向来不关心。反倒是佳佳，每次来家里都剥好了橘子分别递过去，眨眨眼说："外公，是外婆让我给你的。""外婆，外公说这个橘子甜，要给你吃呢。"

面对父母的不合，春花姐说："吵吵闹闹那么多年都过来了，等过了这阵子就好了。他们就是嘴硬，心是齐的。他们平时那么拮据，就是想省钱留给几个孩子。所以小梅要理解爸妈，平时帮着劝劝。"她不明白，我不想理解，也不想去改变。用一辈子的不负责去换一个身后的负责，我无法理解，更无法感恩。

两年后，严建国退休，两人之间的战火愈演愈烈。突然多了那么多共处一室的时间，他们无法忽略对方的存在了，索性破罐子破摔地争执起来。他们把从前的不满与矛盾，一桩桩、一件件翻出来，反复地吵。我突然发现，他们并不是不关注家里的事情，每件事情的每个细节，两人都记得清清楚楚。他们终其一生想把对方套进自己的期待里，一次次落空，一次次失望，都觉得是自己的退让才让岌岌可危的关系维系到现在。结果，两个都已经"退让"了一辈子的老人，无休止地对骂，互不相让。

一次剧烈的争吵后，严建国死死攥拳，双臂上的老年斑被青筋撑开："我已经找好养老院了。从此我们桥归桥，路归路，井水不犯河水。"

陈小珍僵住了，她的手颤抖起来，努力压抑着情绪："多少钱？"

"我有自己的退休金，这不关你的事。你说我对这个家没做出过贡献，好，我把话放这儿了：我不需要小孩赡养我，全部孝顺都给你享用。你也不用来管我了，我不碍你的眼，做饭自己吃，正合你意。"

"不关我的事？我本来以为我们至少在一件事上心是齐的，看来连这点我都看错了。你的养老金全给养老院了，一分不留给她们？我这么多年不敢多吃，不敢多用。你现在退休了，卷着钱走了，你是潇洒了，摊子全丢给我，你还是不是个人？"

"我去养老院还能多活两年。这个家，我是一分钟都待不下去了。"严建国下定了决心。他认定的事情，向来没有人可以改变。

"好，好，好。你很好。你只要敢去，从此我们和你再无瓜葛，我就当你死了。"这是我第一次见陈小珍歇斯底里，她瞪大了眼睛，有泪水从里面流出来，她却没有哭泣的样子，愤怒的脸上满是泪水，显得那么突兀。

"好，一言为定。"

严建国收拾行李走了，原本属于他的位置空空荡荡的，一如秋菊姐离开那天。不同的是，秋菊姐的床铺整洁得像她只在这个家暂住过，而严建国专属的那张单人沙发上，留下了一个岁月形成的大坑，在未来的日子里，跟我们大眼瞪小眼。

自此，我们被禁止在陈小珍面前提及严建国，一旦提起，她就像发了病，大喊着让我们去找那个"已死"的爹，她不拦着。

起初所有人都不能理解严建国，他彻底伤了所有的人的心，人们已不想再寻找原因，不想再面对了。连春花姐都放弃缝补这个大洞了，她只是盯着沙发上的大坑，喃喃道："神仙来了，坑也还是坑，洞也还是洞。"

夏叶姐陪着陈小珍边哭边骂了好几场，两个最坚强的人哭成

冬天的四季

一团时,泪也与旁人无异。陈小珍像是一口严丝合缝的缸,如今从裂痕里漏出水来,漏得多了,担子也轻了。因此,她变得和蔼起来,会主动与我们搭话,也会在严明黎和佳佳来家里时,咬牙买一大堆进口水果。三代同堂,竟有几分说不出的温馨。

受这氛围的影响,我们几姐妹时隔多年,又一次睡在同一张床上,秉烛夜谈。

"大姐,你是我们的半个母亲。虽然我只小你一岁,但也受你许多许多照拂。"夏叶姐说。

"你们是我的亲姊妹,一家人,别那么客气了,我也有很多做得不足的地方。"

"大姐,你只看你的不足,不看你的贡献,我真是很心疼你。"

"你别只看我,你也不容易,觉得苦就回娘家来,这儿永远是你的家。"春花姐只有在妹妹面前,会短暂地回归大姐的样子,或者说是她自己的样子,不再唯唯诺诺,嘴角也不再耷拉下来。

"大姐,娘家真的永远是家吗?你真的这样相信吗?"夏叶姐沉默了一会儿,说道。

"现在……都好起来了,家有家的感觉了。"

"我说的不是这个。"

于是几人又沉默了半响,几盆泼出去的水在冬日互相取暖。

我向来习惯在一旁默默倾听,对于这种话题,她们从来点到即止,像是中间有个黑洞,黑洞里冒出萤火来,只要不往里跳,就能拉着手围着火跳舞,一片祥和,天下太平。

我心里想着,我不要这样混沌地活着,要么奋不顾身地跳下去,寻个痛快;要么义无反顾地扭头就走。这世界不是以科学为基础建立的吗,那为什么不能和公式那样非黑即白,为什么要卡在中间维持天平的平衡,如同走钢丝一般蹉跎掉岁月呢?

对于严建国，她们也是如此。起初没人去搭理他，时间慢慢过去，大家开始担心他在敬老院过得好不好，从偶尔打电话慰问，变成时常探望。一个家里，若是有一个人任性地打破平衡，就得有另一个人的行动来冲抵。一根名叫血缘的线，无形地牵动着每个人，行动时成为一个集体。在古代，这叫一荣俱荣，一损俱损；在现代，这叫责任。

（二）

我的大学生活，同千千万万个同时代的大学生一样，越过龙门，继续当鱼。好像先前十几年的苦读，都只是为了换一张入场券。千军万马过独木桥后，终于进了那片渴望已久的自由的海。真正身处其中时，却发现海并不是海，只是更大些的塘。而之前的学生时代呢，就像游戏里的新手村，只要跟着任务一步步前进就好，总会有善意的村长和NPC（电子游戏中非玩家角色的简称，泛指一切游戏中不受玩家控制的角色）不厌其烦地循循善诱。可那时候总觉得任务目标是束缚，羽翼未丰，也想到更大的世界闯上一闯。凭什么每天都要辛辛苦苦打怪升级，就为了所谓的数值？凭什么我要跟着角色循规蹈矩？这样枯燥的教程，怎么不能快进呢？等真正走出来了，不再有系统告诉你下一步该去往何方，看似条条大路通罗马，却也怕条条大路拦阎罗。信息多了，也快了，还没出手就怵了。无数个故事在诉说着血淋淋的失败。初生牛犊不怕虎，却往往撞得一头鲜血。梦想刚萌芽，就被自己掐灭了，因为我们参悟了何谓天赋，何谓一生都无法逾越的鸿沟。

我想起了小时候打《梦幻西游》，由于买不起点卡，只能在新手村一遍又一遍打海龟。经验都攒到几十级了，依然保持在九

冬天的四季

级,不敢升级,攒着钱,憧憬着买一次点卡,当一回人上人。直到真的到了外面的世界,看到满屏幕的神装,默默看着点卡时间一点一滴流逝,原来我才是那只乌龟啊。

　　夏叶姐不能理解我,在她看来,我是四姐妹里第一个大学生,却生生要把一把好牌打得稀烂。她总是催促我去实习,想清楚未来的路,让王企成帮我寻求机会。我不厌其烦,去了。那是一家纪律严明的公司,员工们都正襟危坐、一板一眼,像无数个外表不同的机器人。和我一起进公司的还有十几位大学生,老员工们早习惯了一茬一茬新人入驻,非常高效地将我们按到了各自的生产线上。我学的是中文,因此只能做些文案工作,写会议总结,拟公司通知。光是一条加班通知,就被打回来数次,上司要求用词严谨,要体现出事态的危急、公司的无奈,以及对员工们的关怀。我看着那些字,却似乎是第一次认识中文。明明双方都不相信这上面的言论,这份通知却依然要滴水不漏、有说服力,也不知道要说服谁。最终我没有被说服,在几次迟到和工作不被认可后被委婉地劝退了。人事部门的人员在和我谈话的时候,看起来比我还悲伤,不停夸赞我的工作能力和未来的前景。虽然我们同样心知肚明,双方都不相信这里头的话术,但她依然要滴水不漏。而被说服了的新人——至少表面上如此,则留了下来,成为流水线上严丝合缝的一颗颗螺丝钉。

　　离开的那天,我捏着手里比承诺中薄了一半的实习工资,看着满办公室依然忙着手头工作的前同事,突然生出一股怅然来。于是,我问那个唯一跟我说了再见的同期实习生:"你在这里快乐吗?"

　　她愣住了,扫了我一眼:"真是大小姐发言啊。我们来工作不是为了快乐,是为了生活。"

说罢，她扭身走入了人群，成了这条贪吃蛇中的一环。贪吃蛇庞大，不停吞并着周遭的一切，缓慢而顽强地蠕动着。她作为个人，消失了。我站在原地，像被孤立的小孩。贪吃蛇无法吞并我，也不屑于吞并我。

夏叶姐恨铁不成钢，打了连环夺命电话斥责我的不中用，同时又给我介绍了下一条流水线。这次我表达了恕难从命，如果工作是为了生活，那生活是为了什么呢？如果我还找不到生活的目的，就先不赶路了吧。

春花姐也屡次来电话，语气温和许多，但仍是叫我不要放弃机会，否则未来会后悔的。她年纪大了，被严明父子打压久了，我和她的谈话就时常驴唇不对马嘴。我问她为什么现在就能看到未来，她说先苦后甜。我问她那么苦，什么时候才能甜。她说，小梅要是觉得学习辛苦，就给你寄卤鸭吃，卤鸭甜。

秋菊姐也给我打了电话，我十分吃惊，她很少会主动来电话，这回应该是夏叶姐实在着急了，搬出了救兵。她先是问我大学生活如何，感情生活如何，家庭生活如何。我用了多个"还行吧"作为回答后，她没有再说什么，这通电话也就结束了。她不劝我一句，挂了电话，我反而坐立不安，打了许多字要发给她，又删掉。这就是秋菊姐的魔力吧，先出乎你的意料，再让你成为决定的主角。但我不够聪慧，也承认自己的笨拙，因此想了半晌想不出个所以然，也就不想了。还不知道晚饭吃哪家外卖呢，对于目前的我来说，这才是当务之急。

（三）

浑浑噩噩过了三年半，在最后一学期，我突然切实地感受到

冬天的四季

了每个人的焦虑。事实上，在这之前，我并不觉得我的大学生活浑浑噩噩，只是在总结的时候回头看，突然发现除了结识了各年级和校外的酒肉朋友外，一无所得。我很快就反思了自己，怎么就跟着别人一起总结了，有什么值得总结的，好像我能登时吸取教训洗心革面似的。但身边的朋友们陆续开始考研，去招聘会，酒吧里只剩一个孤零零的我。我才赫然发现，小时候一直在追求与别人不同，成为最另类的那一个，现在却害怕与别人太不同，成为最孤独的那一个。因此，我也跟着跑了几次招聘会，拿着用一晚上时间赶出来的简历。我们这帮朋友的简历实在糊弄，经常出去玩乐的写"能很好地融入集体"，经常逃课的写"自主行动力高"，一直谈恋爱的写"人际沟通能力与情商优秀"，以至于我们人模人样地站在招聘官面前，确实有几分心虚。

我装腔作势地回答着自己的竞争力和优势，心里却止不住地想：哪个不开眼的人要是看上我，那可真是贵公司的损失。晚上聚餐，大家就把这样的心思分享出来，但不论吃到多晚，第二天仍早起梳妆再战。抱怨得越凶的，第二天起得越早，也越认真。似乎肉体正以不可抗力循规蹈矩地前进，精神就得大声地挣扎疾呼，用这样的方式告诉自己，我们是充满热血的年轻人，我们没有成为我们所害怕的无趣、平庸的"大人"。

我也说不清为什么要找工作，或许只是怕姐姐们无休止的唠叨，或许是随波逐流，或许是给自己找下一站，以免飘忽不定。我不能判断，怕结论太过寻常，怕自己终究普通。

巧合的是，我通过了实习时王企成介绍的那家公司的校招，又回到了那个公司。这次不是作为关系户了，职位却依然是文秘。夏叶姐好一阵咂舌，说原来我们小梅是心气高，要靠自己的努力找工作。我心里默念，是只有这家公司要我，好不好？他们连着瞎了两回。我也搞不清他们是怎么想的，改造了一半的螺丝钉用起来更为省事吗？

回到老地方，我又见到了实习时的几位伙伴。那个同我打招呼的女生一毕业就成了正式员工，还升任了小队组长。她用颇为意味深长的眼神看着我，这回不是看外星人了，而是对同类的审视，看着看着，我的头就抬不起来了。人事部门之前找我进行谈话的那位，这回脸上洋溢着我俩都不相信的喜悦，说早就知道我和公司的缘分还没结束，期待与我共创辉煌。谈到工资时，就不辉煌了。我也得以明白，我能进入这家公司，并不是因为我的能力或是运气，而是我作为刚毕业的大学生，成本实在低廉。而我的工作内容实在简单，边缘岗位，两人相比，选其价廉者。

这些事，夏叶姐不知道，她非常欣慰地看见我的"成长"，在了解到周边房子的租金比我的工资高不少时，非常豪爽地为我租了一个合租房里的单间，还有自带的厕所，算是合租房里比较豪华的了。我不想"啃姐"，就强迫自己认真工作，好好吃完公司给我画的饼，早日与大家共创辉煌。按部就班的日子过得特别快，我也很久没去酒吧了，但我的工作并不能为公司创造收益，升职加薪离我越来越远。公司里的大学生倒是越来越多，一批批来，一批批走。很快，我也能以那种漠不关心的眼神看他们了，把工作塞给我们部门的新人，再看着他们的眼神里的光慢慢地弱下去。

待满一年后，人事部门的那位在年会上喝到兴头儿上，也提点了我一二。"你要懂得利用自己的优势。"我没反应过来，我还能有优势？

我们分部一位大领导越级跨部门叫我一起去陪客户喝酒，我摆摆手说工作以来就没碰过酒。他拿出白酒盅，缓缓地倒满，胜

冬天的四季

券在握地轻蔑一笑："喝一扎，给你一千。"我呆住了，酒曾是我的快乐，但人们说，要先生活，再快乐，于是我搁置了快乐。现在，面前的人又告诉我，这"快乐"可以换来生活。

如果人生可以倒带，我会把那只酒盅狠狠地摔在他脸上。但我的脑子里竟浮现出了一个天平，左边是夏叶姐垫付的房租、高昂的生活成本，右边是他给的好处和我微薄的且很大概率永远微薄下去的工资。我的自尊心是一片羽毛，起不到任何作用。于是，我深呼吸，一口干了那杯酒。

"戒酒也挺不习惯的。领导，让我们共创辉煌。"

七、老天也会妥协

（一）

自那杯酒之后，我在公司不再是透明人。人们会在我面前嚼舌根，在我靠近时又倏地散开，向我投来带着同情、不屑、嗤笑的眼光。那个曾与我道再见的女生却不然，依旧是那副无所谓的样子。也就是在这时，我才意识到我不曾知道她的姓名，只是与大家一起称呼她为小琴。某天傍晚，她依旧板着脸，用最机械的口吻邀请我共进晚餐。

几杯酒下肚，她脸上才焕发出光彩。

"别听他们乱说，要是我有这个机会，我也上。"

她很直接，我不语，同她碰杯。

"酒是人类的逃生舱。"喝罢一杯，我说。凭自己意愿饮下的酒，总与饭局上的不同。

小琴和我讲述了她的故事。她小时候是一个恬静的姑娘，怯生生的。有一年过年时，一位男性亲友借着酒劲，在无人处将她揽到怀里又亲又抱。那时她还小，但也有直觉，觉得这样不妥，便拿灌木上的雪使劲擦拭自己脸上落有口水的部位，于是得了冻疮，复发了几年都没好，她本不俏丽的脸庞雪上加霜。她也曾鼓起勇气同爸妈说了这次不适，被一句轻飘飘的"长辈只是喜欢你"

冬天的四季

打发了。此后的几年，小琴非常抗拒过年，在爸妈眼中却成了不懂事不孝顺，竟是那位男性亲友儒雅地帮她解围，却仍在饭局结束后抱着她亲昵，说着"叔叔最疼你了"之类的话。小小的她无法反抗，又无处发泄，下定决心，要成为最强大的人，再回来听一句"对不起"。在如愿考上知名大学后，她怀揣着多年的知识和努力返乡，却仍在见到垂垂老去的叔叔时不自主地发抖。小琴鼓起勇气，勇敢地走到他面前问了声好。那位叔叔的脸上却满是疑惑，踌躇半晌，问她："你是哪个来着？年纪大了，记不清你们的名字了。"

他的脸上荡漾着随和的微笑，正是这个微笑，给了小琴重重一击。她打了无数次腹稿，在无数个日夜排练着这场重逢，却迎来这样一个结局。她觉得可笑，自己多年的努力，多年的不能释怀，在施暴者眼中不如一粒尘埃。她觉得自己可笑，这个世界可笑，捂着肚子笑了半天后，她加入了这个世界。既然自己只是一粒沙，那就做一粒沙。

"而你是一粒珍珠，天生的优势。"小琴说。

"珍珠不珍珠，不还是给人端茶倒水的命？"我自嘲道。

"只有实在不饿的人，才能敝帚自珍。饿急了，哪还能讲究那么多。"

一餐饭罢，我仍不知道她的全名。她只是摇着头笑说这不重要，她早已放弃寻找自己了。此后，她依然木头般对我们所有人，仿佛那晚只是我的一个虚幻的梦境。

世界对人类总是恩罚并施，雨后总有彩虹，低谷之时也会有喜讯冲淡阴霾。不久，就迎来了严明黎的婚礼。

自从那次谈话后，我与严明黎很少交流，只从春花姐飞扬的眉眼间听说他拿了各种奖项与奖学金，作为优秀毕业生毕业，又和同校的女友修成正果。他走着所有"别人家的孩子"该走的路线，用他的懂事和优秀为所有长辈撑腰。他的光芒愈亮，我就愈觉得我们不是一路人，也不会发去假惺惺的贺电。

严明黎的新婚妻子何迎彩，是他的大学同学。严明黎的顺遂和光环一直持续到大学毕业。大学期间，他如鱼得水，成绩优异，为人高傲，总是一脸冷淡的样子，只在每学期颁发奖学金时抬起下巴露出一个极淡的微笑。我明白这是他对世间一切的鄙夷和冷漠，而在女生们看来，这是一种势在必得又不张扬的、极强的"雄竞力"。何迎彩正是他的众多"迷妹"中的一个，在严明黎的图书馆常用座位旁安家，拿着写满笔记的课本、卷子来请教学长。严明黎确实也享受为人师的感觉，旁的话题不搭茬，教学却很耐心，一手娟秀的字在何迎彩心头晃呀晃，使她的酒窝晃出酒来，逐渐迷醉。严明黎的仰慕者中不乏明媚的优秀女子，她们会直白地问他要不要做自己的男朋友。与她们相比，何迎彩显得渺不足道。毕业后，对成绩的狂热迅速退去，资源和家境占领了主导地位。大学的落幕就像海水退潮，原本只是各自比身高，浪退了，才发现有人站在肩膀上，有人陷在泥潭里，大家只是因为同校才产生了一点儿交集，从此山顶山脚，再难相见。严明黎眼睁睁看着曾经不如自己的人进入他梦想的公司，未来一片光明，这是上一辈乃至几辈的祖先为他们打下的基础。曾经仰望他的女生们也换了山头，或是自己已然登顶，不再回头看他一眼。严明黎悲愤，却深知无力，此时再望周围，人潮散去，只剩那个娇小的何迎彩坚定站在原地，一如既往地朝他绽出甜甜的笑。在他眼中，她仍微不足道，可他失去了"道"的资本，也没有多少可选的"道"。于是，他接受了她的喜欢，至少在她清澈且热烈的目光里，他永远高大。

冬天的四季

在他们的婚礼上,同学那一桌尴尬地空出了不少位置。严明黎骄傲,不朝那头儿看。何迎彩踏着小步子过去,朝大家吐吐舌头,把空的椅子拖到其他桌,招呼大家坐近些,同学情就是越近越紧密的。很多时候,婚礼上的相处模式,就决定了两个人在未来婚姻中的角色分配。当年的春花姐是透明的,任由严明浮夸地表演,婚后亦然。而严明黎和何迎彩,就像一对熟悉却又陌生的搭档,严明黎昂着骄傲的脖颈自顾自前行,何迎彩则跟在后面替他收拾尾巴,以防扫到他人。若你再细看,何迎彩又是拽着尾巴前行的,那条尾巴也是她的指明灯。

在他们的婚礼上,我又一次喝多了。其实人类的酒量是一种玄学,想醉、能醉、装醉、真醉,各有各的度量衡。每次喝得微醺,就会获得一种短暂的勇气,敢于腹诽一句"都去他的吧",也能以此为借口,把被束缚得牢固的人性阴暗面拉出来晒晒。平时瞻前顾后,肩上担着许多责任,而酒精是一个很好的背锅侠,它不能反驳,不能分辩,责任都给它了,担子也就轻了。可这次喝多,我却并不是宣泄愤怒,而是非常平和。我甚至能看出严明的委屈,而替他感到不易,也理解了每个人的选择。或许是我飘飘欲仙了,成了仙,再看凡事就不同了,由上而下观察时,方觉得所有人都是塘里一尾鱼,谨小慎微或呼风唤雨,都囿于天道中。

再看严明黎夫妇,也是琴瑟和鸣、佳偶天成。我突然觉得,这也是一种出路。既然对自己的路没有信心,不如加入别人的,跟在后面当一位小兵。总有头鱼领着鱼群,在短短七秒之间,如果有选择的话,不如就选择相信。

（二）

  我真是一个洋娃娃吗？我从小就有这样的疑问。几位姐姐和其他亲朋好友都如此称呼我，甚至佳佳长大些后也这样看我，颇为老到地说我太单纯，永远青春。我一直不清楚洋娃娃的定义究竟是什么，毕竟每个洋娃娃除了十分貌美、拥有恰如其分的微笑外，从不说话。小时候，我就学着洋娃娃穿裙子，学着洋娃娃微笑，但无法学洋娃娃思考和说话。人们面对洋娃娃说话时总会格外温柔些，它们大大的眼睛对着你，不论何时都云淡风轻，也一成不变。我也会跟洋娃娃讲话，但实在无趣。说多了，我就发现，人们在同洋娃娃说话时并不是真正与它们说话，而是在与一种概念对话。洋娃娃们被认为是一种完美的、优雅的玩具，但无论拥有多少个前缀，它们的本质还是玩具。

  我也是大人们的玩具吗？冒出这个念头时，我一度十分伤心。也就是那时起，我不再喜欢洋娃娃了，同时也不再喜欢粉色。我不要完美，完美寻常得令人生厌，我宁愿做最令人头疼的、只言片语就能让人知道在说谁的、最讨厌的孩子。当时的我没有意识到，我和所有人一样，讨厌洋娃娃时也并不是真正讨厌它们，而是讨厌自己、讨厌世界。我不被允许讨厌世界，所以我讨厌洋娃娃。小时候，它们是最合格的宣泄口。

  但我依然矛盾。我一边讨厌着，一边嫉妒着。我嫉妒从小被捧在手心里成长的女孩，嫉妒她们因从未经历风浪而一直清澈的眼睛，嫉妒她们因从未遭受寒霜而一直热烈的心，嫉妒她们纯粹，嫉妒她们热烈。我打心眼里不相信这种完美无缺，也无法走近她们。过于清澈的泉，无风无浪，会让人恐惧，觉得下方一定有埋伏的危险。我更喜欢破碎，那种写在表面上的危险，直接告诉你

冬天的四季

此路凶险,反而令人安心。在几位姐姐嘴里,我就是交友不慎、眼盲心瞎。

第一次认识杜加,是在大学对面的酒吧里。他是低我六届的学弟,由于行为高调,所有人都认识他,就连我们这些往届毕业生也不例外。听说他根本没有念完高中,他爸用"钞能力"把他送出国后,他不思进取,虚度时光,老头子就把人拉回来塞进了我们学校。进学校第一天,他把跑车开来了,在门口一脚一脚踩油门,后来他爸把车收了,换了辆低调的宝马,以断生活费为威胁,让他好好读书。结果杜加表面上学乖了,背地里谈了一茬又一茬女友,用生活费雇人给自己写作业。成绩看得过去了,老头子也就睁一只眼闭一只眼了。关于恋爱这方面的传闻,真真假假,许许多多。

遇见他那晚,我在马路上漫无目的地走了很久,再抬头时才发现自己已走回了母校,因此干脆回到当年的专座上看看。走到老位置时,看到角落里埋了一个人,一边啜饮一杯冰块已经化开的咖啡,一边飞速地刷着手机。他的那个位置和当年一样,酒吧里灯红酒绿中任意一束光线都洒不到这里,适合藏匿,却因为在墙角,地势高,也适合偷偷观察一切。他并没有抬头,周遭的黑暗把他吞没得只剩一点,手机屏幕不停闪烁,映得他的脸也忽明忽暗的。

我不知不觉走到他身边立定,杜加头也不抬,说了句"有人",继续玩手机。

我不动,他抬起头审视了我一会,突然换了副神情,是传闻中玩世不恭的模样:"怎么?要和我喝一杯吗?"

"你只能喝一杯吗?"我施施然坐下。

"那不一定,对有的人一杯就倒,对有的人千杯不醉。"他说起这话来很娴熟。

"那遇到我,你注定要倒了,倒霉的倒。"

推杯换盏中,我听他说了许多真真假假的故事。杜加像是举了张"我不是好人"的名片,自然地分发给每个人,这反倒让人觉得赤诚。我问他为什么选择这个位置,刚才独处的时候和现在判若两人。他愣了一秒,脸上很快就荡漾起笑容,解释道,猎人一般都在黑暗丛林的深处等待猎物出现。起初,我以为我们是两只同样热爱黑暗的困兽,再不济,成为他的猎物,也是物竞天择,却没想到,我只是万千杂草中叶片稍为特殊的那一株,虽然夺人眼球,但猛兽是不食素的。

我和杜加像每一对恋人一样,走过了城市的每一条马路,看了无数场电影,共同看日升月落,在每个重复的日子里留下相同的回忆。我没有问过他,我们两个的关系,他也从不提起,只是在睡熟时把脆弱的后脖颈露给我,让我一下一下抚摸。他和我每天有聊不完的话,聊美食、聊兴趣,却从不谈论人生与未来。很久以后我才明白,当一对男女的话题只有儿女情长时,他们只是在玩一场恋爱游戏。

很多时候,飞蛾明知是火,也要扑火。他自然发现了我越来越藏不住的真心,开始有意躲避我。我在他身边发现了不同类型的女孩,他对她们露出同样的笑容,去同样的餐厅。我跟在他们后面,他也知道我正跟着他们,手却牵得更紧了。我保持着恰到好处的距离,不吵不闹,只是默默跟着。有一回,他送完女孩回家,转身撞上我,皱着眉头说出那句话:"小梅,别这样了,我不是你要找的那个人。"

"我知道。"

我一直知道,我从一开始就知道他不是良人,也不想劝人从

冬天的四季

良。我只是甘愿跳进泥潭,明明看过无数沉沦的前人,也抱着必死的决心,却在缓慢下坠的过程中,由于头顶的星空太美,总有一瞬间的晃神,晃得多了,凑成了美丽的梦境。我不愿醒来。

(三)

对杜加这份执念,伴随了我七年。彼此相爱的两个人都有七年之痒,我的执念却是癌,只会分裂、蔓延、不可抵抗。他从一开始的耐心,逐渐变得不耐烦,拉黑了我几次,却又会在喝醉酒或心情不好时把我加回来,好像什么都没发生过。朋友们都说这是钓鱼,我何尝不懂。我早已不抱着什么笨拙的期待了,他在我心目中也逐渐不再是他,而是一个符号。我只是需要这个符号一直存在。

夏叶姐多次试图拯救我、骂醒我,见不到效果后甚至怀疑我被下了蛊。后来,我很少在家人面前提及杜加,他们也不再在我面前提及。一切回归风平浪静,除却每年雷打不动的媒婆上门做介绍,以及几位姐姐极为小心的催婚外,我的感情生活不再有波澜。唯一会陪我正视这个问题的,却是已经长大的佳佳。

她从小就长得很快,像生命力极为旺盛的翠竹,我只是闭上眼享受了一会儿山风,再睁眼时她就猛地蹿高了几丈。她很小的时候就习得了大人的语气,小小的脸上会挂上类似于慈爱的笑容。我逐渐习惯了她看我像看个孩子,也不再去争辩。我意识到,这似乎是她的养分,我也乐于当她的泥。

"其实这也不算'恋爱脑'。你和杜加,更像寄生关系。其实,他也习惯你的存在了。"有一次,我们在店里喝咖啡,她猛地进出这些话来。她总有许多稀奇古怪的专业词汇,听起来煞有其事。

"好好喝你的咖啡吧。"

"我刚好在做自毁倾向的选题,我觉得你就是个好素材。咱们聊聊。"

"去你的!别在人伤口上撒盐,还记录下来,你是法西斯啊?"我试图逃避她的话题。

"自毁倾向通常来源于用小的痛苦代替大的痛苦,或是愧疚感、不配得感。"她自顾自说下去。

"说点儿人话吧,姐姐。"我吐吐舌头。

"小姨,你很痛苦吗?还是觉得自己不配获得呢?"

我不语。

论投胎,作为家中的小女儿,我出生时家里最富裕,虽然来自父母的爱不多,但也被来自姐姐们的汹涌的亲情补足,甚至淹没了,甚至连外甥女都宠着我。论生平,至今也没什么坎坷,算得上顺遂,还有姐姐们帮衬,三十多岁了,也没有大病大灾大劫难。唯一能拿来说道的,就是杜加这个情关。我还有什么不知足的呢?我为什么还不知足呢?

"你是不是在想自己很幼稚?有一种……为赋新词强说愁的感觉?"

"去你的。"

"你获得了姐姐们没有获得过的爱,你觉得亏欠她们,同时又觉得,凭什么自己能获得这样的优待,为什么她们不行?越被爱着越愧疚,然后自责、恼火。"

"你别胡乱揣测啊。你不是说我没心没肺没脑子吗?我哪能想那么多?"

"受访者不配合,我只能把开放式问题变成判断题了。"佳佳笑着摸摸我的脑袋,嘴上埋怨着,脸上却依然是慈爱的表情。

冬天的四季

"可能是吧。哎,不对啊,你不是要跟我聊爱情、聊杜加吗,怎么变成家庭关系了?"

"对伴侣的很多需求都来自童年和原生家庭的缺失嘛。"

"我……没什么缺失的。"

"缺,怎么不缺!你缺心眼。"佳佳又戳了戳我的脸,她总是能在低谷处精准的一个高抛,引一阵温柔却有力的风,将人稳稳地托举起来。

"我其实……杜加也没给我下蛊,可能是我自己给自己下蛊了吧。"

"这种感觉很爽吧?"

"啊?"

"那种去选择的感觉,去撞墙的感觉。好像全世界都拿网兜着你,然后你还是义无反顾往下跳了,风很大,一直吹着身体,自由落体。你就想体验一下这种高空坠地的感觉,因为这是自己选的。旁观者越劝,你越想跳。"

"你说得像我在寻死。"

"对啦。主题这不就来了吗?自毁倾向。"

我语塞了。

人们总是心照不宣地行事,也心照不宣地看别人行事。小时候的世界尚能被课本解释,长大后就超纲了。于是世界变成一个大的草台班子,你不知道自己的对错,也不能判断别人的对错,因此旁观。当事情被点破,人们就会变回那个孩子,由七情六欲掌控着撒泼。这太麻烦了,所以人们不爱这样做,除非是深爱你的人。

"你真是……"我鼻头一酸,把话锋转开,"狗拿耗子。"

"我明明是华佗,刮骨疗伤。"

"早不刮，晚不刮，挑这个时候？"

"我真的在做自毁倾向的选题嘛……一石二鸟，一箭双雕。"

"天天甩成语……不对，你才是鸟人呢！"我捶了她一拳，于是我们笑着抱作一团。

佳佳真是个"神婆"，用独属于她的能力驱散了我心中的邪。她从来不试图掰正我什么，也不做任何评判，在插科打诨间，在铺天盖地的理论下，牵着我的手在迷雾里绕啊绕，突然就云开雾散了。此时，她就会化作一只小鹿，灵巧地跑开，后面的路交还给我自己摸索。我不知道她是从什么时候起拥有这个能力的，又该怎么用她的那些理论去解释。或许人都活在迷雾里，靠迷茫感知自己的鲜活，靠哲理支撑自己的信念，因羁绊而前行，因恐惧而存活。

八、冬天夺去的，春天会交还给你

（一）

　　时间会缓慢地缝补伤口，也会缓慢地将伤害推远，带来遗忘和原谅。我记不清是从什么时候开始的，是姐妹聚会时夏叶姐无意间提起严建国，还是敬老院打来那次电话，或是新春时他那张孤零零的旧沙发，当我反应过来时，几姐妹已经在商量如何轮班去看望他了。

　　我起初不忿，嚷着是他抛弃了我们，我们为什么要上赶着？两个姐姐沉默了一会儿，说了句："好了……都过去了。"人总是心软的，国人尤甚，似乎再大的矛盾都可以被"大过年的""来都来了""孩子还小""人都没了"化解。于是，一次"大过年的"，严建国刚从一场严重流感中康复，我站在敬老院门口，想着"来都来了"，还是踏进了门。

　　敬老院的真实样貌，同他们发的宣传册有着天壤之别，老人们并不像图片上那样精神矍铄地下棋、跳舞，似乎这是一片退役的武林高手的桃源。我一进门就看到来往匆匆的护士，以及相比之下行为缓慢的老人们，他们拄着拐一步一喘，拐杖敲击地面，发出重重的叹息。这还是幸运的，更多不能下床的老人只能躲在房间里，一遍遍数天花板迸开的裂痕。房间里没有钟，他们的时刻表，是每日定时送来的饭菜和药丸。人类总是抱怨自己没有时间，因此天天赶时间。垂垂老去后，他们有着成日的空闲，时间太多太大片了，他们又挨起了时间。赶时间的，没空来探望挨时间的；挨时间的，怕下一秒没了时间。

一个个房间，放眼望完，我也被传染上了沉重的叹息，对严建国的怨恨也越来越浅。但当我走到他的房间门口时，看到的却是合家团圆的场景。

他坐在床上，身体恹恹的，精神却很好。他旁边坐了个银发妇人，她正一面与他说笑，一面给他削苹果。他的脸上带着我从未见过的温柔，他笑得那么灿烂，仿佛这场病痛只是生活的助味剂，仿佛这个苹果来自伊甸园，仿佛他们自成一个小世界，外界的一切再与他无关。不知道是不是透过窗棂洒入的冬日阳光太亮，面前的一切，在我看来都那么刺眼。

看到我来了，他像是不可置信，又瞬间局促了起来，看着我的眼神像是见了鬼。我方才柔软的心脏又变了回去，于是我出言刺道："哟，打扰二位了。"

"小梅？你怎么来了？"他舔了下嘴唇，眼神躲闪，像做错事的小朋友。他似乎苍老了不少，又似乎变回了稚童，与从前大不一样。

"我来得不巧，打扰你过年了。下次我提前打报告。"

他抿起嘴唇不说话，捏着被角。一旁的银发妇人感受到了这尴尬的气氛，站起身来打圆场："你就是小梅啊，我总听老严提起你，长得真标致！"

严建国抱着救命浮木忙接话："这是隔壁的翠……老齐。我生病了，她来看看我。"

"几个姐都担心你吃不好、睡不好，叫我给你送东西来。喏，

冬天的四季

这是春花姐炖了一天的肘子,这一堆是夏叶姐和佳佳买的补品,这箱是秋菊姐寄过来的鹅绒被。行了,我的任务完成了,那我撤了。我看她们都白担心,你过得比我们舒坦。"

我放下东西就要走,严建国支支吾吾道:"要不你……再坐会儿?"

齐翠兰把削好的苹果递给我,掩上门要出去。我拦住她,她推了两回,也回到位置上坐好,也如一个小朋友一般,低着头坐着。

于是,我们成了一个稳定且沉默的三角形。其实从小到大,在我们父女大部分的相处时间里,我们都是沉默的。但如今的沉默,却显得那么安静,不合时宜。

"我听说你进了大公司,好事。"严建国抛出话题。

"小职员,打工的。"

"家里都好吗?"

"就那样吧。"

"你表姑的儿子,前段时间升职了,又生了娃娃,叫我去吃酒,我没去。"

"那敢情好。"

话题反复地被抛起,又反复地掉到地上。我其实也不是有意要敷衍他,只是心口闷闷的,却也说不出个所以然。是因为他比我想象中过得好吗?我担心他同别人一样,在床上因病痛而呻吟,如今他并没有,甚至生龙活虎的,我怎么反而那么失落呢?

他确实和从前不一样了,不再是我印象里那个固执、冷漠,甚至冷血的父亲。现在的他连面相都慈祥起来,对我说话也轻声细语的。他终于成了童话书里的父亲,这是我企盼了多年的模样,我却高兴不起来。

"小梅,你平时要注意身体,都有黑眼圈了。"他慈爱地、有些讨好地一笑。

我却猛地愤怒起来："话谁不会说，客套两句，就啥事不用做了，一切都能抵消了？"

"我……"他嗫嚅道，"不是这个意思……"

"我和姐姐们不一样，我心眼小，脾气暴。我爸妈也没好好教我，我不懂尊重长辈这一套。我选择你当父亲，结果你说放弃就放弃了。她们没有选择当你的女儿，却也没有放弃你。不知道你是什么意思，我也不想知道，但我知道，她们都对你够意思了。"

他垂下头去，肩膀耸动了一会儿，我自知说话重了些，叹了口气想找补，他突然抬起头来，灿烂地笑了："你还真是像我啊，我当年说话，也这么讨厌。"

我突然就哑火了。那么多年的怨怼，藏在心口不曾抒发，如今总算说出口了，却发现抒发的对象已经跟自己和解了。我都没有原谅他，他凭什么先原谅自己啊？我本该愤怒和不甘，但心里的某一隅溜进了一丝阳光，暖洋洋的。是啊，话憋在心里久了，是会发霉的；拿出来刺一刺，碰一碰，撞一撞，受些外伤，却能保全心脏。

（二）

离开之前，齐翠兰说要送我。我们并肩走在过道上，她个子不高，刚到我肩膀处，我因此能看到她打理得十分服帖的头顶。

"谢谢你照顾我爸。"

"他呀……一开始可刺头了，这里没人喜欢他。"她笑眯眯地给我讲述了被我错过的故事。

严建国一开始到敬老院时，工作人员们很开心，毕竟他身体

冬天的四季

健康又有存款，不需要额外看护，还能带着别的老人搞些活动。但他们很快就发觉了自己的天真。他不像是来养老，倒像是来做卧底的，每天板着个脸跟在工作人员身后，对设施和服务指指点点，惹得他们不胜其烦。他们好不容易把他赶走了，他又跑到别的老人面前指点江山，十句有九句谈不拢，把隔壁老头儿气得狂吃降压药。时间一长，没人愿意搭理他，都叫他古怪老头儿或讨债鬼。有一回，他和老周头儿吵得凶了，老周头儿涨红了脸骂他是惹儿女嫌、被赶出来的鳏夫。他不甘示弱，回骂对方是短命鬼，等着被阎王收，并再次申明，自己不是被家人赶出来的，是主动来到敬老院的。没有人相信一个身体健康、家庭和睦的老人会主动放弃含饴弄孙的幸福，来到敬老院，于是嗤笑他更甚。严建国向来是吵不过就记仇，隔日还要继续吵的脾气，因此天天跑到老周头儿房间里去充当收他的阎王。工作人员拦了许多次，架不住他像条泥鳅，钻着空儿就溜进去。老周头儿跟他对骂了几次，骂不过，也躲不掉，索性把他当空气。这下他讨了个没趣，只能背着手一圈一圈溜达，自言自语地抱怨消防系统不合规，饭菜搭配不健康，对天对地对空气说话，看起来更古怪了。

齐翠兰就不同了，她是整个敬老院的"团宠"。她对谁都是满面笑容、客客气气的，别人对她也如此。她刚来敬老院时，就反复从护士和别的老人嘴里听到严建国这个名字，无一例外都是批评，他们劝她离这个怪人远一点儿。有一次，两个人在走廊里遇见，齐翠兰客气地打了个招呼。严建国一愣，从鼻孔里出了口气，背着手走开了。齐翠兰哭笑不得，这也不是什么混世魔王啊，更像个赌气的孩子。她没有厚此薄彼，组织活动时也叫上他，帮大家拿水果时也给他捎上一份。半个月过后，他突然在路上拦住她，憋了半天，方道一句："你想干吗？"

"啊？"她摸不着头脑。

"为什么要给我水果？为什么叫我下棋？"

"啊？你不吃水果、不爱下棋吗？"

"你有什么目的？"

"目的？"

"这是老周的阴谋吗？"

"阴谋？"

他哼了一声，又走开了。齐翠兰在原地失笑，这个老头儿，好像在演电视剧啊。她没有多想，对他依然和善。渐渐地，他也出现在了棋局上。一开始，没人愿意和他对弈，偶然发现他棋艺很好，也就不打不相识了。一局险胜时，他会得意地大笑，细数自己在哪一步吃了对方的哪个子，真是英明神武。老人们的和解来得很快，和孩童一样。或许孩童还不谙世事，老人则已经看尽世事，看山还是山。他和曾经的死对头老周头儿成了挚友。两人每天下棋时，仍像从前那样口无遮拦地对骂，骂完，棋也下完了，哈哈大笑一回，第二天继续。他不再骂老周头儿是短命鬼，反而拍着胸脯说黑白无常来了，也要先蹚过他守的楚河，除了他自己，没人能赢老周头儿，阎王也不行。

可惜世事总不能如愿，在某个和平时无二的下午，老周头儿平静地离开了。他没有赴这一天的约，也没有留下只言片语。儿女把他接走，房间里只剩下空荡荡的床铺。他都没来得及问一声好友的墓地在哪里。过了几天，那个房间里搬入了新人。老周头儿就像一阵风，轻飘飘地散了，世界依然运转，时间再次变慢。

老周头儿离开后的三天内，严建国一言不发，又恢复了那张生人勿近的脸。他开始问见到的每个老人，你还能活多久啊？老人们对他的说话风格习以为常，并不觉得被冒犯，笑着说肯定比

冬天的四季

他久。问到齐翠兰时,他显得格外紧张,却用更灿烂的笑掩过。齐翠兰笑眯眯地告诉他,自己得了癌症,现在很幸运,还没发病,这是老天的恩赐了。他像泥塑一般愣了许久,又颤颤巍巍地走开。他没有再提及过她的病情,只是自此,非常频繁地给她拿来一个又一个削得丑丑的苹果。

三天一过,他又像没事儿人一样,继续下棋,继续大笑。但齐翠兰住在隔壁,清楚地听到他在晚上压抑的哭声,断断续续,和新生婴儿的啼哭完全相反,那是一种对生命的悲鸣和叹息。

我沉默了。她描述的严建国,和我印象中的不是同一人。我眼中的固执之人,在她看来却是顽童。她说起他的样子,就像佳佳看我那样,充满了关怀和慈爱……

就像读完了一本书,情节离我很远,主角又离我很近。千言万语,无以言表。我的大脑似乎停止了运转,脱口而出:"所以……你们……在谈恋爱吗?"

"都是一只脚入土的人了,什么谈恋爱啊,尽量彼此照应着。"她的耳朵红红的。

"我妈她……"我觉得这话题说得不妥,又止住。

"其实他时常会提起家里人,也觉得很对不起你妈,还有你们几个孩子。"

我哑然。我看过许多第三者坦白的场景,无一不是剑拔弩张,无一不是血流成河。而如今,她坦然地表达了对我父亲的喜欢。她是那么坦诚,又垂垂老矣,我很难给她扣上"第三者"的帽子。而我的父亲,似乎不再是我从前的父亲。我觉得他从来不算合格的父亲,但如今,他似乎找到了合格的自己。

(三)

　　走出敬老院，我依然是恍惚的。待我反应过来时，自己已经给秋菊姐打去了电话。或许在我心里，她是情绪稳定的港湾，对于我不懂、不能消化的，她可以。

　　"怎么了？"严秋菊沉稳的嗓音将我的七魂六魄拉回来。

　　"严建国……他好像……谈恋爱了。"

　　"好啊。"

　　"啊？好啊？"

　　"这不是蛮好的吗？大家都有自己的事做了。大家都能少操点儿心。"

　　"那……陈老师那边……"

　　"咦？我记得你总劝他俩离婚啊，怎么现在他们感情破裂了，各自安好了，你又后悔了？"

　　"不是……那这不是也没离婚吗？那他和那个女的，现在这样……"

　　"我们小梅什么时候也会被世俗眼光束缚了？"

　　我不语，她总是一针见血。

　　"对了，我也离婚了。"

　　"啊？什么时候的事儿？"

　　"我算算啊……好像也有几年了，他新婚都蛮久了。儿子给他了。"

　　"几年？"

　　"你看，要是我不说，也就无事儿发生。所以啊，离不离婚，其实也不重要，对吧？"

冬天的四季

我又沉默了。秋菊姐这过山车的速度太快了，快刀斩乱麻地劈断了我原本的情绪，又劈头盖脸塞给我新的乱麻，我的大脑乱七八糟的。

"你好吗？"我问。

"都挺好，都挺好。"她笑道，"你这边呢？都好吗？有什么我能帮上的吗？"

我的脑海里闪过了找寻到幸福的严建国，因独居而强迫症日益严重的陈老师，变得寡言少语的春花姐，每天没事做却把自己忙成陀螺的夏叶姐，已经独当一面、懂事到令人心疼的佳佳。最后，我只是摇摇头："都好。这个冬天还算暖和，可能全球变暖了。"

刚撂下电话，夏叶姐的大嗓门就直击耳膜："我给你打了一百个电话，怎么一直忙线啊？"

"有没有可能我也在打电话呢？"

"你跟谁打电话啊？"

"秋菊姐。"

"啊？你怎么不第一时间给我打？我不是说了吗，让你出来就给我回个电话。她那边什么事儿啊？"

"没什么事儿，我问她点儿问题。"

"哎呀，什么问题那么重要？算了，你去看爸了？他怎么样？"

"你不是前脚才来过，一个月都不到，他还能长高了不成？"

"就知道贫。那个肘子，护士说能吃不？他的血压血糖情况怎么样？"

"没事儿的，他被照顾得很好。"

"那就好……你怎么听起来闷闷不乐的？他骂你了？"

"没有。"

"别骗二姐,我耳朵上长眼睛,你肯定不开心了。到底发生什么了?"

我叹了口气,只能说道:"我想杜加了。你别问了,行不行?"对面静悄悄的,她小心翼翼地挂了电话。

夏叶姐看起来没心没肺,但做事很认真,也会认认真真记住别人的每句话,付出实打实的信任,忧吾忧以及人之忧。别人都说她有福气,她找到了宠她的好老公,还生了个来报恩的贴心小棉袄。但我觉得这是她的赤诚使然,她嘴上老抱怨着遇到的不公和苦难,心里却并不介怀,还把苦水包裹成一个个小球,再蘸上蜜糖,存在心中的小罐子里。佳佳还小的时候,夏叶姐受了婆家许多白眼。她哭着回娘家的场景,我至今还历历在目时,她却说:"哎呀,不管别人怎么对我,我要尽到我的义务。"她口中的义务,是自己生病时吃片药熬过去,公婆生病时她忙前忙后地尽孝;是小姑子对她横眉冷对时,她仍把她的孩子当成自己的孩子疼爱;是帮丈夫料理好家中的一切;是对佳佳无保留的爱。我一度怀疑,她的义务是不是天生要比我的多些?而她说:"我选择尽多少义务,那是我的权利嘛。"

冬天的四季

九、一起飘落，一起白头，却难以一起消融

（一）

怕什么，来什么。杜加不但没有消失，还经常与我偶遇。他起初只是忽略我，遇到的次数多了，他就像见了鬼。我也懒得上前分辩，这家伙铁定认为我的跟踪技术炉火纯青了，他走到哪儿都能被我抓到。实际上我也很纳闷，脑子里迸出了一个佳佳常说的词"墨菲定律"，但后来连墨菲他老人家都解释不了这种"超偶然性事件"了，我就将之归为"超自然事件"，就连打开女厕所隔间的门都要小心翼翼。

晚上，在夜店里，我再一次遇到了杜加。这回他就在我隔壁的卡座，两个人之间就隔了个沙发靠椅。我正喝着呢，一甩头发，感觉有一缕被卡住了，一回头，完了，见鬼了。

他的脸唰一下拉了下来："严冬梅，你有完没完啊？"

"不管你信不信，这两天反复看见你，我也感觉见鬼了。"

"行了吧，这套你又不是没用过，你腻不腻啊？都那么久了，你不能换个目标吗？你还想嫁给我不成啊？拜托你放过我啊，大姐。"

这一瞬间，他不耐烦的脸突然凝成了一团，和晃眼的灯光揉在一处，和我初见他时的脸重叠，我眼前又闪过无数个他嬉笑怒

骂时的样子，最后慢慢散开，变回原样。一切都没有变，甚至时钟的分针都没有前进一步，但一切又都不一样了。我看着他，闭上眼，又看着他，再没有回忆与他一起涌现。他的脸，就是一张人类的脸。

我平静地盯着他，一动不动。他被我看得有点儿发毛，拿起外套就走，身边的女孩剜了我一眼，踩着恨天高，追他去了。我在后面边笑着边尾随。

在别人看来，我就是个喝多了止不住大笑的疯女人，但我心里实在快活。我不能解释这种快活，就像我无法解释对他的执念一样——扎根，生刺，我用了千万种方法，依然挣不脱、拔不掉，却猛然间被治愈了，既可笑又释然。

等我再反应过来时，我的车头已经亲上了他的车尾，碰撞声让我从迷离中回过神来。我发现自己已经大笑很久了，前边那两位看我的眼神已经变成了惊恐，似乎我是什么心理扭曲的疯子，试图实施一场情杀，未遂。我转念一想，要是换位思考，我也会这么认为。于是，我又因为新的理由笑个不停，笑累了，就给最近联系人拨了个电话，是夏叶姐。

不久，佳佳的电话打了进来，她只是叹了口气，叫我乖乖等她来。我也想跟她分享这份极大的喜悦，却不想多一个人觉得我是疯子，于是只得摁下。喜悦就像火苗，需要沿着导线才能蔓延，憋在胸腔里久了，空气不足，就熄了。双闪灯不知疲倦，车窗外车水马龙，前面车里的两人也热火朝天。所有人都在说话，都在行进，每一秒时间的推移都预示着所有人正不可抗地告别过去，走向未来。

太安静了，我点开电台，是我最喜欢的"五月天"。音乐汩汩流出，我的世界再度热闹起来。

冬天的四季

"如果要让我活，让我有希望地活，我从不怕爱错，就怕没爱过……"

"生命是华丽错觉，时间是贼，偷走一切……"

"生如浮萍般卑微，爱却苍穹般壮烈……"

初听不识曲中意，再听已是曲中人。我打开车门，融入浓浓的夜色。身上没有光线的时候，分外安全。猎人是为了捕猎，猎物是为了藏匿。

没来得及深沉多久，佳佳的声音就穿过马路，给了我一个激灵。

"严冬梅！"

佳佳长得娇小，远看和夏叶姐是一个模子刻出来的。恍惚间，我就像回到了小时候，夏叶姐朝我奔来，揣着沉甸甸的责任与爱。今天开悟了的我，想给这份爱一个大大的拥抱，好好地回报。听说佳佳正和大学同学聚会，我便要跟着她去，正如夏叶姐参加我的每个家长会一样，这次轮到我当佳佳的监护人了。

出来接佳佳的是点儿，佳佳很少提自己的事情，除了点儿。我也曾打趣，林燃这个正牌男友在她这里很少被提起，这个点儿是何方神圣，能占据那么大篇幅。她想了一阵，说点儿在谁的记忆里篇幅都不小。今天我终于见到这个男生，一眼便看出，他的眼睛都要挂在她身上了，小心翼翼，像看一件脆弱的瓷器。

于是，在酒局上，我偷偷问他："你是不是喜欢佳佳？"

点儿瞳孔一缩："啊？这么直接吗？我们不可能……"

"是不想可能，还是不可能？"

"我想也没用啊……"

"唉，你们两个都是榆木脑袋。今天你运气好，我帮你。一会儿我说什么，你都配合我。"

在便利店里,我宣布和点儿在一起后,佳佳一动不动,僵住了。我知道事情成功了一半,她就像一架挂了太多负载的马车,只顾着保持平衡,宁愿爬着前行。别人不推她一把,她是不知道,也不敢偏航的。点儿则是愚忠的护卫,指哪儿打哪儿,从不反驳。当我告诉他愚忠者只能成为永远的配角时,他傻笑着说:"永远好啊,有多少人能永远呢?"

小护卫显然对眼前这变数感到很忐忑,凑到我耳边道:"姐……你牺牲够大啊,还真给前男友打电话,就为了帮我啊?小的真是无以为报。"

"就让他发挥最后一次价值呗。用你这个点儿,给我的青春,画个句号。"我笑道,"哦,对,还有你的青春,这回尽量让你画不上句号。"

(二)

第二天,点儿一大早就拽我去喝咖啡。他一口闷了咖啡,眉毛鼻子都皱到一处,像是在用中药治病。

"姐,您到底有什么计划,别卖关子了。我心脏不好,架不住啊。"

"天机不可泄露。"我逗他。

"佳佳是最会避嫌的人,我们好不容易又联系上,你说她要是真把我当成你对象了,那不是更要把我往外推啊?"

"你不是只要永远,无所谓是不是配角吗?我是她小姨,你当他小姨父,这不比配角更近一层?"

"啊?你就是她小姨啊?不是,那这辈分不是乱了吗?完了,我说昨天她怎么黑脸了呢,肯定是觉得我占她便宜了。哎呀……"

冬天的四季

"看你这着急样儿，大学四年啊，你当时怎么不急呢？"

"好小姨，好姐姐，别调侃我了，我是真的没底啊。"

"你别看佳佳看上去很成熟稳重，她只是处理别人的事情熟练，其实自己一遇到事情，迟钝得不行。我们这就是给她一个刺激，让她发现你的重要性。"

"怎么跟演电视剧似的，这到底行不行啊……别偷鸡不成蚀把米。她要是恨上我怎么办？"点儿一副痛心疾首的样子。

"你就告诉我，你有多想和她在一起？"

"这……我真不好说，我也没……"

"那你喜欢她吗？"

"喜欢。"这回他斩钉截铁地说。

"那你喜欢她什么？"

"我……不知道。"点儿思考了很久。

"那就对了。喜欢本来就是一种说不上来的冲动，无法用理性解释感性层面的东西。"

"小姨……我怎么感觉自己在见家长呢？你在考核我？"

"那可不。来吧，把家庭条件、收入情况、感情经历都交代了。"

"我是在孤儿院长大的，养父养母没孩子，收养了我。我比佳佳高一届，学法律，没坚持下去，转行了，现在在本市做销售。感情上没什么经历，没人看上我。"

他有点过于坦白了。

"对了，佳佳不知道我家庭方面的事儿。"

"是说不出口吗？"

"不是不是。"点儿连连摆手，"小时候尿床的事儿，我都会跟她坦白，况且这也不是什么丢人的事儿。恰恰相反，我不怕她觉得我窝囊，就怕她……可怜我。佳佳这个人吧，一旦可怜谁，这可怜就会转变成一种责任,她就当爹当妈似的去照顾人家。我不想成为……她要照顾的那许多人中的一个,她要背负的许多责任中的一份。"

说起佳佳来,他像位专家,滔滔不绝。他分析起了佳佳和林燃的故事。正是在林燃的一次次示弱中,佳佳一点点地接过林燃手里的担子,接得多了,两个人的生活也就交织到一块儿去了。佳佳对他人的善意和示好非常警惕,但对于请求和麻烦则不然。她满足着他人的需求长大,这是她的安全区。她似乎心甘情愿地交出自己的童年,看似非常快速地成长了,其实却因为失去了童年的成长机会,而在表达自我的情绪方面永远无法成长。

点儿不同,他只字不提爱,却将陪伴凝入了一分一秒、一呼一吸。他不曾表达,却也正是这样的距离,成全了佳佳最看重的自由。他对她的感情,并不是王子公主间的浪漫主义,也并不轰轰烈烈。点儿穿过人群,也穿过佳佳坚硬的外壳,衷心也忠心地,守护着那个鲜为人知的小小孩童版的她。

这一瞬间,我重新思考起爱的定义。严建国认为爱是责任,是世界的规则,是彼此交换。陈老师说她没有爱的能力,是因为她没有感受到爱。秋菊姐也没有感受到,于是她选择了不需要。春花姐则把自己想获得的爱一股脑地奉献给他人,也不论人家是否需要。他们的爱,总有千百种理由,有这样那样的无奈。点儿的爱,却让我的脑海里迸出了一个不太合时宜的词语:健康。爱总是盲目的,盲目奉献或盲目地想占有,摧毁正常的生活,摧毁理智。而点儿的爱,是那么健康,它什么都没有摧毁,也什么都没有改变。

"过两天我带你去见我妈。"我对点儿说。

"啊?这又是什么操作?"

冬天的四季

"渗透她的生活，用她最在意的压力去压她。我们这叫以毒攻毒，再来一剂猛的。"

点儿的眉毛鼻子又皱到一处了，但又不敢显得过于担忧、不信任，颤颤巍巍地对我竖了大拇指。

（三）

人生就是那么富有戏剧性，老天遂着你的意时是曲意逢迎，在你正得意时又会给你迎头一击。我以为我正像电视剧里那样，翻手为云，覆手为雨，充当一个推动剧情的丘比特。没想到我和点儿在商场买礼品时，却在门口那个骗子推销员手中的联系人名单上，看到了陈老师的名字。

这一刹那，之前的各种信息都从记忆里苏醒，汇聚到一起。夏叶姐跟我说过，陈老师的话费陡然升高了，怀疑她由于平时太孤单，开始和各个亲戚煲电话粥，或是在无聊时接了每个推销电话。她担心之余，也自责我们作为子女，不能时常陪伴在她身边，劝我和她一起常回去看看。春花姐也和夏叶姐提过，有次去探望陈老师时，恰好与一位看着像卖保险的男子擦身而过。她将一些耸人听闻的公众号文章分享给夏叶姐看，都是一些老人被骗保，最后养老金血本无归之类的新闻，她担心陈老师也会中这样的圈套。但我都没有在意，陈老师从来都不相信别人，又最为固执，连自己亲人的话都听不进去，何况一个外人呢？就算全世界的养老金都被骗子榨走了，陈老师也不会的。

可她那串极为好记的号码和她娟秀的签名，就那么静静地躺在纸上，不由得我不怀疑。一直到证据确凿前的每一秒，我都在心里默默祈祷，希望是我想多了，希望是我小人之心了，希望老天眷顾。

老天没有眷顾我,或许是因为我只有遇到困难时才想到老天。陈老师的整个褥子下,原本该铺着席梦思的地方,整整齐齐地摆满了保健品。夏叶姐给她买的席梦思,包着塑料布,静静地躺在房间的角落落灰。她向来如此,该摆我们的位置,总摆着他人。

她与老伴儿闹掰的理由,是她觉得他自私,不留钱给子女。而如今,她占据着道德高地,却也做出一模一样的事情,甚至更过分。她老伴儿的钱尚且是花给自己,德高望重又聪明了一辈子的陈老师,节俭一生,却把钱花给了骗子。

我觉得这实在可笑。当我怒气冲冲地冲出来与她对质时,电话里传出来的一声"妈",更是让这个事件的可笑程度达到了顶峰。原来并不是她可笑,而是我可笑。那么多年,我还真信了她所有的鬼话,虽然委屈,也时常不满,却也逐渐理解了。如今,她轻易推翻了信誓旦旦说过的她信奉的"真理",只留一地狼藉。

我很小的时候就意识到,我可能生错了性别。大人们觉得孩子意识不到,但父母那种失望的,似乎正透过我看另一种可能的眼神,我在尚不知人事时就感受到了,尽管生儿生女这个问题是房间里的大象,我们从不提及。我读小学的时候,曾经在陈老师的桌上看到一篇她的随记,名为《儿子乎,女儿乎》,我还不能完全看懂每个字,捧着字典明白了大意:

到了一定年纪,人就会被推上一条既定的道路:成人、成家、育儿。我深知下一代是希望,利于家庭增收,利于社会、国家发展。至于个人,生儿育女的意义为何,没有人教。我若提出这样的疑问,旁人会用看待怪物的眼神看我,似乎在说:这不是天理使然、天性使然吗?你竟没有这样的母爱,愧为人母,愧为人。久之,我亦诘问自己。齐家治国平天下,何以齐家?一问未平,又陷入

冬天的四季

另一个问题中：生儿还是生女？丈夫似乎对生男有着执念，解释为千百年来香火传承的需求。我却感到矛盾，生育若是天性，母爱又是奉献，那么为了人类繁衍，理应使男女性别趋向平衡；奉献则使人以母体换新生，无条件地付出爱与照拂。可这"传承"二字里，却处处透着私心。

　　纸上得来终觉浅，绝知此事要躬行。我大半生都是如此，想不通，于是先去做了，盼着能像长辈说的那样：到时候便明白了。结了婚，你就知道了；生了孩子，你就喜欢了。我像是寺庙里尚懵懂的小沙弥，每日跟着方丈们做功课，日复一日修行，盼着哪一天佛祖能给我一个小小的启示，让我大彻大悟。但我没有等来，我依然困惑，无解。时光荏苒，膝下已有四女，最小的冬梅也逐渐长大。女复生子女，我们这一支，或也能子子孙孙无穷尽也。我自认为已经完成了自己应完成的份额，丈夫却不认同。他觉得我没有打心里油然而生的爱，不配称为母亲，而他自己由于"香火已断"，也无颜面对列祖列宗。我不懂他，他说因为我是女子，不用承担这样的责任。他显得那样懊丧，似乎生育给肉体带来的疼痛，也比不过他精神上的自责。生女就那样不好吗？如果我不希望女儿诞生，那我是不是也在否认我作为女人的存在必然性呢？但膝下四女，也无一例外地重复我的道路，履行着女人的所谓使命。这一刻，我竟与丈夫史无前例地站到了同一条战线上。她们若是男子就好了，不必有这些困扰，不必同我一样，年过半百仍不清楚为何有这样的使命。

　　儿子乎？女儿乎？考题有解，人生无解。

十、怀揣希望就能品出美来

（一）

何迎彩生下孙子，公公严明乐开了花，就差裱一个"一举夺男"的锦旗在胸口了。

陈老师劝我结婚生子时曾告诉我："总要走到这一步。你现在不明白，没事儿，成了母亲就会有母爱了。"我不屑，她自己都不信这话，这句老话也不曾在她身上验证。但我也怀疑，或许陈老师就是与众不同？于是，我跑来观察何迎彩是不是有神奇的表现。

她依旧笑眯眯的，哪怕头发已经打湿了，粘在额头上，嘴唇由于疼痛和虚弱而煞白。见到我时，她挥手和我打招呼，那双原本纤细的手肿胀成了十个红彤彤的萝卜。我不由得打了个冷战，新生的芽芽破土了，母体大地竟然皲裂至此。

我没有等到问出口的时机。她的父母像两个扩音喇叭一样，大声疾呼着女儿为严家做出的贡献。人们拥作一团，夸赞着孩子哭声嘹亮，相貌随父亲。那么皱巴巴的一团，眼睛鼻子都皱在一起了，也不知道他们是怎么睁着眼睛说出瞎话的。佳佳推着何迎彩出去了，也丝毫不影响这场派对。我默默地退出去。太吵了，婴儿初来到这个世界，就要见识这样的场面。那声啼哭，或许是

冬天的四季

对母体纯粹而安全的环境自此一去不复返的悲鸣。

后来我去问佳佳："你觉得何迎彩变成母亲了吗，喜欢她儿子吗？"

佳佳不置可否："我也没当过母亲啊，不知道她这样的表现算不算得上'成为母亲'。但她偷偷跟我说，孩子好丑。"

"看来一孕傻三年是假的，她还是很有眼光的。"

"你的嘴真毒啊。"佳佳撇撇嘴，"嫂子也是个可怜人，你看到那天她父母那样子了吧。我说一句话，你就能清楚她的成长环境——她原名叫何迎娣。"

佳佳和我分享了她所知道的何迎彩的故事。

一个过于聪慧的女孩，生在愚昧落后的家庭里，那么这份聪慧就成了她最初的不幸。何迎彩的父母都是农民，没有大智慧，也没有大理想，守着一亩三分地，盼着多生几个儿子，让地更肥沃，让邻居们更羡慕。母亲那一份农活儿早早地压在了她幼小的肩膀上。她从有记忆开始，母亲的肚子就一直是大着的，瘪下去的那几天，父亲就会一根接一根抽烟。父亲会抽着烟对她说："你是头一个，所以留着你了。你要知道感恩，赶紧干活儿去。"她对母亲的记忆则是苦，因为但凡母亲在家，房子里就弥漫着中药的苦味，据说是重金求来的生子秘方，花去了他们半年的收成，以及遥遥无期的盖新房的愿景。自从生男不成后，他们的人生目标就变了，忘记了原本想生男丁就是为了多些劳动力，让土地更肥沃，房子更宽敞。他们只是执拗地停在第一步，为此花掉了积蓄，也义无反顾地牺牲了她。

何迎彩从小聪明，虽然父母不让她去念书，但她也靠着在村里小学听墙角的本事，认了许多字。老师惜才，跑到她家来劝她父母让她读书，来了好几趟，都被拒之门外。不得已，老师拉上村干部，以义务教育是义务又免费的理由，好说歹说，她的父母才松口。何迎彩明白，老师是她的贵人，父母只是怕村干部。

她抓住了每个来之不易的机会，半工半读上了大学。村里出了个大学生，原本都快成为贫困户的她父母，脸上有了光，也终于意识到女儿的手握笔比握锄头更有赚头儿，开始对她笑呵呵的，也不让她干活儿了。而那两个本该是劳动力的弟弟，也从来没下过地，被养得白白胖胖的。头发花白的父母仍旧耕地干活儿，时常给何迎彩打电话诉诉苦，并敦促她买些好的牛奶寄回家给弟弟喝。何迎彩在大学里见识了不同的世界，也在课堂上听同学们聊人生理想、阳春白雪。她起初也很向往，但很快就调整了心态。所谓的哲理，所谓的意义，是人类吃饱喝足后追寻的精神世界，她没有这样的条件。

听说她很快结了婚，又把彩礼悉数寄回娘家后，她曾经的大学舍友们为她不平，话里话外也责怪她把自己物化了。她全盘接受，依旧是笑眯眯的。父母从她出生起就用她"招娣"，用她换财，她满足了他们，也报答了他们的养育之恩。她是从小山村出来的孩子，每一步都只能进不能退，和严明黎的结合保证了她能在城市里继续待下去。两人间也有爱情。这对她来说，已经是"改命"的最好方式了。至于物化自己，她知道这个问题，她没有解决的能力和资本。她被分配到的世界太小，一点点摸索道路、扩张版图已经让她精疲力竭了，她没有力气对抗世界的既有规则。这是一种认命，也是一种自我保护，她这样想，在严明黎身上也看到了这样的品质，同类相吸。

佳佳没有再讲下去，我也不再好奇，何迎彩究竟有没有变成社会期待的"母亲"。她那么聪明，总会找到适合自己的路。希望在未来的日子里，这份聪明，能给她带来幸运。

冬天的四季

（二）

都说孩子会带来新生，我尚未发现何迎彩这个新任母亲的不同，却先发现了孩子奶奶春花姐的改变。

不知从什么时候起，春花姐就不一样了。她紧皱了几十年的眉头舒展开了，笑容也从原本的小心翼翼，变得开朗。第一次见到她这样笑时，我怀疑是我看错了。又见了几次，我怀疑是孙子的出生让她感受到"春天终于来了"，苦了一辈子，终于甜了。因此，我仍不为她开心，她的情绪永远在为他人服务，出嫁从夫，生育从子，现在又从孙。鬼知道这个皱巴巴的孩子会不会成为下一个讨厌的严小小明，说不准到时她的眉头会不会皱回去。

这些年，我们实在说不上亲厚，我无法改变她，她也不能再牵着我了，于是二人间逐渐只剩下程序化的寒暄。她只当我是长大了，见了世面，就不再与她有共同话题了。而我则很拧巴，一方面感激她当年长姐如母的照拂，一方面又实在看不惯她后来"扶儿摩斯"的作风，劝又没用，看又闹心，不如不听不见、不管不顾。

这天她竟然主动来找我，我以为开口又是要给我送鸭子吃，或是催我回去看看妈，早点儿相亲。但她一开口，我愣了。她拜托我教她怎么用手机，她也想跟上潮流，学点儿英语，刷些视频。

我揉揉眼，又掐掐自己，发现并不是在做梦。

"怎么突然想学这个？买了新手机吗？"我惊讶地问道。曾经我们怎么劝她，她都不肯换掉那个掉了漆的"小灵通"，说自己老了，用不上智能手机，不想浪费钱。

"最近不是很流行吗，我就想试试。自己进步，也能教孙子。"

"这回不心疼钱了？"我很高兴，话一出口，却仍带刺。

"人也就活短短几十年,一直攒着,等以后花,怕也是有命赚没命花了。"

她一定是被下蛊了,我摇摇头,把脑子里不切实际的想法甩掉,最后,猜想纷纷被划去,只剩下一个。我小心翼翼问道:"大姐……你最近身体还健康吗?该不会有什么事瞒着我们吧?"

"没有没有,你放心。我天天干活儿,相当于运动了,医生都说我比同龄人的身体状态年轻七八岁呢。"

"那你……怎么突然……想通了?"

"你还记得你小时候吗,我给你讲了很多童话故事,你听多了之后,就开始给每个故事挑刺,还因为不喜欢结局,给这些故事换上不同的结局。"

那时候,我的确已经展现出了爱挑刺的潜在特质。春花姐讲王子公主自此幸福地生活在一起,我就要问是如何幸福生活的,他们不吵架吗?不生孩子吗?如果有了孩子,他们一样爱孩子吗?是为了孩子才继续生活在一起吗?春花姐讲国王宠爱公主,举全国之力给她办招婿大会,我就要问,国王是不是想卖掉公主换钱?为什么公主的另一半不是自己选,而是国王选呢?国王真的疼爱公主吗?那为什么主角是国王和驸马,而不是公主呢?春花姐讲公主继承了王位,却由于太美丽而被女巫下咒毒害,最后被王子解救,我就要问,为什么坏人都是女巫,为什么女巫那么强大,还要嫉妒公主的美貌,为什么公主继承了王位,却没有保护自己的能力,为什么要等王子解救,王子就不会被毒害吗?

春花姐无法回答我的问题,只能支支吾吾地说:"童话故事就是这样的。"

"那这是谁规定的呢?"

"是这个世界。"

冬天的四季

"童话不是人写的吗？为什么故事进展不是人规定的呢？"

"人……规定不了世界。"

而如今，春花姐又给出了新的回答："人不能规定世界，也不能等着被世界规定。人死了，世界才死了。"

春花姐又开始写诗了，一如当年。

我耐心地教她怎么用软件，一个笑着讲，一个认真地听讲，亦如当年。

（三）

春花姐发生改变后，像是多米诺效应，我又发现严明和严明黎也跟从前不同了。严明黎终于有了点儿人情味，或者用我的话说，有了点儿人样。他把那副全世界都欠他的表情撤了下来，也会对我绽出笑来——尽管一开始我很不习惯，总觉得笑里藏刀。

他与何迎彩，也颇为琴瑟和谐。我去他们家里时，一个在冲奶粉，一个在换尿布，竟是无事可做的严明来开的门。

严明见我和夏叶姐来了，一反常态，巴巴地冲到厨房去洗了一盘水果出来，招呼我们坐下，随便吃。扯东扯西扯了一堆后，他挠了挠头，问我们春花姐的去处，这些天总是不见她的人影。我们对视一眼，表示无可奉告，他就又扯开话题。从前春花姐天天在家时，他将她视作空气，如今她有了自己的事儿做，他反而上心了，人类真是贪婪且拧巴。

严明黎反倒说了一句："妈也有自己的事儿做啊。"手上换尿布的动作颇为熟练。

"她有什么事儿做，不就是带孩子吗？现在孙子出生了，她怎么不带了……"严明嘟囔道。

"你也知道孩子都是她带的啊？她还要出去工作养家呢，忙着呢。"我没忍住，还是呛道。

"我叫她别去搞卫生，我们也不差这点儿钱，她不听。"

我和夏叶姐对视了一眼，当初明明就是他嫌弃春花姐在家吃干饭太清闲，才逼得她出去做保洁。要不是夏叶姐插了一脚，付着工资带她谈心休息，她早就累死了。

"爸，帮我丢下尿不湿。"严明黎又张口了。

"哎，哎。"严明跑过去，接过尿不湿，从口袋里拽出一个垃圾袋，熟练地丢进去，打结。他退休得早，公司以年事已高的理由劝退了他，给了一笔不菲的抚慰金。虽然他的每日活动只是从坐在办公室里无所事事，变为坐在家里无所事事，但他还是失去了从前的锐气。似乎他的底气都来源于"严总"这个称呼和下属为他泡好的茶。自从退休在家，他突然有了无所适从感，过去几十年家里的一切都无须他操心，现在他发现事事都不需要自己，只能从给小孙子打下手这件事儿中寻找自己的价值。他原本是想从孙子的取名大事上获得话语权的，严明黎却没给他这个机会，夫妻俩迅速地把孩子的名字拟好了。听着儿子给他的通知，而不是和他商量，严明只是张了张嘴，意识到自己老了。

严明黎也俨然有了当家人的样子，方才他那几句看似无意的插话，就让我和夏叶姐对视了几回：这小子，聪慧啊。自儿子出生后，严明黎脸上有了笑容，从容地和何迎彩一起打理起这个家，终于不再鄙夷入世了。夏叶姐却说，这不是儿子出生带来的，是春花姐带来的。我再追问，她就讳莫如深了。春花姐的确像大变活人似的，整个人都松弛了，严明黎也和她日渐亲厚。不只是我看不懂，严明也看不懂，觉得自己像是被隔绝在外了，想不通，有些坐立难安，但也无能为力。

冬天的四季

何迎彩依然笑眯眯的，给儿子冲完奶后，坐到我们身边来。她比生产前胖了一圈，脸圆润了，红扑扑的。

看到她脸上幸福的神情，我原本的疑问也有了答案。人们都说，为母则刚，但据我的观察，怀孕生产坐月子的这个流程里，女人往往十分脆弱，就像一面镜子：受到了好的照顾，感受到爱，就会从脸上反射出来；若是相反，镜子就布满裂纹，在往后的日子里，一点点成为脸上的褶皱、心中的沟壑。

夏叶姐看着严明黎忙前忙后，欣慰又羡慕。她曾跟我说，何迎彩其实是最聪明的，这个家里的几个女人都没她聪明。春花姐是看透了严明，却只能惯着他。夏叶姐自己是体恤王企成，又嫌他做家务太慢，所以把家务都揽了过来。何迎彩不一样，她温温柔柔地仰视着严明黎，让他自然地意识到自己是有责任的，在他做好了事情时，她又不吝夸奖。不知不觉中，严明黎就做得越来越好，且甘之如饴。"看似把他当领头羊，其实是把他当小孩，慢慢地带领他成为她理想中的样子。"夏叶姐说，"都说要把男人当小孩，不是把事情都给他做好了，而是要教他怎么做啊。"

何迎彩和我们拉着家常，却不时地往严明黎那边瞟，一边快活地吃着橘子，一边称赞道："老公，你太辛苦了！"继而朝我们笑着，用严明黎刚好能听到的声音说："宝宝太闹腾了，要不是严明黎帮衬着，我可真不知道怎么办才好。"

她将橘子递给我们，阳光懒懒地洒进来，照在她的脸颊上，她可真是一面聪明又圆滑的镜子啊。

十一、偏我来时春不在，偏我去时春满园

（一）

自从那次和陈老师大吵一通后，我就没有再同她联系过。每次想起来，我都寻思，再等等吧，总会解决的。可老天并不给我等待的机会，接到她病重的电话时，我的世界霎时间安静了，又突然响起嗡嗡声，越来越大，震耳欲聋。

我朝着医院飞奔，几乎握不住方向盘，心如擂鼓。我不停地祈求着："拜托，不要让那次成为我们的最后一次谈话！拜托，再给我一次机会，拜托了！"

可老天从没眷顾过我，这次亦然。我看着躺在病床上闭着眼睛的母亲，竟突然平静下来。生平第一次，我可以这样长久地打量她。

我的母亲，什么时候已经满头白发了，脸上堆积了那么多褶子呢？

"小梅，你已经长那么高了啊。"她在对我说。

我的母亲，她那向来笔挺的背脊，是什么时候佝偻下去的呢？

"小梅，站如松，坐如钟，挺起来。"

我的母亲，她习惯了忙碌，躺在床上也要读书看报，为什么现在一动不动呢？

冬天 的四季

"小梅，物质都是外部的，脑子里的才是自己的。"

我的母亲，她最讨厌医院了，感冒严重时才肯吃一回药，为什么会在这里呢？

"小梅，不要惯着自己，因为生病就脆弱，因为是女子就示弱，久了就真的弱了。"

此时我才意识到，母亲的话虽然不多，却字字句句烙在我心里，铿锵有力。而我们的最后一次对话，却是我疯狂地发难，惹出她的眼泪，使她垂下了头。我们最终也没有把话完全说开，我仍在怪她。

那她怪我吗？我这辈子都得不到答案了。

医生的嘴巴一张一合，我却听不清他在说什么。于是，我很努力地去听，听到了隔壁病房的号哭，听到了窗外的虫鸣，听到了走廊里孩童的撒娇，听到了自己的心跳。我听到了世间众生的声音，唯独没有母亲的。

"睡梦……无痛苦……捐赠……"医生似乎是这样说着。

春花姐和夏叶姐很激动，吵起来。

母亲像是一朵云，轻飘飘地走了，什么都没有留下。不对，她要把自己的身体也献给教育事业。我猛地清醒过来，周遭的声音重新灌入了我的耳朵。专注于近处，就听不见远处的声音了。

这是我平生第一次见春花姐生气和哭闹，原来她那么有力量啊。她指着床上的母亲，为她的失职而问责，责怪她什么都没给自己留下，连遗体都要给别人。她用力地哭泣起来，泪水奔涌而出，迟了几十年，也细数着几十年。

我默默听着，陈老师不是向来如此吗？她将一生都奉献给了学生，身后亦然，至死如一。她生前，春花姐默认了她的行为，也自动接过了原本属于她的担子，任劳任怨，还常开导我们。如今母亲不在了，春花姐面对着冰冷的尸体，开始了激烈的争论。我意识到，错过了和母亲谈话的人，不只有我。

但还好，如今的严明黎砍下了飞不起来的翅膀，露出坚实的肩膀给她依靠，她的肩膀也就不用继续承受重压了。

夏叶姐像个小孩子那般，窝在王企成怀里，哭泣着。佳佳站在一侧，一下又一下轻轻拍着她的背。我也不曾见过她这样，从前的她就算哭泣，脸上也挂着倔强，把眼泪一揩，眼睛向上一瞟，就把眼泪含起来，止住了。她嘴里不停喊着"妈"，最后变成"啊"，一声一叹。

她放任自己舔舐了会儿伤口，突然又切换回原本的样子，只有那双红彤彤的眼睛仍汩汩流着心头伤口的血。"有人给爸打电话了吗？"她问。

秋菊姐说，他走不开。夏叶姐几乎是登时就爆炸了，将方才的伤心都凝成了愤怒，但也再次鲜活起来。又遇到不顺心的事儿了，又出现她需要解决的问题了，于是她又穿戴整齐，成为冲锋的士兵，似乎不是力量使她前进，而是不断地前进才能给她源源不断的力量。

而她的愤怒，佳佳总能巧妙地兜住并化解。夏叶姐发现自己气急开的玩笑竟是实情，她的父亲竟真的谈恋爱去了。在佳佳的怀柔政策下，她很快就把矛头从他失职，转向了佳佳帮他保守了秘密。

但我周遭的声音又消失了。严建国被他的爱情绊住了，他选择了陪伴生者，放弃了和妻子见最后一面。陈老师口中的他，齐翠兰口中的他，是两个他，我不能理解任何一个他。

"他不配称为男人。"

"他就是个孩子。"

冬天的四季

"我最后悔嫁给他。他没有良心。"

"他就像在演电视剧呢。甭理他,一会儿就好了。"

"我权当他死了。"

"都是将死之人,互相照应着吧。"

我看着母亲静静地躺在那里,没有生气,也没有抗议。我们错过了她的生前,严建国选择不错过齐翠兰的生前。谁对谁错呢?陈老师再也无法给学生答案了。

(二)

我还是给小方打了电话,告知他母亲去世的消息。他沉默了很久,带着努力压制的哭腔郑重地跟我道歉,彼此沉默了半晌,他又小心翼翼地问是否能告知他墓地在何处。

自在医院那天起,我就不太爱说话,心跳和行动都迟缓了。因此,在他提出能不能见一面时,我只是嗯了一声,等反应过来时,我们已经坐在咖啡馆里,四目相对,相顾无言。

我仔细地读着他的脸,在商场门口第一次见他时,他的脸太寻常了,过目即忘:皮肤黝黑,身材瘦小,两颊凹进去,有几颗青春痘凸出来。眼睛、鼻子、嘴巴都是小小的,牙齿有点儿黄,含胸驼背。一眼看去,就是那种上学时会埋没在人群中,若干年后大家谈起他来,总要在脑海里搜索比对半天,然后不甚确定地说一句"啊……他啊,实在没什么印象了,太内向了吧"的人。可他的双眼又是含着光的,若他上来跟你推销,你本想嫌恶地走开,看到他那可怜的样子和坚定的眼神,又会心一软,接过传单。

见我不说话,他有点儿局促,用手抠着咖啡杯的手柄。

"我……不是坏人。"他突然开口。

我看着他真诚的眼神,就是这双眼睛,在我们不在的时候,陪着陈老师,读完最后的诗词。

见我始终不言语,只盯着他,他便讲了下去,起初磕磕巴巴的,讲到陈老师,就含着笑,普通话都标准起来。

他也是大山里走出来的孩子,从小没有人要求他好好学习,他也没想过为什么要学习,每天和同伴打架,在泥巴里滚,上山捉虫,下水抓鱼。后来同伴们都蹿高了,他却仍是小小的一个,渐渐打不过他们,会被无情地嘲笑。他变得内敛而敏感,叼一根狗尾巴草,在嘲笑面前充当一个聋子。自己待着的时间多了,他开始看书,起初是武侠小说,后面变成了名著、诗词。他不会表达,当他发现前人能将自己的情绪用如此绝妙的语言书写出来的时候,他深深地入迷了。但连老师也不支持他的爱好,跟着同学一起嘲笑他,语文才考二十三分,也敢读《三国演义》和唐诗宋词,癞蛤蟆吃天鹅肉。

一个寡言、丑陋的孩子,很难有朋友。渐渐地,他就成了边缘人。没有人知道他在想什么,连父母也说他是个放不出一个屁,就会读闲书的"没用仔"。中专毕业后,他就和大家一样,跑到大城市打工去了。到了大城市,他以为会有一个新的开始,却发现这里等级森严,比从前更甚。他想去搬砖,工头儿会看着他瘦弱的身体哈哈大笑,挥挥手叫他到一边儿玩去。他想去做文职,招工的不是嫌弃他一口乡音,就是嫌弃他形象不好,看他的眼神十分嫌弃,偶尔还带着可怜。他知道,他依旧是那个边缘人。第一次有人充满期待地看着他,是一个做传销的小头目,他握着他的手,说着一切都有可能,每个人都能主宰命运的豪言壮语。他很感动,当即就加入了这家公司。其间万般艰辛自不必说,他从那个表面光鲜的魔窟里逃出来时,身无分文,唯一一套得体的衣

冬天的四季

服也丢失了。他快速地跑到公用电话亭里，刚拿起话筒，却突然发现，他没有钱，也没有可以拨打的电话。

他变了。他明白，要想在这个世界上生存，就要适应这个世界的生存法则。为了生存，脸面和良心又算得了什么。他成了一款"三无"老年保健品的推销员，弱肉强食，胳膊拧不过大腿，但他可以吸食物链更底端的人群的血。起初遇到陈老师，他拿出了小时候那本唐诗宋词，只为博取一些同情分和信任。没想到陈老师的眼睛亮了，她温柔地夸他是个好孩子，以后可以来找她，她教他。他抱着怀疑的态度，拎着一堆产品上门了，没想到陈老师二话不说付了钱，然后打开书耐心地教了他一个下午，还留他吃晚饭。饭桌上，他心里五味杂陈，却什么都没说，心里不断安慰自己：小方，不要被迷惑，记住生存之道。你应该抓住这次机会，多坑这老太太几笔。

就这样持续了一个月，陈老师教的"存善念，说善言，行善事"时常回荡在他耳边，荡啊荡啊，他渐渐发现自己的良心还在，甚至比所谓生存更重要。某次造访时，他想把钱偷偷塞回去。陈老师发现了他的小动作，只是笑了笑，道："悟以往之不谏，知来者之可追。"他羞得满脸通红，意识到陈老师从一开始就知道他是个骗子，只是在用谆谆教诲慢慢劝他回头。三寸舌，三寸笔，栽三千桃李。他突然觉得眼眶和心头都沉甸甸的，这份尊重太重了，把他的灵魂压塌了，再重塑。自此，他彻底成了陈老师最忠实的学生，认了她做干妈，回去后就把原来那批保健品全扔了，重新挑选了一批合规又物美价廉的售卖。他一有空儿就来跟陈老师读书，也帮她买东西、做家务，一片祥和。然而母慈子孝没多久，就被我发现了。

小方递给我一个信封，站起来鞠了一躬："这是陈老师买保健品的钱，我一分都没有动过。本来早就想还给她，她不肯要。她……执拗起来，我也争不过她。"

看着他手里这厚厚的一沓，我又恍惚了。陈老师向来节俭，腐烂的苹果也要挖出坏的部分继续吃，会因为老伴儿乱花钱而震怒。那么大一笔钱啊，是她几十年从牙缝里挤出来的养老钱，零散的五块、十块是揉皱后又抚平的，却全给了小方，正如她这一生的精力与爱，全给了学生。

在他的讲述中，陈老师温柔又有耐心。正如当时听齐翠兰讲述严建国那样，我对故事中的陈老师很陌生。一次也就罢了，双亲都是如此，我只能怀疑起自己。是不是我不曾好好观察过这个世界，不曾细细观察过身边的人，不然为什么父母的温柔只存在于他人的观察中呢？于是，我又死死地盯住小方，想透过他看看那个我错过了，而且永远错过了的母亲。

良久的沉默后，我把钱推回去："妈给你的就是你的。她……总有自己的主意。"

（三）

我站在母亲的墓碑前，她在那张小小的照片里微笑着看我。我却突然想到，她是不是也经历过这一瞬？我发现我对外公外婆的记忆，就是小时候跟着她上山烧香。外公外婆葬在老家的一处荒地，那里大大小小地堆了许多土包，很多土包上已经杂草遍布，风一吹，生命力强盛的野草就呼呼地奏一曲。母亲随身携带一个火盆，将元宝和纸烧在里面，口里念念有词。有一次，她念着念着，山风一吹，将燃了一半的纸吹起来。她伸手去够，却没有够到，金纸带着灰色的残骸转了几圈，朝远处去了。母亲哭了，对

冬天的四季

着墓碑一遍遍喊对不起，又拿衣袖一遍遍擦拭落了灰的墓碑。这一刻，她的洁癖短暂地自愈了。

小小的我拍了拍她，说道："没关系的，妈妈，外公外婆不会怪你的。"

她却哽咽着说："不是他们怪我啊……是我怪他们……我……从来没说过对不起。"

我没见过外公外婆，对他们的了解也很少。很小的时候，我问过母亲，妈妈的妈妈是什么样的？她说，外婆是个很懦弱的女人，一辈子陷在封建礼教里出不来，不仅自己陷进去，还想把她也推进火坑里。

"那外婆爱你吗？"

她不语。她能给我解释所有复杂的词，却唯独没有解释过爱字。因此，春花姐说妈妈爱小梅的时候，我并不能理解。我觉得爱一定是世界上最难的字，连陈老师都不知道。

春花姐小的时候，外公外婆还健在。她告诉我，外公很严肃，不苟言笑，胡子遮住了嘴，说起话来一翘一翘的，像是在生气。外婆裹过一半的小脚，走起路来不太方便，过年时会吃力地追逐每个胡闹的孩子，往每个人手里塞一个鸡蛋。此外，她的印象也不深了，因为母亲不爱回家，每次回去了，也是沉默地坐在角落，外公问什么，她便答什么。春花姐说，母亲一生都在同他们怄气，似乎在说：我已经遂了你们的意，嫁了，生了，余下的，你们就瞧吧，看你们为我选的路是怎样一个死胡同。

小时候的我不明白，为什么会生一辈子气，为什么在最亲的人面前反倒说不出客气的话？"对不起""谢谢""你辛苦了"，这些在学校里最早学会的句子，全是仅供陌生人的吗？但她既然决定了怄气，为什么又在墓前哭泣？如果哭泣是一种原谅，为什么她在描述外婆时仍旧怄气？

我以为我不明白,直到我重复了母亲的老路。

站在母亲的墓前,我突然懂了这种矛盾的感受。当至亲离去时,你心里的一角就灭了盏灯,黑暗中堆放着未解决的遗憾、爱与责怪。未来的日子里,你可以凭借着剩余的光亮继续前行,你也知道自己必须前行。你明白,你会逐渐习惯这盏灯的缺失,时间久了,似乎就注意不到了。但当你在房间里独处,安静地看着天花板,那盏坏灯还在眼前。于是,你要选一个阳光暖和的日子,捧一束花到墓前,驱一驱那片黑暗,心就不会发霉了。

春花姐正在墓前不停掸着雪花,机械地做着无用功,一如当年拭灰的母亲。夏叶姐这几日已经哭得虚脱,开始责怪自己不该选那串手机号,一如当年追着金纸的母亲。秋菊姐操办了所有手续,正在利索地整理墓前的花,一如当年揣着火盆带我上山,一刻都没停下的母亲。不知不觉中,人类在细枝末节中完成了一次传承。我看了看自己,那我传承了什么呢?母亲的恨吗?她怪了父母一辈子,在他们死后,这份责怪就反噬了,然后猛地发现,她也一直在责怪自己,在恨自己。我亦是如此。

得到这个结论,周遭的一切突然再次清晰起来。我不再观察远处的一切,不再透过谁看世界,我回到了近处,这才是属于我的地方。佳佳看到回过神来的我,如释重负地捏了捏我的手:"你已经魂不守舍好几天了,我们喊你都没反应,现在醒了?"

"嗯。"我朝她笑,"一直觉得困就会一直困,一直觉得冷就会一直冷,不想就不会了。"

严建国和齐翠兰也来了。他穿了套西装,郑重地给陈老师念了首诗。齐翠兰站在远处,更远处则是小方。他穿着这套衣服,精神了不少。齐翠兰和小方很憔悴。我静静观察着他们。缘分真

冬天的四季

是奇妙，世界将原本陌生的人聚集到一块儿，让他们出现在同一个场合里，却又不突兀。也许死亡面前，宇宙是长河，我们只是其中的一瞬，不论此时此刻显得多长多复杂，都只是一瞬。

小方掏出了母亲留给我们的信，短短一段，只为维护小方。这回却没有人生气，大家只是沉默地站着。大雪纷纷中，我们在努力地理解，也在尽力地原谅，原谅每一段过去，原谅每一个情绪卷土重来的将来。

离开的路上，大家比来时都轻快了不少。我们一步步地走远，摩肩接踵，踩住下一秒。

十二、花儿谢了，可我们还是走过了这个冬天

原本属于母亲的寿宴，主角却不能前来，只能以一盏白烛替代。白烛的正对面，是佳佳的生日蛋糕，上面的数字蜡烛五彩缤纷。

气氛起初有点儿沉闷，于是我给佳佳夹了个大鸭腿。

"尝尝，和你春花姨的手艺比，哪个好？三十岁了，而立之年，判断力肯定强。"

佳佳也同我谈笑起来，大家看着我们拌嘴，也纷纷笑了，连那白烛的火光也颤动了两下。我仅开了个头儿，佳佳就将气氛维持得很好，甚至拉着大家一起许愿，把生日愿望分给每个人。推辞了一会儿，大家还是一齐吹灭了蜡烛。没有人可以拒绝愿望，就像在大雪中远远看到一盏灯，或许只是海市蜃楼，但就算是一瞬，也能驱逐满目苍白。

我沉思了一会儿，我有什么愿望呢？我似乎没有什么恒久的目标，小时候尚且希望当孩子王，长大了就没有愿望了。我只是闭上眼，睁开眼，过新的一天。是愿望，就有落空的风险，我不知道自己能否承受，索性戒了。就连和杜加的那许多年，我也没有许过和他在一起的愿望。我不是拒绝愿望，而是恐惧愿望。而今天，似乎是改变的一天，似乎大家都决心与过去告别，我也该如此。但我苦思冥想，仍挤不出一个愿望，最后只是和大家一起吹熄了蜡烛。我依然是不问明天的那个我，但不同的是，现在我

冬天的四季

很喜欢这样的自己。

积雪渐渐消融，春天从新芽里悄悄冒出头儿来。我辞职了，先是跟着点儿和佳佳当了一段时间的电灯泡，然后去找了秋菊姐。

"想在我这儿找个活儿干吗？"她开门见山地问我。

"不了。工作了这些年，除了酒量，没什么建树，就不走后门了。"我摇摇头。

"你跟我儿子很像。"她没有劝我，也没有问我未来的安排，只是提起了这个我一直很好奇的人物。

她给我和她自己都倒了杯酒，像是知道我在想什么，给我讲起了故事。

儿子的出生是场意外，她并没有准备好，那正是她打拼事业的关键期，怀孕的身体实在是个拖累。但丈夫钟宇很坚持，她盘算了半晌，觉得也能安排过来，就坦然接受了。在生养儿子的过程里，她比从前忙了一倍。她若是想做两件事，不是从一件里分出时间给另一件，而是强迫自己完整地做两件。亲眼看到钟宇和店里的姑娘抱在一起时，她才突然意识到，忘记把丈夫列入代办事项里了。她快刀斩乱麻，很快结束了这段婚姻。店是两人一起开的，那就一人一半。孩子是丈夫想要的，那就由他带走。周围的店主都说她无情，谈感情和谈生意一样。她却不以为然，解决工作问题和解决情感问题，本质上都是解决问题。她能迅速地解决问题，这有什么不好的？

儿子自从上了高中，每周总要给她打个电话。她如同往常那样接起电话就问："什么事？"但儿子总是没事，只是说想妈妈了，问妈妈过得好不好。她感到无所适从。她太擅长为别人解决问题了，却不知道怎么解决没有问题这件事。因此，她只能倾听，听他琐碎的日常，听他隐秘的心事。渐渐地，她习惯了倾听，甚至期待起铃声的响起。某天,儿子跟她坦陈了自己在感情上的困惑,末了还得意地说了句:"爸爸不知道。"她明白了为什么儿子突然频繁地与她联系,少年不敢与人言的心事,需要一个安全的宣泄口,而她通过了这场考验。那一刻,她突然意识到,自己在无意间帮儿子渡过了这道难关。原来,不去解决问题,也能解决问题。也就是这时起,她发现自己渐渐改掉了急躁的毛病,对待这个世界,不再是单纯理性地完成任务、查漏补缺了。新年那天,儿子给她打来电话,大声喊着:"妈妈是我的救赎!"她却觉得,这是互相的,儿子也是她的救赎,不只是父母教育子女,子女也在教会父母。

故事讲完了,我品味了半天才回过神来,她这是在告诉我,父母在我的灵魂上刻下烙印的同时,我也影响着他们。

"秋菊姐,所以你还是在解决问题嘛,只不过……迂回了许多,也的确温柔了许多。"

"人是不会骤变的,只会渐渐改变。有时候行事不变,光是心态变了,也是改变了。"

"这又是在劝我……不要辞职?"

秋菊姐大笑了起来:"鬼丫头,从小就机灵。是劝你,也不是劝你。人不会骤变,同样也不会瞬间听进别人的劝。最终如何,还不是你自己决定?"

"我……我只想爽快地玩一通。明天的事儿,就交给明天来决定吧。"

"嗯,你这句口头禅,这回听上去就很坚定了。"

我又品了品这句话,如果是为了让我得出这个结论,那铺垫也太缜密了。算了,她比我多长了一个脑子,我干吗要去想通呢?

每次睁眼,都会离春天更近一日。那就抛开一切睡吧,反正,

257

冬天 的四季

明天又是新的一天。花儿谢了,可我们还是走过了这个冬天。只要不执着地盯着冬天的寒冷,冬天里,就有了四季。

第三章

陈小珍

冬天的四季

遗物清单：

1. 针线盒一个，内有数个线卷，底部一张存折，附一张纸条：密码是春花生日。

2. 零钱一捆，硬币一罐。

3. 邮票一本。

4. 模范教师牌匾一块，以红布仔细包裹。

5. 严冬梅幼时的公主裙。

6. 严明手写欠条两张，日期分别为三十年前、二十八年前。

7. 纪念册一本，陈列四姐妹少时奖状、照片。

8. 嫁妆匣子一个，内有金银首饰若干，其中一根发钗上手刻一朵梅花。

9. 书、教案若干，《广州市志》中夹着严秋菊寄来的明信片，还有三封写好未寄出的信。

10. 手写菜谱一份，卤鸭那页以红笔批改，特殊标注。

11. 随笔一本，末页两个大字"遗书"，反复起笔又划去，纸张布满点滴状的褶皱，内容已不可见。

后记

这部小说是在冬天动笔的，由于工作忙碌，时常半年才写一章，断断续续，到第三年的春天才写完。写这本书的初衷，是希望能把话筒交给新时代的大家族里的每一位，尤其是其中的女性。于是写了群像，里面的王佳佳与其说是主角，不如说是一个与每个人物都有着纽带的、合格的观察者。

文中的人物，都以我生活中的长辈、朋友为原型加工而来。我经常把自己抽离，想象我若是对方，会如何思考，又会如何行事。这样久了，就觉得众生皆苦，这苦不一定来自外部，更多是由心而起。世上有太多无法解决的事情，怎么做都无法遂所有人的心意，于是人们在取舍之间挣扎，时常无助，又别无他法。所以，我觉得每个人的决定都没有绝对的对错，就像故事中王佳佳说的，世界并不是黑白分明的。一个人若为了自己行事，必定会伤害到他人，那在他人看来，这事就是"错"的。在小说中，我尽可能描述每一个人物经历了什么，又思考着什么。我们总是习惯从自己的角度出发，越是自己了解的人，我们就越是理解。如果读者了解了每个人的心路历程，又会有什么新的思考呢？这是我所好奇的。对我自己来说，当我把生活中的不解写进去，成文后便与其中的每个人和解了。

作为"九〇后"，我们在成长路上经历了时代的巨变，时常

冬天 的四季

被夹在几代人迥异的价值观里，一面吸纳着新时代的思想，不断寻求着自我；一面又遵从传统的孝道，接受着家人的牺牲，自己也做出牺牲。我时常心疼爷爷奶奶那一辈，他们在穷困中长大，有着那个时代的苦楚，而这些苦楚于我来说，只能从历史书和他们口中了解，有时还会因为不懂乡音而产生理解上的偏差。他们那个时代，说不易，实在不易，但由于选择少，心也沉静。他们甚少去问为什么，凭什么，只是觉得先苦后甜，努力就有回报。等他们有了子女，也就是我爸妈这代，他们接触的世界更大，在有限的选择里不断拼搏，拉扯着形成自己的价值观。在他们的上一辈人看来，就是花里胡哨的、浮躁的。而他们拥有着自己的想要，其中那些求而不得的，就成了遗憾与不甘。后来他们也有了子女，就是我这一代。他们会把缺失的、错过的那部分灵魂，酿成对我们的期望。而我们这代人，站在四通八达的路口，看似哪条路都能前行，却在一望无垠且不断膨胀的路前，体会到了自己的渺小。我们每天接受着无数信息的轰炸，想按照父母说的去做一个"成功"的人，却发现已经行不通了，成功的定义越来越广，没有人可以做到各种意义上全面的成功，于是焦虑，于是孤独，于是找不到自己。

写《冬天的四季》的过程，也是我的一次自我治愈之旅。我意识到，许多痛苦都来自不平衡，他人期待与自我欲望的不平衡，拥有的与想要的不平衡。世界时刻都在变化，人类亦很难达成那种平衡，于是寄托于情怀，寄托于浪漫，寄托于自我疗愈。写作就是我的一种自我疗愈的方式。我曾经的职业是视频博主，这可以说是最浮躁也最令人不安的行业了，在无数的数据间，被无数的入场者裹挟着往前走。没有真正的休息时间，也就不会停下来看看春天。很长一段时间，我陷入了这种观念——"无用的事情就是错的",太急着奔赴世俗意义上的成功,几乎放弃了所有爱好。坚持写作,也仅仅是因为我可以足不出户,借多人的眼,看一眼春天,体会一回生活。希望每个看到这部小说的你,偶尔也能驻足,看一看周遭的美景,看一看赶路的自己。梅子留酸软齿牙,芭蕉分绿与窗纱。日常睡起无情思,闲看儿童捉柳花。

2024 年 5 月 10 日